# 佐佐木信綱と短歌の百年

三枝昂之

角川書店

# 佐佐木信綱と短歌の百年　目次

# 第一部　明治

# 第二部　大正

## 第七章　人の世はめでたし――『常盤木』という着地

## 第三部　昭和

凡例

資料の引用は読みやすさを優先して、表記等を次の方針によることとした。
一、常用漢字表・人名用漢字別表に掲げられている漢字は、原則として新字体を使用する。
二、変体仮名は現行の字体に改め、踊り字は今日も使用頻度の高いものは残すことを基本に適宜判断する。
三、短歌の表記は歌集初版によらず、竹柏会版『佐佐木信綱歌集』の増補版であるながらみ書房版『佐佐木信綱全歌集』によることとする。一例を挙げれば、第一歌集『思草』の巻頭歌は初版では「願はくはわれ春風に身をなして憂ある人の門をとはゞや」だが、『全歌集』は結句を「門をとはばや」と改めている。ただし、刊行した時代をより反映している点を重視する一連についてはその都度注記付きで各歌集の初版及び初出雑誌を活用する。

装幀　高麗隆彦
DTP　南　一夫

# 佐佐木信綱と短歌の百年

# 第一部　明治

# 第一章　われ春風に身をなして

## （一）歌の徳ということ

明治三十二年四月六日、桜が満開の東京はあいにく不安定な空模様だった。吉田廣子、後の片山廣子は「雨は折々雲をもりて、こぼれむとしてはとまり、落ちむとしてはやむ」と報告している。

（「心の花」明治三十二年五月「竹柏会の記（上）」）

この日、第一回「心の花」全国大会が日本橋倶楽部で開催され、昼過ぎに集まる人々を数え年二十八歳（年齢表記は以下同じ）の若き佐佐木信綱が玄関で迎えた。吉田の報告記によると、会はまず信綱の挨拶、東久世通禧《ひがしくぜみちとみ》伯爵の開会挨拶があり、巖谷小波《いわやさざなみ》の兼題「春風」にちなむ講演、五歳下の弟佐々木昌綱による兼題披講と続き、余興を挟んで徳富蘇峰の講演となった。その後は庭園に出て園遊会と第一回大会にふさわしく晴れやかなプログラムである。大会には東京府城北中学（今の都立戸山高校）の生徒だった川田順も参加、羽織袴の信綱を中心とした記念写真の「端の方に、少年の私も居る」（『羽族の国——思草評釈』）と語っている。

竹柏会最初の全国大会の、その題詠歌会に信綱は次の歌を提出した。

願はくはわれ春風に身をなして憂ある人の門をとはばや

叶うならば春風となって人々の憂いを和らげたい。歌はそのように願いを吐露している。〈われ〉を詠うのが新しい時代の共通意識だったから〈私は何をしたいか〉をはっきり示して、この歌も時代の潮流は踏まえている。しかしその〈われ〉が志向しているものは、同じ和歌革新運動を担った正岡子規や与謝野鉄幹とはかなり違う。

われ男の子意気の子名の子つるぎの子詩の子恋の子あゝもだえの子
与謝野鉄幹『紫』

足たゝば不尽《ふじ》の高嶺のいたゞきをいかづちなして踏み鳴らさましを
正岡子規『竹乃里歌』

鉄幹は〈われ〉を七つ並べて誇らかに「自我の詩」を宣言している。子規は病床に張り付けられた〈われ〉の不如意、その悔しさを誇張しながら表現している。そして〈私は何をしたいか〉という願望の表現という点では信綱と同じである。

しかしながら、同じ〈われ〉でも三人が見ているものは同じではない。鉄幹と子規の関心はひたすら自分自身だが、信綱はもっと遠いものを見ている。そして、その視野の遠さこそが佐佐木信綱という歌人を特色づけるものである。

ではその遠いものとは何か。信綱は掲出歌を次のように自解している。

明治三十二年四月六日、竹柏会大会の第一回を日本橋倶楽部で催した折、その時の兼題「春風」について詠んだものである。人の心の深くに秘められた憂悶を晴るけることは、歌道の徳の一つであるとやうの当時の信念から、其のこころを、意義ある第一回の大会に歌つたのであつた。

（「短歌研究」昭和十三年七月号「自作自注」）

歌道の徳。しかも憂悶を晴らす歌の徳。ずいぶん古いものいいと感じるが、改めて思いを巡らせると、人の心を動かす短歌独特の力を説いて、大切な短歌観でもある。

その歌の徳、いろいろな例が思い出される。篠脇城を奪われたことを悲しんだ東常縁の和歌が敵将斎藤妙椿の心を動かし、城が戻ってきた逸話なども浮かんでくるが、ここではよく知られている三つの例を挙げておきたい。

一つは万葉集巻十九の巻末歌、大伴家持の「うらうらに照れる春日《はるひ》に雲雀《ひばり》揚り情《こころ》悲しも独りしおもへば」の後記である。

春日は遅々《うらうら》にして、鶬鶊《ひばり》正《まさ》に啼《な》く。悽惆《せいちう》の意《こころ》は歌にあらずば撥《はら》ひ難し。仍《よ》りてこの歌を作り、式《も》ちて締《むすぼ》れし緒《こころ》を展《の》ぶ。（表記は中西進『万葉集』に拠る）

わが憂愁は歌でなければ払うことができない。だから歌に詠み鬱情を晴らす。後記はそう言っている。歌の特別の力への信頼、ここにはそれが示されている。孤であることを自覚した者の歌としても言及されることの多い作品であり、後記である。

二つ目は古今集仮名序である。

力をも入れずして天地《あめつち》を動かし、目に見えぬ鬼神《おにがみ》をもあはれと思はせ、男女《をとこをむな》の仲をもやはらげ、猛き武士《もののふ》の心をも慰むるは歌なり。

天地や鬼神を動かし、男女の仲も武士の心も和らげる。それが歌だ、と仮名序は説いている。武士の心と男女の仲は硬軟対照的だが、どんな人のどんな心も動かす歌の力を強調するための両極と読める。後藤祥子はこのくだりを「和歌の効用、いわゆる歌徳を説いた一説」（『短歌名言辞典』）と解説している。

遠い時代ばかりでなく、近い例も挙げておこう。

昭和の大戦では節目のニュースに短歌がセットされることが多かった。連合艦隊司令長官として日米開戦を指導した山本五十六の死もその一例である。昭和十八年四月十八日、搭乗機がラバウル近くで米軍機に撃墜され、山本は戦死した。情報をキャッチした米軍が待機していたのである。このときの山本は元帥海軍大将だったから日本の衝撃は大きく、発表は一ヶ月後の五月二十一日だった。この日、ＮＨＫから斎藤茂吉に放送用の作品依頼があり、茂吉日記は次のように記している。

○家ニカヘレバ朝日新聞ヨリ電話アリ、ツイデ毎日新聞、東京新聞、週間〔刊〕朝日ヨリ電話アリ、山本大将戦死ノ報ナリ　○驚愕、心キエンバカリナルヲ辛ウジテ堪へ、三時半マデ歌三首ツクル、午睡、○放送局ヨリ電話アリ、山本大将ヲイタム歌二首嘱マル

歌を添えることによって悲嘆は形を得て一層深いものとなり、その死は一歩浄化される。メディアにそういう判断があるからこそその依頼である。それは歌の力、歌の徳と無縁ではない。

その作品、『斎藤茂吉全集』第二十八巻の「手帳五十二」には「放送用」と示した五月二十二日の二首が記されている。

　悲しさはさもあらばあれ元帥のたましひ継ぎて撃ちにし撃たむ

かかる時にあたりて皇国《くわうこく》の海軍はいよよ強きを伝統とする山本の遺志を継いで悲嘆の底から反転しよう。歌はそう自分と人々を鼓舞している。

私自身の体験を四つ目に加えたい。父は窪田空穂門下の歌人だったが、私が高校一年を終える昭和三十七年三月に他界した。歌仲間の力添えで一年後に遺歌集が出て、読んでゆくと私の高校入試を心配している歌に出会った。

試験運と云ふ事あれば今日の試験に困りてやゐむ四男昂之　三枝清浩

試験には運不運もあるから困っているのではないか、タカユキは。率直すぎる歌だが、私は感動した。親が子の入試を心配するのはごく自然なことだが、それを父が日記に綴っていたら私はそんなに反応しなかったと思う。しかし歌にするから心に沁みる度合いが一歩深くなる。そう感じ、歌はいいものだと心が動いた。それが私の作歌の発端である。人々の憂悶を晴らすという信綱の大きな観点と比べればまことにささやかな契機だが、歌の徳の隅には小さく繋がるような気がする。

信綱の歌に戻りたい。もともと言葉自体に人を動かす力があるが、その力は短歌形式においてより凝縮した作用となるという考えは今も生きている。短歌の千三百年を貫くその特質を、第一回全国大会という晴れの場で信綱は改めて強調したかったのである。しかも談話ではなく自身の短歌を通して説いたところがいかにも信綱らしい。

しかし信綱のその「自作自注」には悩ましい一点がある。「憂悶を晴るけることとは、歌道の徳の一つ」というくだりの「晴るける」である。日本国語大辞典には無く、角川古語大辞典には「晴るかす」「晴く」はあるが「晴るける」はやはり無い。用例も確認できないが、文脈からは「憂悶を晴らすことは歌の徳の一つ」と読んでおくことはできるだろう。

それにしても、なぜ信綱は歌誌創刊を受けた大会で一見古色をまとった「歌の徳」を説いたのか。「心の花」創刊号における「短歌の形他にすぐれて、おのがじゝの思をのぶるにたよりよかりしかば、こをのみもてはやして、遂に歌としいへば短歌のやうになりぬ」（「われらの希望と疑問」）というくだりの「おのがじゝの思」を強調した方が、そしてその主張を反映した短歌を提出した方が新派和歌の時代の第一回大会にはふさわしいのではないか、といった疑問がなくはない。特に、鉄幹や子規の主張と並べるとそう感じざるを得ない。

「誰を崇拝するにもあらず、誰の糟粕を嘗むるものにもあらず、言はば、小生の詩は、即ち小生の詩に御座候ふ」（与謝野鉄幹『東西南北』自序）

「古今集はくだらぬ集に有之候」（正岡子規「再び歌よみに与ふる書」）

「何かは知らず其人の力量技術を崇拝するに至りては愚の至りに御座候、（略）今日は歌よみなる者皆無の時」（同「十たび歌よみに与ふる書」）

二人の主張から見えるのは、既存の成果の切り捨てこそが新しい運動には不可欠という判断である。従来からの流れをあえて断ち切る鉄幹と子規の断言はいかにも新しい時代の運動にふさわしいと映る。しかし信綱はそうしなかった。いや、できなかったと言うべきだろう。二人には見えないものを信綱は見ていたからである。そのことを確認するためには時代を少し遡らなければならない。

注1・心の花第一回大会において開会挨拶をした東久世通禧の歌の相談役が信綱の父弘綱、弘綱亡き後はまだ若き信綱が相談役を務めた。講演の巖谷は児童文学の先駆者、「ふじの山」や「一寸法師」など唱歌の作詞でも知られている。昌綱は五歳下の弟、この年八月に結婚、印東の姓を継いだ。信綱が藤島雪子と結婚して姻戚となったのが徳富蘇峰、以後『国民歌集』の編集出版の機会を提供するなどいろいろ信綱を支えた。

注2・日本橋倶楽部は明治二十三年十月に商工業の隆盛を目的とする親睦社交組織として日本橋区浜町に創設された。現在は中央区室町に移転している。

注3・「晴るける」について、古語の言語学研究が専門の聖心女子大学小柳智一教授から次のアドバイスをいただいた。

古語の二段動詞は歴史的に変化し、近現代語では一段動詞になった。例えば、古語の二段動詞「へだつ」は近現代語では「へだてる」になり、古語の「わする」は近現代語では「わすれる」になった。これを古語の「はるく」にあてはめると近現代語の形は「はるける」になるはずだが、実例は未確認である。信綱の「はるける」は、このようなことを知る信綱が古語の「はるく」から創作したものかもしれない。

## （二）和歌百科事典――『歌之栞』

数え年二十一歳の信綱に渾身の一冊がある。明治十七年から二十一年まで学んだ東京大学（十九年に帝国大学に改称）文学部古典科国書課の卒業論文を増補して二十五年四月に刊行した『歌之栞』である。一千五百頁を超える革製四六判の大冊、全体は次のように三篇に分かれる。

上篇　総論「歌の沿革」「歌の種類」「歌の法則」「歌の雅遊」「歌の書式」
中篇「類題便覧上（漢字題）」「同下（仮名題）」「名所便覧上下」「仮名格便覧」「冠辞便覧上下」「歌詞便覧上下」
下篇「作法類語集」「作例名歌集」「長歌作例」「旋頭歌作例」「今様歌作例」

上篇は和歌原論、中篇は題や歌言葉など基礎的和歌用語辞典、下篇は作歌心得といった趣の構成であり、全体では和歌百科事典というべき一冊である。小泉苳三は『明治大正短歌資料大成／第二巻』で次のように紹介している。

本書は作歌の参考書としては最も広く読まれたものであつて、今日にあつてもなほ旧派歌人の間には大いに用ひられてゐる。近世以来の和歌の作法を集大成して、歌の沿革種類法則等の項目を加へた大部の書である。かういふ種類の書としては今後も恐らくこれ以上大部のものは出ないであらう。

小泉は「千代田歌集と共に旧派歌人座右の書として今に親しまれ」ていると加えてもいるが、斎藤茂吉は開成中学三年生の自分を次のように振り返っている。

明治三十一年の夏休みに、浅草区東三筋町に住んでゐて、佐佐木信綱氏の「歌の栞」を買つて来て読むと、西行法師の偉れた歌人である事が書いてある。そこで「日本歌学全書」第八編を買つて来た。この書物には、「山家集」のほかに「金槐集」をも収めてゐる。これが『金槐集』を見たはじめである。当時の予は未だ少年であつて、歌書などを買つたのは覚束ない知識欲に駆られての所為に過ぎなかつたのである。

（『斎藤茂吉全集』第九巻「短歌私鈔第一版序言」）

まず『歌之栞』を手に取り、そこから西行と実朝へ。熱心に読み込まなければ広がらない動きである。「西行法師の偉れた歌人である事が書いてある」といったくだりからは歌に関する知識はまだ確かに「覚束ない」が、関心はかなり高かったと見てよい。

藤岡武雄は『斎藤茂吉――生きた足あと』（本阿弥書店）で、「『歌之栞』を買って読んだその年から、次兄守谷富太郎宛の書簡に短歌を書きつけている」と解説し、信綱の大著が大きく作用したことを教えている。次兄への書簡に記したのは次の二首である。このとき富太郎は兵士として台北にいた。

兄上は雲か霞かはてしなき異域の野べになにをしつらん
此事も君の為なり国のため異境の月も心照らさん

『歌之栞』は旧派歌人ばかりでなく、新しく短歌に足を踏み入れようとしていた青年たちにとっても大切な一冊だったことがわかる。茂吉も自身の読書体験を踏まえ、『歌之栞』を次のように評価している。

親切丁寧で、和歌に関するあらゆる事項を網羅してゐるので、初学者は本書によつて便利を得たること多大であつた。和歌の道を盛にした点では、本書の教育的価値を見のがしてはならぬ。
（『明治大正短歌史概観』）

その『歌之栞』からここでは、下篇の最初に置かれ、歌語の解説と作歌の注意点を示した「作法類語集」に注目しておきたい。

●新年　あたらしきとし／一月一日より七日頃までの事、大空のけしき、大路のありさま、家毎に門松国旗たてわたしたるさまなど、すべて新年の儀式、あそびわざ等をよむべし。但春又霞などはよむべからず。

「作法類語集」は「新年部」のこの解説から始まる。言葉の訓《よ》み方、意味、詠むことが可能な期間、題を踏まえた詠み方などが端的に示されて、なるほど和歌の作法とはこういうものか、と初学者にも親切なガイドブックである。いくつか項目の要点を加えたい。

●鶯　うぐひす　いつ聞きても、あかずめづらしきさまによむべし。

●燕　つばめ　毎年春来り秋去りて、雁とゆきかはる意をよむなり。つばくらとのみよむはわろし。

●蛙　かはづ　古くはかじかをいひて、夏秋にかけて鳴ものをいへれど、中古より、おほくはかへるをよみて、春の題となれり。

●牡丹　ふかみぐさ　はつかぐさ　廿日草とは、白居易が詩によりていへる名にて、異名にあらず。漢土にては、もはら此花をほめて、花の王ともいへり。

●橘　たちばな　実をも、花をもめづれど、多くは匂ふ香に、昔をしのぶよしをよめり。

●泉　いづみは出水にて、湧出る水をいふ。手して結びあげて、あつさを忘るるよしをよむなり。

●梨花　花の白きを、雪波などに見たててよむべし。

こうした解説と心得があれば心強いとも思うが、逆に煩わしいと感じる人も少なくないだろう。なぜ燕は巣作りの甲斐甲斐しさを詠んではいけないのか。橘は香りを、そして昔を偲ぶ想いを詠まなければダメなのか。泉は滾々と湧き出るさまを写生してはダメなのか。梨の花はなぜ雪に重ねなければいけないのか。

実はこうした題詠の作法こそ、和歌革新運動が強く否定したものだった。新派和歌最初の体系的な歌書といわれる窪田空穂『短歌作法』（明治四十二年三月）はその理由を次のようにまとめている。「旧派の短歌を、最もよく説明してゐる物は、かの題詠である」

空穂はまずこう述べ、題詠の旧派と「自我の詩」の新派という対比の中で新派和歌の意義を強調した。ではなぜ題詠は否定対象なのか。旧派和歌は「作歌をする場合、標準を外に置く所にある。即ち、短歌とは斯ういふ物だと、予め其見本を認めてゐる、そして、成るべく其見本に似た物を作らうとする」。しかし「詩歌とは、我々が人生に対し自然に対して感じ来つた事を、何の囚へらるる所なく、さながらに歌ふものだ」から、その基本から「題詠を見たならば、如何にも奇怪なる事ではないか」と断じるのである。短歌は自分の感じたこと思ったことを詠うものだから、泉は涼しさを詠うという固定化したマニュアルは邪道というわけだ。

和歌の腐敗は「趣向の変化せざるが原因にて、その趣向の変化せざるは用語の少なきが原因と被存候」（『歌よみに与ふる書』）という正岡子規の批判も、「歌俳句はやかましい作法《さくはふ》や秘訣のあるらしいのが厭《いや》で」二十歳まで歌を遠ざけていた（『歌の作りやう』）与謝野晶子の旧派和歌像も、空穂の題詠批判に通じるものがある。

『歌之栞』の「作法類語集」は「春風」を「春の始に、雪氷をふきとくより、柳の糸を靡かせ、花の香をさそふよしなどをよむべし」と説いている。雪や氷を溶かし、新しい芽吹きを促す。「願はくはわれ春風に身をなして憂ある人の門をとはばや」はこのマニュアルを人事の形に生かし、人々の憂悶を晴らすプランにしたと読むことができる。和歌革新運動が本格化し、自身も新しい運動に乗り出しても、そしてみんなが題詠否定に走っても、信綱はなお題詠を手放さなかった。なぜだろうか。『歌之栞』上篇第三篇「歌の法則」の第二章「歌の題目」第一項「題詠沿革の事」がその理由に触れている。

いにしへは題を取て歌を詠む事はなく、たゞ心に思ふまゝ、眼に見るまゝ、耳に聞くまゝをいひ出し物なり。さるを奈良の都の頃よりして、折にふれ時につくのみならず、殊更に花鳥などを詠じ、又相聞（後世に恋の歌といへるに同じ）に、物に寄せて思を述べたるが、見えたるは、後に題を設けて、歌をよめる起因といふべし。

歌はまず、思うまま見るままに、即ち折々の感興に従って詠まれるものだった。つまり空穂が主張する「詩歌とは、我々が人生に対し自然に対して感じ来つた事を、何の囚へらるる所なく、さながらに歌ふものだ」った。それがやがて折々の感興を離れて花鳥の美を先立てる歌作が現れた。そこに題詠の発端がある。信綱はそう説いている。こうして生まれた題はどのように磨かれ、上昇していったか。第三項「題意をよくよく心得べき事」は説く。

昔は実に物を見、実に声をききてよみし物なれば、題意を知るべきよしなかりしを、後に漢字の題をよむ事盛んになりにたれば、行かずして吉野山の花を見、立田川の紅葉を見、聞かずして朝の原の鶯をきき、春日野の鹿を聞きたるやうによむならひなれば、題意をよくよく心得ざればよみ誤まつ事あるべし。

吉野山は、そして立田川は、単なる地名ではなく、花と紅葉の象徴と、つまり美の典型となった。歌における題は、表現を美の基準に高める装置だった。信綱はそう説いている。

　改めて思えば、短歌和歌は私たちの感受性の基本を作ってきた。大伴家持の「雪の上に照れる月夜に梅の花折りて贈らむ愛《は》しき子もがも」が雪月花という美を意識しているように。紀貫之の「桜ちる木《こ》の下風は寒からで空に知られぬ雪ぞ降りける」が桜吹雪という落花の美を普遍化したように。藤原定家の「来ぬ人を松帆の浦の夕なぎに焼くや藻塩の身もこがれつつ」が待つ行為を情念の美に上昇させたように。さらに加えれば、大和の風景に触発されて詠んだ信綱の「ゆく秋の大和の国の薬師寺の塔の上なる一ひらの雲」が今度は逆に大和の風景の典型と意識されるようになったことも題詠的な効用の一例に数えていいだろう。題詠はそうした美の標準化への手探りと、つまり蓄積されてゆく美意識と深く関わっている。それは伝統詩短歌の根幹に触れる意識であり、だから信綱は第一回全国大会という晴れの場でそのことを強調するために、「春風」の表現史と歌の徳という短歌の力を強調したのである。

　和歌革新運動の中に伝統の力をどう加えることができるか。「われ春風に身をなして」には信綱の揺るぎない決意と信念が籠められている。


注・『歌之栞』は〈歌の栞〉と示す書が多い。ただ奥付には書名が無く、背表紙は〈歌之栞〉と表記されており、小泉苳三『明治大正短歌資料大成／第二巻』では「歌之栞」である。それにならって本書では〈歌之栞〉を採用した。

## （三）信綱の出発

### ①講説する信綱――家学

信綱最初の出版は数え年十九歳の明治二十三年、上下二冊の『日本文範』（博文館）である。年譜等には十六年の『文章作例集』もあるが、これは父弘綱の指導のもとでの仕事だったからだろう、『日本文範』を「自分の著書の世に公けになった最初のもの」（『作歌八十二年』）と信綱は位置づけている。

その『日本文範』はどんな著作だろうか。「はしがき」は言う。

此書は和文を読み習ふ人の為に古代の人々の文を上編とし近代の人々のを下編として撰びつるなり／文章を記事記行評論教誡伝記軍記序跋消息の八に分ちたるは習ふに便よからん為にてかりに題を設けたるも又しかりされど古人は題を設けて作りたるならねばあたらざるもあるべし（以下略）

和文ガイドブックといった趣の一冊ということになる。上編目次は「〇記事文（春部）立春　初春　初春梅……」と四十項目が並び、夏部、秋部と続いてゆく。ここでは立春の例文を最初の一段だけ示しておこう。

立春　源氏物語初音巻　紫式部

年たちかへるあしたの空《そら》の景色《けしき》、名残《なごり》なく曇《くも》らぬうら〻けさには、数ならぬ垣ねの内だに、雪間《ゆきま》の草若やかに色づきそめ、いつしかと景色《けしき》だつ霞《かすみ》に、木の芽《こめ》も打けぶり、おのづから、人の心も、のびらかにぞ見ゆるかし。

「こは始に元日の大凡を述べましてといへるよりは三条院のめでたきさまをいひ春の御殿といへるよりは紫の上の方をいひて文を三段にいへり」と頭注がある。

まだ十九歳の少年の初の出版がなぜ古典への蓄積が求められるガイドブックなのか。これには父弘綱の育て方、それに応えた信綱の育ち方が大きく作用している。

信綱が生まれたのは明治五年六月三日、弘綱四十五歳のときの長男誕生である。弘綱はそのときを次のように記している。

六月三日の巳ばかり、いとやすく男子をうめり、おのれ前妻に女子ひとりありしかど八歳にて身まかり、妻もつゞきてみまかりにしかば、今は子なき身と思ひしにかくやすくうまれ、ことにをの子なれば、家つがすべき子なりと、いといとうれしうて信綱と名づく、

（「位山日記」六月五日・北川英昭『佐々木弘綱の世界』）

「位山日記」の位山は飛騨高山の山、明治五年の飛騨への旅日記である。帰宅は五月六日だが、信綱誕生を受け「此うれしさを此日記のとぢめとす」と日記を結んでいる。「いといとうれしうて」。弘綱のこの感激には深い理由がある。

弘綱は数え年二十七歳で結婚、翌年娘が生まれたが八歳で他界、八年後に妻も失った。その年に迎えたのが後妻の光子だが、子には恵まれず、四十五歳となった弘綱はもう子なき身と覚悟してい

た。その矢先に信綱が生まれたのである。「家つがすべき子なり」の「家つがす」は単なる跡継ぎではない。佐々木家は歌の家、学問の家。父祖からのその歌道と学問を継ぐべき男子誕生という強い思いがこもった「家つがすべき子なり」である。昭和三十七年版『和歌文学大辞典』（明治書院）の佐々木弘綱の項を読めば、家学を継いだ弘綱の使命感が見えてきて、信綱誕生の感激がその使命感とよく繋がるのである。摘録の形で示しておこう。筆者は伊藤嘉夫である。

佐々木弘綱　幕末明治の国学者・歌人。家を竹柏園と号した。伊勢石薬師に生れ、曾祖父利綱以来学を以て聞えた。幼くして家学をうけ、一七歳で千首詠があり、山田なる足代弘訓の寛居塾におもむき学んだ。明治一五、子の信綱をともなって上京、東京大学古典科・東京高等師範学校に教鞭をとった。のち辞して専ら民間にあって、歌道と学問の発達に熱意をかむけ、学問普及のために良書の出版に力をいたたし、その著述編集にかかるもの三〇余部、中でも『日本歌学全書』は、和歌文学に本文を提供した功績は没すべからざるものである。万葉集のごときもこの全書本によってはじめて流布し、研究されたといってよい。

弘綱は文政十一年（一八二八）に生まれ、明治二十四年（一八九一）に六十四歳で没したが、「幼くして家学をうけ」、「専ら民間にあって、歌道と学問の発達に熱意をかたむけ」たその軌跡は、時代をスライドさせればほとんど信綱の軌跡でもある。万葉集の流布と研究における信綱の多大な功績はまず弘綱との共編の『日本歌学全書』、そしてなによりも『校本万葉集』だろう。弘綱を継いだ信綱の奮闘があったからこそ、万葉集は近代以降の日本人の身近なテキストになった。

家学としての歌道と学問、信綱は父弘綱の過大とも思える期待に全力で応えた。弘綱の『加越日記』にその一端が窺える。佐佐木由幾の「解説」によると、これは福井の門人に招かれた明治十三年三月二十八日から六月六日までの七十日間にわたる加賀と越前への父と子の旅日記だが、信綱はまだ長旅が危ぶまれる少年だった。弘綱が無理に伴ったのでは、と思えるがそうではなかった。「九歳なる童信綱。六歳より歌よむ事を好みて。伴ひてよとこふに。長き旅の足手まどひなれはと。ゆるさゞりしに。夜ひとよ涙ぐみて。せちにこへば。さらばとて母もゆるしければ。伴ひて門出す」と日記は説明している。少年信綱の強い要望によっての同行だったのである。福井の門弟の招きによる旅だが、「信綱。そのかみ師翁の座せられし所にて講せちす」といった記述がしばしば出てくる。「講せちす」は講説す、つまり旅の先々で講義したのである。「当坐の歌よみをへて。信綱歌の起源を講し。おのれ雨夜の品定めの巻を講す」、「信綱百人一首を講す」といった記述もあり、童とは思えない本格的な講説である。しかし四月十二日には「夜に入て。何くれと物かたるほどに。信綱うたゝねしければ。あづけてかへる」ともある。大人たちの尽きぬ談笑に堪えきれず訪問先で眠ってしまった。童に戻った信綱の姿が微笑ましい。

講説は弘綱の計らいだろう。歌の起源や百人一首を語らせても大丈夫というわが子信綱への信頼があるからであり、家学の継承を意図した弘綱の教えを早くから受け止め、吸収していたからこそ可能な行為でもあった。

『加越日記』解説で佐佐木由幾はこの旅の意義を次のように説いている。

この日記は弘綱が誌したのであるから、もちろん弘綱の立場から見、考え、感じたままを書かれてあるが、信綱にとっても実り多いものであったろうと思われる。人に直接会うこと、その土地でそこの景を見つつ歴史を知ること、生きている植物・動物を見て、名前を知り、状態を知り、それを詠まれた古歌を知ること、それが弘綱の教育法の一つなのだと知られ、また信綱がよくそれを受け入れていたのがわかる。

自伝『作歌八十二年』で信綱は五歳（明治九年）の自身を次のように振り返っている。「言の葉の道伝へむ」との考から、万葉集や山家集《さんかしゅう》の歌を暗誦《あんしょう》するよう教えられた。はにかみやで友達がないので、家のうしろの広い茶畑によくいった。そこには、ここかしこに桐の木が植えてあり、遠景としては鈴鹿山脈がうつくしかった。それをながめつつ、「ひむかしの野にかきろひのたつ見えて」とか、「鈴鹿山うき世をよそにふりすてて」とうたったりしていた。

早くから家学継承のための教育を受け、友と遊ぶよりも風景を楽しみながら一人古歌の暗誦にいそしむ。信綱はそんな少年だった。九歳の時の七十日にわたる加越への旅もそうだが、弘綱は学校で学ぶよりも自分の教育を重視していた。明治十五年には「また小学校を休むことにはなるが、上野や向島の花を見に、すぐれた歌人や学者の方々にもお目にかかるようにつれていってやろう」（『作歌八十二年』）と信綱を誘っている。見方によっては困った父親だが、十一歳の信綱も「自分は躍りあがって喜んだ」と反応している。

かなり特殊なエリート教育の中で信綱は育ったことになるが、こうした軌跡を踏まえると、十九歳のときの最初の著書『日本文範』は幼年期からの蓄積を反映した得意領域であり、信綱にとってはごく自然な第一歩でもあった。

## ②東京へ――「信《のぶ》のため」

明治十五年春の東京への旅は思いがけない結果を生んだ。そのまま東京に移り住むことになったのである。経緯を『作歌八十二年』で確認しておこう。

桑名から船で尾張に渡り、各地の見聞を楽しみながら神奈川から初めての汽車に乗って東京に入った。翌日から活動開始、花盛りの上野の人出に驚き、向島では桜餅を食べ、小中村清矩《きよのり》、福羽《ふくば》美静《びせい》、西周《あまね》、高崎正風、鈴木重嶺《しげね》などを訪ねて教えを受けた。大方の目的を達したので帰り支度をしていると福羽美静から使いが来た。学問は東京で無ければだめだ、信綱は東京でよい先生の指導を受けるのがよい、昨日小中村君とも話し、それがよいということになった。福羽はこう勧め、一晩掛けて弘綱は「信の教育のために東京に永住する」ことを決心する。「自分は父の詞をただただ有がたく聞いた」と信綱は記している。弘綱はいつも信綱を「信《のぶ》」と呼んでいた。

弘綱の行動はすばやかった。旅費のあまりで神田小川町裏通りの小さな家を求め、やがて光子と弟の昌綱も呼び寄せた。

新しい文学へ激しく動く東京、その渦中での信綱の活動がそこから始まる。

参考文献
川田順『羽族の国――思草評釈』（平成六年七月・短歌新聞社）
佐々木弘綱『加越日記』（昭和五十七年七月・竹柏会出版部）

佐佐木信綱『作歌八十二年』（昭和三十四年五月・毎日新聞社）
佐佐木信綱『明治大正昭和の人々』（昭和三十六年一月・新樹社）
『和歌文学大辞典』（昭和三十七年十一月・明治書院）
北川英昭『佐々木弘綱の世界』（平成二十五年六月・佐佐木信綱顕彰会）
『明治大正短歌資料大成／第二巻』（昭和五十年七月・鳳出版）

# 第二章　和歌革新への道

## （一）『新体詩抄』――三十一文字は線香烟花

明治の和歌が動き出すのは『新体詩抄』からと見るのがわかりやすい。明治十五年八月に刊行された『新体詩抄』の動機を、巽軒《そんけん》居士すなわち井上哲次郎は次のように述べる。

夫レ明治ノ歌ハ、明治ノ歌ナルベシ、古歌ナルベカラズ、日本ノ詩ハ日本ノ詩ナルベシ、漢詩ナルベカラズ、是レ新体ノ詩ノ作ル所以ナリ

新しい時代のために、和歌でも漢詩でもない新しいジャンルの詩を作る。端的でわかりやすい動機である。ではその「新体ノ詩」はなにをモデルにしているのか。「凡例」は言う。「此書ニ載スル所ハ、詩ニアラス、歌ニアラス、而シテ之ヲ詩ト云フハ、泰西ノ『ポエトリー』ト云フ語即チ歌ト詩トヲ総称スルノ名ニ当ツルノミ、古ヨリイハユル詩ニアラザルナリ」、つまり西洋のポエトリー、長詩だった。

西洋詩の導入によって新しい時代の詩を生み出す。「新体詩」というネーミングも新しいジャンル誕生と思わせて効果的だった。著者は井上哲次郎、矢田部良吉、外山正一。新進の学者三人による新しい詩歌運動である。序文には従来の詩歌、特に和歌に対する強い批判が含まれている。

矢田部は言う。「我邦人ノ従来平常ノ語ヲ用ヒテ詩歌ヲ作ルコト少ナキヲ嘆シ、西洋ノ風ニ模倣シテ一種新体ノ詩ヲ作リ出セリ」。

外山は言う。「甚た無礼なる申分かは知らねとも三十一文字や川柳等の如き鳴方にて能く鳴り尽すことの出来る思想は、線香烟花か流星位の思に過ぎざるべし。少しく連続したる思想内にありて鳴らんとするときは、固より斯く簡短なる鳴方にて満足するものにあらす」。

矢田部は用語改革の必要を説き、外山は新時代の思想を表現しようとするときには短歌形式は量的不足と詩型論にも及んでいる。

〈蛙はかわず、鶴はたづ〉といった歌語からどう自由になるか。これは後の和歌革新運動が強く意識した課題でもあり、「趣向の変化を望まば是非とも用語の区域を広くせざるべからず」と説く正岡子規の「七たび歌よみに与ふる書」や、「明治四十年代以後の詩は、明治四十年代以後の言葉で書かれなければならぬ」という石川啄木の「食ふべき詩」が思い出される。しかし用語改革の必要は『新体詩抄』から始まるのではない。近世和歌は既に意識し、実践しており、「古人は師なり、吾にはあらず。吾は天保の民なり、古人にはあらず」（『ひとりごち』）と説いて「わが酒の限り見えたるふらすこに人の命も悲しかりけり」と外来語の「フラスコ」を取り入れて詠う大隈言道や「たのしみはまれに魚烹《に》て児等《こら》皆がうましうましといひて食ふ時」と思うことをそのまま詠った橘曙覧などを視野に入れておく必要がある。言道の「吾は天保の民なり」の先には明治二十九年の与謝野鉄幹の「小生の詩は、即ち小生の詩に御座候ふ」（『東西南北』自序）が見えてくる。桜楓社版『和歌文学辞典』は言道について「生前においてはかえりみられることはなく、明治三一年佐佐木信綱が賞して以後、世に知られるに至った」と解説している。先達の発見は信綱の大切な仕事の一つでもあった。

外山の〈短歌＝線香烟花説〉はこれ以降表現を変えてよく復活する。三年後の明治十八年から翌年にかけて刊行された坪内逍遙『小説神髄』は小説による文学革新を目指したものだが、「いにしへの人は質朴にて其《その》情合も単純なるから、僅《わづか》に三十一文字もて其胸懐を吐《はき》たりしかど、今日このごろの人情をば、わづかに数十の言語をもて述尽《のべつく》すべうもあらざるなり」と歩調を合わせている。長詩や小説によって明治の文学を革新しようとする立場が既存の中心的ジャンルである和歌を標的にするのは、特にその表現量を標的にするのはごく自然な選択であり、戦略だった。それは和歌本質論ではなく、戦略としての和歌論だった。その点を押さえておくことが大切である。

尾上柴舟「短歌滅亡私論」（「創作」明治四十三年十月）はこの量的不足説と無関係ではない。短歌の世界に連作が広がったことを踏まえ、「五首ならば五首、十首ならば十首」として一括するのであれば一首一首という単位は不要、「少なくとも私は、短歌の存続を否認しようと思ふ」と柴舟は言う。また、敗戦期の第二芸術論の一つである桑原武夫「短歌の運命」（「八雲」昭和二十二年五月）が説く「がんらい複雑な近代精神は三十一字には入りきらぬものである」は外山や逍遙の主張そのものだった。

## （二）長歌への注目

萩野由之「小言」（「東洋学会雑誌」第四号・明治二十年三月）は『新体詩抄』に刺激された論考と見てよい。そこで萩野は歌が「真ノ有用トナ」り「真面目ヲ開ク」ための提言を（歌題）（歌格）（歌調）（歌材）の四点から行っている。（歌格）と（歌材）から一点ずつを紹介しておきたい。

・（歌格）万葉以上ニハ長歌多キニ、古今以下ハ短歌ノ十カ一ニモ足ラス。人ノ心ノ働キハ千変万化スヘシ。イツモ三十一字ニテ賄ハルヘキニハアラス。其意境ニ応ジテ、長歌トモ短歌トモナルヘシ。

・（歌材）（略）物ノ名ハ電信ニモアレ、汽船ニモアレ、字音ニテ呼ベルモノハ、其儘ニ読ミ入ルヘキコトナリ。洋語ナルモ亦然リ。世ニハ字音ヲ嫌ヒテ、電信ヲ糸ノ便リ、汽船ヲ黒船ナト、カヘテ詠ミタルモミユ。カクテハ後ノ人ノミカハ、今ノ人モ解シ難カルヘシ。

歌格では古今集以後は短歌の十分の一以下となった長歌の再活用を説き、歌材では用語の拡大を、つまり和語ばかりでなく洋語も字音（国語化した漢語）の使用もためらうなと説いている。『新体詩抄』が西洋風の長詩を提唱したのに対し、萩野は長歌の復活によって和歌を新しい時代の詩にしようとした。そこに注目しておきたい。「歌学」第二号（明治二十五年四月）掲載「和歌及新躰詩を論す」でも萩野は「複雑なる感情は、長く咏じ、単簡なる感情は短くて了るを常と」していたのに「京の平安にうつりしころより（略）その躰ももはら短歌を主としければ、歌風一変して、古今集以下所謂廿一代集も、みな長歌をば集外にしりぞかしむるに至りぬ」と問題視している。

こうした議論の広がりの中で信綱が佐々木健という筆名で「和歌のはなし」（「女学雑誌」第九十八号・明治二十一年二月）を、弘綱が「長歌改良論」（「筆の花」第九集・明治二十一年九月）を発表する。二人は七五調重視で共通しており、より理路整然としている弘綱の主張をまず見ておきたい。「上代は長短あれども、大方は、五言と七言となる物にて、古くは、先五言よりいひはじめて、七言につゞくが、定り」だったが、桓武天皇が都を平安京に移した頃から「万事往昔のさまは移ろひ、花美になりもてゆきて、歌の調も句もうつりて、五七の調忽七五の花やかなるしらべとなりて、万葉集にては、なかざりし鳥もきなきぬ、咲かざりし花もさけれどといひしを、古今集にては、長柄の橋のながらへて、難波の浦に立浪のとやうに、優美にかはりたり。是、自然の理にて、七五のしらべ当時のにあへる故なりけり」と五七から七五への変化に時代の必然を見ている。それなのに賀茂真淵の頃から長歌をも古体に擬して「其門人皆七五の調を、五七に復してよみ出」すようになった。復古にはいいことが多いが、調べは自然に代々移って来たものだから「七五の調を、今更五七に、復古せさすべきやうは、なきものなり」と真淵の頃に変化した長歌の趨勢を批判、七五を基本とすることを説く。そのために「長歌のかはりに、今様をよまむとす。今様は七五の調にては、第一の雅調感深きものにて」唱歌などにも活用されていると、長歌を今様に改良することによって広い意味での和歌を時代の詩にしようとしている。

　佐々木健の名の信綱「和歌のはなし」も肝心部分を紹介しておくと、三十一文字では言い尽くせない領域は「今様（七五七五と句を重ねたるもの）をいくつもつづけたるもの（今の新体詩と称するもの）を用ひて、泰西の詩《ポエトリー》の如く、よく人世の情欲を写し、美術壇上にたたんこそねがはしけれ」、つまり今様形式で対応できると主張している。

　こうした今様による詩歌改革の提言には批判も多かった。二つ挙げておこう。

海上胤平「長歌改良論弁駁」（「筆の花」第十五集から十九集・明治二十二年三月から七月）は「佐々木弘綱が書ける、長歌改良論を、一わたり見もてゆくに童《ワラベ》の戯れ云へるがごとく、とりとめもなき事なり」と始め、「短歌は、今も五七五七七、此五つの句をもて一首の歌とせざるや、これも弁へずして、七五を今の調とは云ふべからず。五七の調は、古今動かすべからざる、正格なることを弁ふべし」と批判する。

福住正兄「雅調論」（大八洲学会雑誌巻四十三・明治二十三年一月）は「五七の調の雅にして、七五の調の俗なる事は、今更云までもなき事なれど長歌をよむ人、ともすれば五七の調べによみ出て、七五の調に移れるは、雅俗混交りにていと口をし（略）今様はいかによく詠みいでぬとも元俗調なるが故に、歌集には載せざりしなり、是をもて古五七の調を尊びし事を知るべし」と七五批判に今様批判を重ねている。

弘綱にはその後「雅調論を駁す」（「日本之文華」三号・明治二十三年二月）、「再雅調論を駁す（一）」（「日本之文華」八号・明治二十三年四月）、「再雅調論を駁す（下）」（「日本之文華」九号・明治二十三年五月）と五七調正格論への批判を続けているが、七五尊重という論点は変わらない。しかし信綱に「竹柏園日誌」（「日本近代文学館年誌　資料探索4」）があり、その明治二十三年三月二十三日は次のように始まる。

此頃休日とかく雨かちなれと今日は珍らしく快晴也〇早朝より「再雅調論を駁す」の論文をかく十五枚斗にてかき終れり（以下略）

日記に従うと「再雅調論を駁す」は弘綱に代わって信綱が書いたことになる。こうしたことは明治二十三年から二十六年まで三冊刊行された『千代田歌集』にも見られる。第二編までは弘綱選、第三編が信綱選と示されているが、二十三年の第二編の選も実質的には信綱が担当したのだろう、小泉苳三『明治大正短歌資料大成/第一巻』は信綱選としている。

和歌改良としての長歌改良論をめぐる議論を信綱は『作歌八十二年』で次のように振り返っている。

四面楚歌ともいうべき包囲攻撃にあうた中に、唯一人山田美妙氏は、読売新聞に父への賛成論を書かれた。自分は父が痛ましく、若い血をたぎらせていたので、当時駿河台の坊城邸の長屋におられた山田氏を訪うた。

形勢は芳しくなかったが孤立無援ではなかったわけだ。しかし山田美妙「長歌改良論を読んで」(「読売新聞」明治二十一年十一月六日)は賛成論というよりも「古学者の弊を破られた有益な文字」と共感しながらの注文である。「いよ〳〵細かい此の後の人情を言ふに、一定の形を定めて鋳型製の美術を求めるのは文学の陵遅を招く容易ならぬことです」と、美妙は七五調に固執することへの危惧を添えてもいる。

『新体詩抄』の和歌批判が長歌改良という形の和歌改良の意識を信綱にもたらし、それがやがて和歌革新へと進む道筋がここからは見えてくる。

## (三) 和歌改良としての新体詩

明治二十年代の後半、のちに和歌革新運動を担う与謝野鉄幹と正岡子規、そして佐佐木信綱には共通した志向があった。鉄幹の詩歌集『東西南北』（明治二十九年）自序はそのことをよく示している。

小生の詩は、短歌にせよ、新体詩にせよ、誰を崇拝するにもあらず、誰の糟粕を嘗むるものにもあらず、言はば、小生の詩は、即ち小生の詩に御座候ふ。

誰の真似でもない自分自身の詩という宣言も大切だが、そこは後に論じるとして、ここで注目しておきたいのは「小生の詩は、短歌にせよ、新体詩にせよ」というくだりであり、『東西南北』はなぜ歌集ではなく詩歌集というスタイルを選んだのかという点である。

野に生ふる、草にも物を、言はせばや。涙もあらむ、歌もあるらむ。

『東西南北』巻頭はこの短歌、初出は「帝国文学」（明治二十八年九月）、句読点なしである。短歌が六首続いたあとが「得意の詩」、「都を出でて何地《いづち》ゆく、／しばしは語らへ駒とめて、／君と飲むも今日《けふ》かぎり」と始まる七五定型の新体詩である。鉄幹は新体詩と短歌を併せて「詩」と呼んでいるわけだ。和歌革新には新体詩も大切という鉄幹の考えがここには示されている。

『獺祭書屋俳話』で子規は言う。

「和歌も俳句も正に其死期近づきつゝある者なり」。なぜか。「古往今来吟詠せし所の幾万の和歌俳句は」一見異なるように見えるが細かく観ると類似するものが多い。その原因の一つは「数理上より算出したる定数」に限りがあるからだ。だから俳句は「明治年間に尽き」るだろうし、和歌は「明治已前《いぜん》に」ほぼ尽きている。

短歌や俳句は三十一音十七音と分量が決まっているから言葉の組み合わせに限りがある。だから死期が近いという理屈である。子規の時代にまじめに論じられた論点だが、では延命策はあるのか。「余は更に和歌俳句の外に一種の新詩歌を創造することを熱望するものなり」。その新詩歌とはひと言でいえば〈字余り俳句〉で、「若し十八字、十九字等の句にして俳句といふべからずといふ人あらば、之を俳句といはずとも可なり。仮に称して十八字の新体詩、十九字の新体詩、二十字の新体詩ともいはん」(「俳句問答」・新聞「日本」明治二十九年五月五日)と俳句的新体詩を意識している。

その子規『竹乃里歌』の明治二十一年には「面白や春たちかへる　若緑杜のの̀ず̀ゑ̀を／我宿ととびかふなれは　佐保姫の音づれ伝ふ／使なるらん」と始まる「時鳥《カツター》(西詩翻訳)」があり、これは創作詩と翻訳詩から成る『新体詩抄』に学んだからだろう。自身の新体詩としては同じ『竹乃里歌』明治二十八年の「金州雑詩」から七五定型詩「金州城」を紹介しておこう。

わがすめろぎの　春四月、／金州城に　来て見れば、いくさのあとの　家荒れて、／杏の花ぞ
さかりなる。

では信綱はどうか。佐々木健の名の「和歌のはなし」を思い出したい。そこで信綱は「今様(七五七五と句を重ねたるもの)をいくつもつづけたるもの(今の新体詩と称するもの)を用ひて、泰西の　詩《ポエトリー》　の如く、よく人世の情欲を写し、美術壇上にたたんこそねがはしけれ」と新体詩への意欲を示していた。明治二十一年に既に今様形式の長歌を新時代の新体詩とも理解していて、和歌の改良を新体詩によって推進しようとしていた信綱がここにはいる。

「『新体詩』の名称は『新体詩抄』（一八八二〈明15〉）に始まる」。『現代詩大事典』はこう押さえている。筆者は勝原晴希である。その勝原と「心の花」の歌人松岡秀明が「佐佐木信綱研究」第3號（平成二十六年十二月）「新体詩特集号」で信綱の長歌「長柄川」を新体詩と捉えている点に注目しておきたい。

佐佐木幸綱、山本陽子、松岡との座談会「新体詩とは何か?」で勝原はまず「近代詩年表の明治年間が、いちおう新体詩の範囲ということになります」と押さえながら次のように整理する。

当時は詩といえば漢詩を指していたので、新しいスタイルの詩を外山正一たちは「新体詩」と名づけた。「どこまでが新体詩かということですが、これも後の研究の上では島崎藤村の『若菜集』からが近代詩と位置づけられ、それまでが新体詩の時代、というように整理をされているんです。けれども同時代的にいえば、新体詩という言葉は明治の終わりまで使われています」。

近代文学研究が始まった大正時代の整理では明治十五年の『新体詩抄』から新体詩の時代が始まり、明治三十年の『若菜集』からが近代詩の時代となるが、同時代的には明治四十五年までの三十年間が新体詩の時代ということになる。

では新体詩とは何か。「『新体詩抄』以降の文語定型詩を指す」と勝原は端的だ。「あゝをとうとよ、君を泣く、／君死にたまふことなかれ、／末に生れし君なれば」と始まる七五定型詩の与謝野晶子「君死にたまふことなかれ」は初出の「明星」明治三十七年九月号の目次では「長詩」と記されているが、勝原の把握では「新体詩の名作」である。また信綱が「次に述べるような長歌」と示している「長柄川」（「国民之友」明治二十六年九月）も「長い新体詩」である。

「長柄川」はどんな新体詩だろうか。序詞がその動機を次のように示している。

水清き長柄川の流れに船を浮べて／鵜飼の奇観を看しは八月十六日の／夜なりき帰途浅井中村興津大磯逗／子等にいたりて帰京せるに其夜か／の地洪水の報道を得て感殊に深し／直に筆をとりて空しく底の藻屑と／消え土の下に埋もれはてし百余人／の霊をとぶらふ／八月廿五日の夜／佐々木信綱。

長良川に遊んで帰京ほどなく、彼の地が大洪水に襲われたことに衝撃を受け、「一篇三百八十五句。生涯において最も長い作品」（『作歌八十二年』）を詠んだのである。その物語を骨格だけ示しておこう。①は出だし、②は衝撃の惨状、③は結びである。

①うつろへる山のすがたは／水の色にひとしくなりて／並み立てる峯より西に／三日月のかけいとほそし／ながら橋うちわたりつゝ／まうけたる小舟に乗れば／川かぜは身にしむまでに／しろたへの袖なびかして／ひるの間の暑さも知らず

②みやこ路に帰らむつきぬ／かへり来てきゝて驚きぬ／風まじりふりにしあめに／ながら川水《み》かさまさりて／こゝだくの人もいへ居も／ゆく水の水《み》なわときえて／いひしらぬ景色めでつゝ／わたりてしかのおほ橋も／わたり居し人を載せつゝ／あともなく流れはてきと

③あはれこの月のひかりよ／あはれこのさやけき月よ／ぬれはてし人のたもとに／いかさまに宿りかすらん／屋根もなき草のまくらを／いかさまに照しかすらん／あはれこの月

まず鵜飼見学への心地よい舟出から始まり、帰京後に知った大水害に驚き、祈るしかない無力を嘆く。窪田空穂の長歌「捕虜の死」が連想される長編だ。この叙事詩は信綱にとっては和歌の伝統を踏まえた五七の長歌だが、新体詩とは『新体詩抄』以降の文語定型詩という勝原の定義に従えば「長柄川」も新体詩であり、松岡は「信綱新体詩の記念すべき第一作」と位置づけている。

近代詩歌史というマクロな観点から「長柄川」を新体詩と捉えたときに見えてくることは少なくない。なぜ信綱が童謡唱歌や軍歌にも精力的だったか、落合直文はなぜ明治二十一年にいち早く七五調五五二行の「孝女白菊の歌」を書いたのか。そうした動きも和歌革新への道筋のなかに生かすことが可能になるからである。

## （四）庭に一本《ひともと》なつめの木――軍歌、童謡、唱歌

佐佐木信綱と聞くと、研究者は『校本万葉集』など万葉集研究を、歌人は「ゆく秋の大和の国の薬師寺の塔の上なる一ひらの雲」を浮かべるのではないか。そしてその他の多くの人にとっては唱歌「夏は来ぬ」だろう。作者を知らなくても歌は覚えていて、季節になると「卯の花の・におう垣根に・時鳥《ほととぎす》・早も来鳴《きな》きて・忍音《しのびね》もらす・夏は来ぬ」と口ずさみ、はつ夏のさわやかな風景をまならに呼び寄せるのではないか。

歌は明治二十九年五月の『新編教育唱歌集（第五集）』で発表された。このとき信綱は「日本風

の唱歌を」(『明治大正昭和の人々』)と要望された。十三歳で東京大学文学部古典科国書課に入学した英才、その卒論をもとに二十一歳の年に出版した『歌之栞』は和歌の百科事典でもあって、当時の歌人必読の書となっていた。日本風の作詞をという注文にはもっともふさわしい青年歌人だった。

一・卯の花のにおう垣根に時鳥《ほととぎす》/早も来鳴《きな》きて忍音《しのびね》もらす　夏は来ぬ

三・橘のかおる軒端の窓近く/蛍飛びかい怠り諫《いさ》むる　夏は来ぬ

卯の花の垣根にほととぎすが来るとなぜ夏なのか。古典和歌では夏はまずほととぎす、卯の花とセットになると待ったなしに夏なのである。つまり古歌における夏歌の典型的な組み合わせだった。三番では蛍が怠ることを諫《いさ》める。日本の伝統を新しい時代に生かそうと全力疾走した信綱らしい受け止め方だろう。作曲は小山作之助。「作歌後六十年後の今日も、新しい息吹によつて歌はれてゐることは作詞者としての喜びであるが、これは全く小山君の作曲の力によるものである」(『明治大正昭和の人々』)と信綱は小山を讃えている。

『ある老歌人の思ひ出』で信綱は『新体詩抄』が出た明治十五年以降を次のように振り返っている。

いはば近代詩の少年時代には、いろいろな人々が、いろいろの立場から作詩を発表した。さらに小学唱歌の普及と、軍歌の流行とがこの機運を促し、新しい西欧風の音楽もよろこび迎へられつゝあつた。

明治維新の後、この国は藩の意識から国家の意識へ転換しながら西欧列強と肩を並べるための大改革を進め、教育や文化にも及んだ。それが「いろいろな人々が、いろいろの立場から作詩を発表した」背景だが、そうした機運の中で信綱も童謡、唱歌、軍歌をさかんに作詞した。数例だけ挙げてみる。

・軍歌「凱旋」（『日本軍歌』明治二十五年四月）
　「勇敢なる水兵」（『大捷軍歌』第三篇・明治二十八年二月）
　「水師営の会見」（『尋常小学読本唱歌』明治四十三年七月）
・童謡「すずめ　雀」（瀧廉太郎編『幼稚園唱歌』明治三十四年七月）
・唱歌「夏は来ぬ」（『新編教育唱歌集』第五集・明治二十九年五月）

軍歌のよく知られている個所だけを『軍歌選抄』から示しておこう（ルビ適宜省略）。

「凱旋」
　一・あな嬉し　喜《よろこ》ばし／たたかひ勝ちぬ／百千々《ももちゞ》の敵《あた》は皆／あとなくなしつ／あな嬉し　喜ばし／此の勝いくさ／いざ歌へ　いざ祝へ／此の勝いくさ

「勇敢なる水兵」
　一・煙も見えず雲もなく／風も起らず浪立たず／鏡の如き黄海は／曇りそめたり／時の間に
　八・「まだ沈まずや定遠《ていゑん》は」／此の言の葉は短きも／み国を思ふ国民《くにたみ》の／心に長くしるされむ

「水師営の会見」
　一・旅順開城約成りて／敵の将軍ステッセル／乃木大将と会見の／所はいづこ水師営
　二・庭に一本《ひともと》なつめの木／弾丸《だんぐわん》あともいちじるく／くづれ残れる民屋《みんをく》に／今ぞ相見る二将軍

四・昨日の敵は今日の友／語ることばも打ちとけて／我はたたえつ　彼《か》の防備／彼はたたえつ
　我が武勇
五・かたち正して言い出でぬ／「此の方面の戦闘に／二子《にし》を失い給いつる／閣下の心如何《いか》に
　ぞ」と
六・「二人の我子それ〴〵に／死所《ししょ》を得たるを喜べり／これぞ武門の面目《めんぼく》」と／大将答力あり
九・「さらば」と握手ねんごろに／別れて行くや右左《みぎひだり》／砲音《つゝおと》たえし砲台に／ひらめき立てり
　日の御旗《みはた》

『作歌八十二年』で確認すると、「凱旋」は「風雲の急を告げはじめた世情の反映もあったろうか、納所弁次郎君が『日本軍歌集』を出すから」と依頼されての作。明治二十七年に日清戦争が起こると「歌人は歌を以て御国に尽すべし」と作詩した「勇敢なる水兵」は「二十七八年戦役の軍歌の代表的作といわれた」。

日露戦争の旅順陥落の後に乃木希典とステッセルの会見が明治三十八年一月に旅順水師営の民家で行われた。翌年、文部省「小学読本」に編入すべき唱歌の一つとして「水師営の会見」を委嘱された信綱は森鷗外を介して乃木に直接取材、作詞した。取材を終え椅子を離れて、ふと「その庭には何か木でもありはしませんでしたか」と問い、その答が二番に生かされた。このエピソードもあって、二番は特によく知られている。中公文庫『日本の詩歌』別巻「日本歌唱集」は「一種の哀感をたたえている。軍歌謡というよりも、哀悼歌としてうたわれたが、時には替え歌もつくられて、昭和年代までお手玉歌としてうたいつがれてきている。とくに今日の中年の女性、母親には思い出深い歌であろう」と解説している。
戦時にも多くの歌を詠んだが、「短歌よりも軍歌を多く作った」と『作歌八十二年』は振り返っている。信綱には『軍歌選抄』があり、軍歌を通じて国を支えることを使命の一つにしていたが、その意識は唱歌にも反映している。明治二十六年の『絵入幼年唱歌』はそのことをよく示している。

博文館が「幼年全書」という全二十編のシリーズを企画、第一編『絵入日本歴史』、四編『絵入修身読本』、五編『絵入日本地理』、九編『絵入理科読本』といったラインナップの、その第二編が信綱の『絵入幼年唱歌』である。

もし本書全部を読めば学校に入らなくても小学全科目卒業と同じ程度の学力を楽しく学ぶことができる。広告ページにはそんな少々誇張気味の文言も見える。要するに教科書代わりのシリーズで、唱歌は今の「音楽」にあたる教科名でもあった。唱歌というとすぐに文部省唱歌が連想されるが、『絵入幼年唱歌』は文部省選定に依らない唱歌の普及に民間が意欲的だったことを示す一例といえる。そしてそれは多様な形で詩歌の新しさへ動く信綱の意欲そのものでもあった。

『絵入幼年唱歌』は次の歌からはじまる。

「新年」（全体の歌詞は八番まで）

一・三《み》つ四《よ》つふたつ咲《さき》そめし　軒端《のきば》の梅《うめ》をながめても
いまいくつ寝《ね》ばこん年《とし》と　指《ゆび》をり数《かぞ》へまちまちし
年《とし》のはじめになりにけり

二・大路《おほち》にいでて見《み》わたせば　門《かど》てふかどの松《まつ》かざり
宿《やど》てふやどの日《ひ》の御《み》はた　御旗《みはた》は曇《くも》らぬかげきよく
松《まつ》はときはのいろふかし
七・やよやをさな子《ご》心《こゝろ》せよ　幼《をさ》きほどはとく過《すぎ》て
ふたゝび来《きた》るものならず　進《すゝ》むよはひに競《きそ》ひつゝ
まなびの道《みち》をすゝむべし
八・やよやをさな子《ご》忘《わす》るなよ　楽《たの》しき年《とし》をむかふるも
わが大君《おほきみ》の御《み》めぐみぞ　また父母《ちゝはゝ》の御恵《みめぐみ》ぞ
わするなよゆめ御恵《みめぐみ》を

「指をり数へまちまちし」からは、「もういくつねるとお正月」とはじまる東くめ作詞「お正月」が思い出されるが、こちらは八年後の明治三十四年の曲である。元日が極めつきの晴れの日であった時代がどちらの歌にも反映している。

「新年」のもう一つの特徴は「御旗は曇らぬかげきよく」「楽しき年をむかふるも　わが大君の御《み》めぐみぞ」に表れる天皇崇拝の強さである。二十五年の稲垣千頴作詞「一月一日」は「年たつけふの大空にひかりかゞやく日のみかげ／あふがぬ民はなかりけりわが君ちよに萬世に」と始まり、「新年」と同じ二十六年に発表された千家尊福「一月一日」の二番にも「四方に輝く今朝のそら／君がみかげに比《たぐ》へつつ／仰ぎ見るこそ尊けれ」とある。

忠君愛国がこの時代のキーワードの一つであり、特に唱歌は学校教育のためのものだから、それは不可欠の主題だった。元日の晴れやかさは天皇の偉大さそのものであり、天皇のもとで暮らす晴れやかさでもあった。だから唱歌では競うように元日が歌われた。元日を言祝いだ「新年」はほぼ類型的な内容ではあるが、それでも信綱らしさを感じさせる歌詞もある。注目したいのは七番である。

まだ幼いのだからと思っていてはいけない。歳月はたちまち過ぎてしまう。だから怠りなく学ばなければならない。

信綱にとって、新年は過ぎ去ってゆく時間の速さを改めて感じる日でもあった。だから「進むよはひに競ひつつ」学べと子どもたちに説くのである。東くめの「お正月」が凧揚げ、独楽遊び、毬つき羽根つきなど遊びを並べて楽しさを強調しているのとは対照的なメッセージである。千家尊福「一月一日」と稲垣千頴「一月一日」にもこうした観点はない。

『絵入幼年唱歌』の「緒言」で信綱は言う。

そもそも童謡唱歌は、人心を感化せしむる事もとも深く、あるは精神を奮ひ起さしめ、あるは精神を鄙俗にせしむるなど、其力おどろくに堪へたり。

童謡唱歌の影響力は予想以上に大きい。だから次世代にはより好ましい作品を提供したい。こうした使命感が「進むよはひに競ひつつまなびの道をすすむべし」という一節を生んだわけである。

思い出すのは「夏は来ぬ」の三番「怠り諫《いさ》むる　夏は来ぬ」である。うるわしい風景を綴って夏の爽やかさを際立たせたこの歌にも、緩むことなく励めというメッセージは添えられている。風物の爽やかさに「お勉強なさい」を一点添えるところがいかにも信綱らしいが、こうした表現の原形が『絵入幼年唱歌』にはある。

『絵入幼年唱歌』を出した明治二十六年を『作歌八十二年』は次のように振り返っている。

八月　この頃から従来の歌に慊《あきた》らず、次に述べるような長歌や、所謂新体詩をもつくり、短歌に新様の作風をもるべくひたすらつとめるようになった。

すでに指摘したように「次に述べるような長歌」は「長柄川」である。ここで勝原晴希の「新体詩とは『新体詩抄』以降の文語定型詩」という定義を思い出したい。勝原の観点を借りれば、信綱は童謡唱歌軍歌という新体詩を通じて和歌の革新を、そして新しい時代の文化を推進しようとしていた。竹柏会に至る信綱の道筋をそう理解することができる。

## （五）新詩会結成

信綱たちの新体詩への関心が横の繋がりを生み、明治三十年一月に新詩会が結成された。三月に発行された機関誌「この花」巻頭「緒言」はその目的を次のように述べる。

散文の詩、独り盛にして、韻文の詩の振はざるは洵に文学の為に慨すべきなり。こゝに、新体詩を研究し、之の発達を図らむとて、同好の士、相集りて、一会を組織す。名づけて新詩会といふ。この会員には、落合直文、佐々木信綱、宮崎湖處子、鹽井雨江、武島羽衣、繁野天來、杉烏山、正岡子規、大町桂月、与謝野鉄幹の十人あり。

会を持つだけでなくすぐに機関誌まで発行するところに、彼等の意気込みが反映している。会の代表者は三名、佐々木信綱、大町芳衛（桂月の本名）、与謝野鉄幹である。
信綱は『作歌八十二年』にこの経緯を次のように記している。

三月　大町桂月君の発起で、落合、与謝野、正岡君らとともに新詩会をおこし、合同詩集「この花」を刊行した。不忍池畔の長駝亭で会合のあった日、正岡君に初めて逢ったが、人力車をまたせて早く帰られた。

「この花」に信綱は三編、子規は五編、鉄幹は一編の新体詩を載せている。どれも情緒的な物語詩で新鮮味はないが、新体詩という新しいジャンルを引き寄せようとする意欲は伝わってくる。参考のために信綱の十連からなる「霜夜の月」の冒頭一連目だけ引用しておこう。

髪はみだれてきぬやれて／すがたさびしき少女子は／絵筆さしおくひまもなく／ひねもす家にいそしみて／彩色《いろ》へたる絵の数々を／店のあるじに渡しつゝ／わづかの代《しろ》と取りかへて／つかれしおもわゐましげに／幾たびとなくぬかづきて／寒きちまたに立ち出でぬ

短歌史では〈旧派和歌→長歌による和歌改良→和歌革新〉という形で明治の軌跡が描かれることが多いが、そこでは長歌による和歌改良が中途半端な試みと映ってしまう。しかし〈旧派和歌→新体詩→短歌〉という図式を設定すると、長歌としての新体詩という手探りは次への大切なステップとなり、この時期の信綱の功績の大きさもまたよく見えてくる。

注1・昭和三十七年刊『和歌文学大辞典』（明治書院）は新詩会について次のように記述している。
新詩会　結社。明治三〇　1897・一、与謝野鉄幹が新体詩の発達を目的とし、落合直文・佐佐木信綱・正岡子

規・大町桂月・塩井雨江・武島羽衣らと結び、同年三その合集『この花』同文館を刊行。新詩社の前身といえる。

注2・和歌革新へのプロセスに新体詩を置く観点は前田透の『落合直文――近代短歌の黎明』が提示している。「直文の新体詩第一作は『孝女白菊の歌』」とまず明言して、次のように広げる。「直文も佐佐木弘綱も（「長歌改良論」）、佐佐木信綱も、和歌の至らないところを今様で補うという立場は始めからはっきりしている。先ず、今様体長詩の世界に突進しそのエネルギーを転じて和歌の革新に向けた、という経路は彼らに共通している」。

参考文献


外山正一・矢田部良吉・井上哲次郎撰『新体詩抄　初編』（明治十五年八月・丸善）
小泉苳三編『明治大正短歌資料大成／第一巻』（昭和五十年一月・鳳出版）
『日本現代詩大系』第一巻（昭和四十九年九月・河出書房新社）
坪内逍遙『小説神髄』（明治十八年～十九年・松林堂）
佐佐木信綱『ある老歌人の思ひ出』（昭和二十八年十月・朝日新聞社）
萩野由之「小言」（「東洋学会雑誌」第四号・明治二十年三月）
萩野由之「和歌及新躰詩を論す」（「歌学」第二号・明治二十五年四月）
山田美妙「長歌改良論を読んで」（読売新聞・明治二十一年十一月六日）
佐々木弘綱「雅調論を駁す」（「日本之文華」三号・明治二十三年二月）、「再雅調論を駁す（一）」（「日本之文華」八号・明治二十三年四月）、「再雅調論を駁す（下）」（「日本之文華」九号・明治二十三年五月）
佐佐木信綱「竹柏園日誌」（「日本近代文学館年誌　資料探索4」・平成二十年九月）

海上胤平「長歌改良論弁駁」（「筆の花」第十五集〜十九集・明治二十二年三月〜七月）
福住正兄「雅調論」（大八洲学会雑誌巻四十三・明治二十三年一月）
佐佐木信綱「和歌のはなし」（「女学雑誌」第九十八号・明治二十一年二月）
佐々木弘綱「長歌改良論」（「筆の花」第九集・明治二十一年九月）
正岡子規『獺祭書屋俳話・芭蕉雑談』（平成二十八年十一月・岩波文庫）
「佐佐木信綱研究」第3號「新体詩特集号」（平成二十六年十二月）
新詩会編「この花」（明治三十年三月・同文館）
前田透『落合直文――近代短歌の黎明』（昭和六十年十月・明治書院）
佐佐木信綱『軍歌選抄』（昭和十四年一月・中央公論社）
『日本の詩歌』別巻「日本歌唱集」（昭和四十九年七月・中公文庫）
『絵入幼年唱歌』（明治二十七年三月・博文館）
『現代詩大事典』（平成二十年二月・三省堂）

# 第三章　和歌革新運動と信綱

## ①鳳晶子――無造作に詠む歌

和歌革新運動は何をこころざしたのだろうか。与謝野鉄幹の『自我の詩』、正岡子規の「写生」、そして佐佐木信綱の「おのがじしに」。どれを足場にしてもいいが、もっとも端的でわかりやすいのは鳳晶子、のちの与謝野晶子の受け止め方だろう。『歌の作りやう』（大正四年・金尾文淵堂）で歌を始めた当時を晶子は次のように振り返っている。

私は二十歳《はたち》まで歌を詠まうなどとは考へて居ませんでした。（略）歌俳句はやかましい作法《さくはふ》や秘訣のあるらしいのが厭ですし、其内容が漢詩にも劣つたもので大したものでないらしいと思つて冷淡に見て居ました。すると或年（明治三十年頃）の春、偶《たまた》ま読売新聞に今の良人の歌が載つて居るのを見ましたが、何でも次のやうな歌が幾首か並んで居るのでした。

春浅き道灌山《だうくわんやま》の一つ茶屋に餅食ふ書生袴着けたり。

（略）私は此様に形式の修飾を構はないで無造作に率直に詠んでよいのなら私にも歌が詠め相だと思ひましたが、其儘で二三年経つて、明治三十三年の春、与謝野が新詩社を起して短歌改革の新運動を起したのを機会に、私は突然製作欲を感じて詠草を新詩社に送りました。

鳳晶子は漢学塾で漢詩の素養を身につけていたが、十八歳の明治二十九年には堺敷島会に入り、会の作品集に短歌を載せていた。だから「二十歳まで歌を詠まうなどとは考へて」いなかったというのは正確ではない。だが、だから「やかましい作法や秘訣」が嫌だと感じていたのだろう。明治二十九年の「堺敷島会歌集第六集」に鳳晶子の次の題詠作品が載っている。

もしほやく磯の烟の末はれて夕へすゝしきすまの浦かせ　　題「浦納涼」

「納涼」という題はどう詠むべきか。当時の和歌百科事典と評判の佐佐木信綱『歌之栞』は「暑き日、水辺、又は樹陰などにより、或は風を迎へ」て詠むべし、と説いている。磯と浦風、それに百人一首の定家の歌を踏まえて、晶子の掲出歌はマニュアル通りの題詠である。当時の題詠では細かなマニュアル遵守が求められていた。『歌之栞』の項で触れたことだが、「燕」は「毎年春来り秋去りて、雁とゆきかはる意をよむ」ものだった。「燕」という題を受けて、若燕の飛翔の初々しさを詠むのはダメということになる。大切なのは旧派和歌の題詠には題を詠み込むための作法が必須だったという点である。だから「やかましい作法や秘訣のあるらしいのが厭」だったという晶子の反応は初心者にとってごく自然なものだった。

このように「無造作に率直に詠んでよいのなら私にも歌が詠め相だ」と晶子が考え直した鉄幹の「春浅き道灌山《だうくわんやま》の一つ茶屋に餅食ふ書生袴着けたり」は「読売新聞」明治三十一年四月十日紙面に掲載である。翌三十二年の「よしあし草」には晶子の次の歌が載っている。「折に」とある無題の作である。

うら若き読経の声のきこゆなり一もと桜月にちるいほ

桜が散る月光の庵から若い読経の声が聞こえる。場面が読者にも見えて素直な、鉄幹の「道灌山」に近い嘱目と読むことができる。

『歌の作りやう』が教える晶子の「私にも詠め相」。これこそが近代短歌のもっとも基本的なモチーフだった。「写生」、「自我の詩」、「おのがじしに」といった標榜はそうした世界に近づくための道しるべだったと考えたい。

## ②落合直文——種をまいた人

和歌革新運動の発端はどこにあるか。候補はいくつか考えられるが、鳳晶子から少し時間を巻き戻して、明治二十六年の小さな出会いに求めたい。場所は東京駒込の曹洞宗吉祥寺、一月の末、あるいは二月に入ってすぐのことである。

この年一月、落合直文は小石川区掃除町から本郷区浅嘉町七十八番地に移った。庭園は約五百坪、垣根を隔てて広がるのが吉祥寺だった。吉祥寺には僧侶養成のための仏典などを講じる栴檀林《せんだんりん》という学寮があり、寮舎があった。以下は『与謝野寛短歌全集』所収の与謝野寛自筆年譜に拠る。明治二十五年に徳山から京へ帰り、さらに東京に出た与謝野鉄幹はまず異母兄大都城響天のもとに身を寄せた。しかし兄一家の窮状を見かねて貸間を物色、吉祥寺の学舎附属の寄宿舎に空室を見つけた。月額十五銭の室代は学生たちの賄い係を引き受けることにして捻出、著述の代作や筆耕で飢えを凌いだ。「其中に日日上野の帝国図書館に通ひて濫読せり」と記しているが帝国図書館の設立は明治三十年四月、この時代は東京図書館、通称上野図書館で有料制だったから日々通えたのかどうか、疑問が残る。

直文が浅嘉町に移った「雪降れる或朝、早起癖ある先生は寺内の雪を賞し」ていた。すると窓の破れた宿舎があり、覗いてみると、わずか一枚の煎餅蒲団にくるまって寒さに耐えている青年がいた。なんとそれは、昨年からの歌の弟子与謝野鉄幹だった。直文は踵を返し、数日後、鉄幹に「予の家に自由に仮寓せよ。書生として鄙事に与《あづ》かる要無し」と勧め、直文の弟鮎貝槐園も声を揃えた。鉄幹が直文邸に移ると、衣服、羽織、下着、直文と同じ大型の桐の下駄まで新しく整えられていた。こうして鉄幹は赤貧生活を脱した。明治二十六年二月のことである。「自らのためには簡素にして、後進を愛し給ふことは、寛に対してのみならず、何れの門生に対しても此くの如くなりき」と鉄幹は述懐している。

直文邸に身を寄せてからの鉄幹の活躍は目覚ましい。二十六年二月創立の浅香社における活躍、二十七年五月に旧派歌人批判の評論「亡国の音」、二十九年詩歌集『東西南北』、三十年『天地玄黄』、三十二年東京新詩社創立、三十三年「明星」創刊と列挙するだけで、和歌革新運動へ一直線に突っ走る鉄幹の姿が見えてくる。直文の保護が、即ち明治二十六年の雪の早朝が、こうした活動を可能にした発端なのである。

「明星」明治四十一年十一月号は百号記念号にして終刊号でもあるが、与謝野寛最後の大作「新詩社詠草」百十二首に次の一首がある。

雪の夜に蒲団《ふとん》も無くて我が寝《ぬ》るを荒き板戸ゆ師の見ましけむ

北原白秋たちが去り、発行部数も減り続けて、やむを得ない終刊だったが、だからこそ身に沁みて蘇るのは師直文の恩、とりわけ発端の吉祥寺のひとときだった。歌がそのことを示している。自筆年譜では雪の朝と一枚の煎餅蒲団だから違いがあり、多分歌の方に誇張がある。

なぜ直文は鉄幹を寄寓までさせて保護したのか。浅香社創設の一年前、明治二十五年三月に創刊された雑誌「歌学」にそのヒントがある。久米幹文《もとぶみ》、小中村義象、落合直文が監修のその創刊号の巻頭を落合直文の「賛成のゆゑよしをのべて歌学発行の趣旨に代ふ」という長いタイトルの文章が飾っている。創刊の辞ともいうべきそれを読むと、歌をめぐる当時の状況を直文がどう見ていたかがよく分かる。

まず直文は言う。

「今や国文学大に隆盛をきはめ居れり。その割合に、歌学のさかりをらざるはいかにぞや。歌は国文学中、最も高尚なるものなり」。国文学の隆盛に比べて、その中心となるべき歌学は低調だ、という判断が先ずあるわけである。だから歌を支える歌学を奮いたたせるための雑誌創刊は意義がある、となる。次に問うのは、歌はなぜ低調か、それを脱するためには何が必要か、である。

かのやんごとなき公達のたはぶれ、かの世をそむける老人のたのしみ、おのれはそれらを以て、この学のさかりをりとはいはざるなり。おのれはこの高尚なる歌というものを、すべての国人、ことに、青年有為の人々にのぞまむとするなり。

貴族や老人たちだけが楽しんでいる現状を否定し、歌が盛んになるためには若者たちに広がる必要がある、というわけである。

では若者たちに興味を持って貰い、歌を盛んにするためには何が必要かと問うて、「種々の方法あるべしといへども、雑誌などそのおもなものならむ。これわれわれのこの学に賛成したるゆゑよしなり」。つまり「歌学」発行に意義あり、と認めている。

「歌学」は小中村義象の「歌学の精神」、佐佐木信綱の「国歌流派の変遷を論ず」など、雑誌名にふさわしい論文は少なくない。しかし長歌や短歌作品が掲載され、投稿、添削もある啓蒙雑誌の性格も帯びて、純粋な研究雑誌とは趣が異なる。直文の巻頭言にあるように、歌学再興とともに、若い実作者の拡大を視野に入れていたからだろう。

「歌学」について小泉苳三『明治大正短歌資料大成／第一巻』は、「歌学専門の雑誌としては本誌ほど充実せるものはその前後に見ることができない」と高く評価している。「国語国文の改良機運に乗つて彼のこの和歌改良運動は、果然一世の視聴を集め新青年の徒は期せずして彼の傘下に集まつて来たのである」という落合直文についての把握も大切だろう。「歌学」が若者たちを刺激し、直文の傘下に集まって次の運動を、つまり浅香社創設の環境を整える役割を果たしたというプロセスがそこから見えてくるからである。「歌学」は十四冊発行されて創刊一年後の明治二十六年四月に廃刊、浅香社の創設はその二ヶ月前の二十六年二月である。入れ違いに近いその動きの中から、和歌革新運動へ歩を進める直文の姿が浮かび上がる。

窪田空穂は語る。「新派和歌の種子を蒔いた人をと云ふと、我々は第一に、故落合直文を推すべきであると思ふ」（「短歌作法」・『窪田空穂全集』第七巻）。ではその直文はどんな種子を蒔いたのだろうか。

「氏の文学界に於ける功労は、和歌の革新よりも、寧ろ国文の革新といふ上にあつた」。跋扈する「漢文脈」、そして「突飛なる洋文脈が輸入されて、此れと対抗して」国文を「現代の文章の根底とすると言ふ者は、未だ一人も無かつた」。そうした時代の中で「国文の美を保ちつつ、現代の要求に応じ得る所の文章を作つて、様々の方面に於いて発表した」。その功は「没する事の出来ないものであらう」と、空穂はまず国文の革新家としての直文を評価する。明治二十四年刊『新撰歌典』(博文館)、明治三十一年刊『日本大辞典・ことばの泉』(大倉書店)などの基礎的な研究、そして雑誌「歌学」が思い出される。

では短歌についてはどうか。「前代の美も失はずして、現代の新しきを発揮しようとした」が、題詠も多く、「折衷派漸進派と言ふべきであらう」。それよりも「氏の新派歌壇に於ける功は、作家としてよりは、作家を教育し刺激した点にある。新派歌壇の革命児は、殆ど其全部、氏の門より出たと言つても過言ではない」。

『和歌文学大辞典』付録「歌人系統図」の浅香社を見てみよう。まず落合直文、そして与謝野鉄幹、鮎貝槐園、大町桂月、金子薫園、武島羽衣、服部躬治《もとはる》、久保猪之吉、尾上柴舟など。鉄幹は与謝野晶子、石川啄木、北原白秋、吉井勇などに、柴舟は若山牧水や前田夕暮につながり、躬治から釈迢空が育ち、薫園のもとには吉植庄亮や土岐善麿が集まった。今日の歌人春日真木子、春日いづみの祖系を辿ると「水甕」を創刊した柴舟がいて、その先には落合直文がいることになる。直文山脈というべき豊かな人脈である。

その後の短歌を支える「青年有為の人々」はなぜ直文のもとに集まったのだろうか。

まず、直文は当時の第一人者だった。

新体詩の先駆けと評される明治二十一年の「孝女白菊の歌」、二十二年の森鷗外らとの訳詩集『於母影』、二十四年の和歌入門書『新撰歌典』、二十五年の「第一高等学校校友会雑誌」に載り「緋縅の直文」と称されるほどに愛誦された短歌「緋縅のよろひをつけて太刀はきて見ばやとぞおもふ山ざくら花」、そして同年の「歌学」創刊の辞。旧派和歌から新派和歌への胎動期ともいうべきこの時代、佐佐木信綱は追走するように着実な活動を続けていたがまだ二十一歳の青年、正岡子規と与謝野鉄幹はまだ登場していない。新しい光を求めた青年たちがまず直文に注目し、浅香社に集まったのはごく自然な選択だった。

後進をどう指導したか。そこも大切だろう。「独自の歌を詠め、古人にも今人にも追従するな、勿論余の歌をも眼中におくな」（与謝野寛「与謝野寛集付記」・現代短歌全集第五巻『与謝野寛集与謝野晶子集』）。直文は弟子達をこう指導した。この柔軟な指導方針が見逃せない。それは「明星」六号（明治三十三年九月）掲載の「新詩社清規」、その中の「われらの詩は古人の詩を模倣するにあらず、われらの詩なり、否、われら一人一人の発明したる詩なり」に真っ直ぐに繋がる。だから多彩な才能が花開いた。浅香社はまさに近代短歌の源流だった。そして、新世代育成こそが直文の和歌革新だった。

昭和に入ってからの言葉であるが、佐佐木信綱は日清戦争前後の時代と文芸を、次のように振り返っている。

元来明治時代の中葉は、極端な欧化主義と、それの反動とによつて送られた。明治二十一年の憲法発布についで国会開設となり、国民は新しい自覚の上に目ざめつつあつた。歌壇に於いても、明治二十七八年の戦役の前後から、従来の歌風に慊らず、新しい格調の詠出を見るに至り、その先鋒として落合直文氏があり、氏の門下から与謝野鉄幹氏等が出た（現代短歌全集第三巻『落合直文集佐佐木信綱集』（改造社）所収 佐佐木信綱集後記）。

## ③正岡子規――万人の歌言葉へ

与謝野晶子『歌の作りやう』の一節、「此様に形式の修飾を構はないで無造作に率直に詠んでよいのなら私にも歌が詠め相だ」を思い出したい。私にも詠めそうだ。みんなにも詠めそうだ。和歌革新運動が目指したこの領域をもっとも分かりやすい方法として示したのが正岡子規だった。キーワードは「写生」である。明治三十三年の「叙事文」にその意図がよく表れている。

或る景色又は人事を見て面白しと思ひし時に、そを文章に直して読者をして己と同様に面白く感ぜしめんとするには、言葉を飾るべからず、誇張を加ふべからず、只ありのまゝ見たるまゝに其事物を模写するを可とす。

模写、対象をそのまま写し取る。自分の感動を読者と共有するためのベストの方法がこれだと説いている。ではそのために望ましいのはどんな表現か。子規が示したその実践例三つを二つに絞ってかいつまんで示してみよう。主題は「須磨の景趣」をどう表現するか、である。

①山水明媚風光絶佳、殊に空気清潔にして気候に変化少きを以て遊覧の人養痾《やうあ》の客常に絶ゆる

事なし。

②夕飯が終ると例の通りぶらりと宿を出た。燬《や》くが如き日の影は後の山に隠れて夕栄のなごりを塩屋の空に留て居る。街道の砂も最早ほとぼりがさめて涼しい風が松の間だから吹いて来る。狭い土地で別に珍しい処も無いから又敦盛の墓へでも行かうと思ふて左へ往た。（略）もとの道を引きかへして「わくらはに問ふ人あらば」と口の内で吟じながら、ぶらぶらと帰つて来た。（以下略）

プラン①を子規は「何の面白味もあらざるべし」と切り捨て、②は「読者をして作者と同一の地位に立たしむるの効力」があり、「作者若し須磨に在らば読者も共に須磨に在る如く感じ」させるためには「此の如く事実を細叙」する必要があると説く。

①は言葉が様式化へ凝縮する過程を経た姿を示している。しかしそれは感動が凝縮された姿でもあるから、〈わたし〉自身の生の感動を吸収し、消してしまう。だから〈わたし〉の感動を読者に届けるためには、逆に、須磨の景趣の様式化を否定し、自分の足で歩き、自分の目で見て、自分の言葉で語ることが大切だと説いているわけだ。そのために重要なのが自分の言葉、すなわち普段着の言葉なのである。

「叙事文」のこの表現法の対極が正徹の歌論書『正徹物語』の一節にある。

人が「吉野山はいづれの国ぞ」と訪ね侍らば、「ただ花にはよしの山、もみぢには立田をよむことと思ひ付きて、よみ侍るばかりにて、伊勢の国やらん、日向の国やらんしらず」とこたへ侍るべきなり。いづれの国といふ才覚は覚えて用なきなり。

吉野の情緒は「吉野」という言葉に含まれている。場所など知らなくてもよい。この見解を当てはめれば、「須磨」という歌枕には在原行平の「わくらばに問ふ人あらば須磨の浦に藻塩たれつつわぶと答へよ」も、『源氏物語』の秋風の中の貴種流離の情緒も含まれており、現地に行く必要などない、となる。

須磨の景趣は「須磨」という言葉の中にある。これが歌枕の思想であり、景趣は現地にあるというのが子規の思想である。だから現地に行かなければならない。現地に行って自分の言葉で表現しなければならない。これが子規の用語論である。「人々に答ふ・八」の「京都の外一歩も踏み出さぬ公卿たちが歌人は坐ながらに名所を知るなどと称して名所の歌を詠むに至りて乱暴も亦極まれり」という一節を思い出しておこう。

「叙事文」と歌枕。この対比からは歌枕「須磨」から蓄積してきた観念を剝ぎ取り、平たい地名「須磨」を取り戻そうとする子規の戦略が見えてくる。ありのまま見たまま事物を模写する行為は、つまり「写生」は、この戦略と不可分の方法だった。短歌の用語論に引き寄せて言い直せば、歌語を日常語に戻すこと、これが子規の和歌革新の核心だった。

「叙事文」は明治三十五年の『獺祭書屋俳句帖抄　上巻』「序」の一節を思い出させる。子規は明治二十七年に画家の中村不折から西洋絵画のリアリズムを学んだ。「序」はその当時を「秋の終りから冬の初めにかけて、毎日の様に根岸の郊外を散歩した。其時は、何時《いつ》でも一冊の手帳と一本の鉛筆とを携へて、得るに随て俳句を書つけた。写生の妙味は、此時《この》に初めてわかつた様な心持が」したと振り返っている。「叙事文」にはこの体験が作用していると感じさせる。

子規の和歌革新の書「歌よみに与ふる書」から一点だけ確認しておこう。

「貫之は下手な歌よみにて古今集はくだらぬ集に有之候」とはじまる「再び歌よみに与ふる書」で子規は「『空に知られぬ雪』とは駄洒落にて候」と次の歌を切り捨てた。

桜ちる木の下風は寒からで空に知られぬ雪ぞ降りける　紀貫之『拾遺集』

歌は散る桜の花を「空に知られぬ雪」と見立てているが、子規はそこが気に入らなかった。「古今集はくだらぬ集」だが、万葉集は子規にとって「当時の人は質朴にして特別に優美なる歌を詠み出でんと工夫するにはあらず、只ゝ思ふ所感ずる所を直に歌となしたる者と思しく、何れの歌も真摯質朴」な世界だった（「文学漫言」）。「叙事文」に重なる評価基準である。「空に知られぬ雪」には〈花→雪〉という迂回があり、思うところを直ちに詠む世界とは違うと子規には映った。

しかし「空に知られぬ雪」は貫之にとっては不可欠な迂回だった。情景再現の直接性は遠ざかるが、そこでは桜が雪のイメージをまとって重層化し、美の多重性になるからだ。それこそが貫之の大事だった。古今集には雪を花に見立てた貫之の「霞立ち木の芽もはるの雪降れば花なき里も花ぞ散りける」をはじめ同様の表現が多く、古今集の特徴の一つだった。しかしながら花はどこにも迂回せず、ありのままの花に終始しなければならない。それが子規における写生だった。

ひとつ付け加えておけば、〈花→雪〉という見立ては万葉集巻五の大伴旅人にも「わが苑に梅の花散るひさかたの天より雪の流れ来るかも」があり、万葉集を「真摯質朴」と特徴付けていいかどうか疑問が残る。

普段着の言葉で見たままを感じたままを詠う。そのためには歌語を解体しなければならない。子規は繰り返しそう説く。子規における「写生」は実にシンプルな方法論だった。だから強力だった。その写生という主張は子規の短歌にどのように反映したのだろうか。

ビードロのガラス戸すかし向ひ家の棟の薺の花咲ける見ゆ

明治三十三年のこの歌は〈読者をして己と同様に面白く感ぜしめんとする〉歌であり、子規の視線の先にある風景が読者にも見えてくる歌でもある。つまり子規の写生論がよく反映された歌と言っていい。しかしでは、子規を代表する歌は、と問われれば、明治三十四年の「しひて筆を取りて」一連を挙げざるを得ない。

佐保神の別れかなしも来ん春にふたゝび逢はんわれならなくに

いちはつの花咲きいでゝ我目には今年ばかりの春行かんとす

いたつきの癒ゆる日知らにさ庭べに秋草花の種を蒔かしむ

辞書を引くと「佐保神」は「春をつかさどる佐保山の女神」、「いたつき」には「室町以後は『いたづき』」と注がある。「歌よみに与ふる書」の子規だったらどちらも使わない用語だろう。しかし命への切々たる未練には「春の別れかなしも」では間に合わないという判断が「佐保神の別れかなしも」からは滲む。「いたつき」という古語からは命の水際の累々たる思いが感じられる。「いちはつ」は「今年ばかりの春」という切実を縁取りながら咲いている。それも見たままでは間に合わないという判断からである。

ここには写生も普段着の言葉もない。オリジナルもない。あるのは短歌の千三百年が詠い重ねてきた、命への切々たる愛惜である。

## ④与謝野鉄幹――恋から恋愛へ、家集から歌集へ

古人の糟粕を嘗めないオリジナルの歌。子規はそのために普段着の言葉による写生を説いたが、鉄幹が意識したのは主題だった。

「現代の非丈夫的和歌を罵る」と副題付きの「亡国の音」（明治二十七年五月）は当時の歌壇を「怒るもツマラヌことに怒り、笑ふもツマラヌことに笑ふ、泣くもツマラヌことに泣き、感ずるもツマラヌことに感ず」る歌ばかりで「女々しとも、女々し」と罵倒している。これは「婦女雑誌」前年三月号から五月号に掲載した「女子と国文」の主張を受けており、そこで鉄幹はいう。「現今の謂ゆる国文ハ女性文学なり」、女子だけでなく「勇壮活発なる男子をすら、女々しからしめて、優柔なる歌文を」作って恥ともしない、と。明治二十六年三月といえば落合直文に保護された直後だから、鉄幹の和歌革新への第一歩は女々しい歌の否定にあったと見ることができる。それが「亡国の音」における「大丈夫の一呼一吸は直ちに宇宙を呑吐し来る、既にこの大度量ありて宇宙を歌ふ宇宙即ち我歌也」という、男子の丈高い歌への言挙げとなる。

その女々しい非丈夫的和歌の「甚だしきもの」として鉄幹が標的にしたのが恋歌だった。「彼等歌人の多数は『恋歌』を排斥せない、排斥せざるは猶可なりと雖も、之を奨励する者あるに於ては沙汰の限と云ふべし」（『亡国の音』）。

しかしながら、その六年後の明治三十三年四月に創刊された「明星」がタブロイド版から雑誌版へと本格化した第六号（同年九月）には次のような歌が並ぶ。

血汐みななさけに燃ゆるわかき子に狂ひ死ねよとたまふ御歌《みうた》か　鳳　晶子
かならずぞ別れの今の口つけの紅《べに》のかをりをいつまでも君　同
病みませるうなじに細きかひなまきて熱にかわける御口《みくち》を吸はむ　同
きぬ帽にわが歌かきて潮あぶる君がかたへと流しやるかな　中濱糸子
うけられぬ人の御文《みふみ》をなげやれば沈まず浮かず藻《も》にからまりぬ　山川登美子
みこころをこめてたまひし君がふみ胸におしあて物思ふかな　林のぶ子
ゆくりなく君がとなりに宿かりて移りし日よりしづ心なき　窪田通治
そぞろにも君がみうたをずし出でて面なや友にとがめられぬる　同
やさぶみに添へたる紅《べに》のひと花も花と思はず唯君と思ふ　与謝野鉄幹
京《きやう》の紅は君にふさはず我が嚙みし小指《をゆび》の血をばいざ口にせよ　同

恋の歌満載号と呼びたくなる内容である。糸子は歌で心を届けようとするところが和歌的な可憐さ、のぶ子はいかにも乙女チックな恋、通治の少年のようなときめきはのちの空穂を思うと微笑ましさが二倍になる。登美子は煩悶と葛藤の恋、晶子の歌は〈恋〉という範疇をはみ出す激しさである。鉄幹の一首目は「登美子へ返し」、二首目は「晶子の許へ」と脚注がある。受け取った方は心の波立ちがさらに激しくなりそうな二首であり、特に晶子へのそれは「もっと激しく」という挑発とも読める。同じ号の河井酔茗「紅芙蓉」には「人のキッスを許さざる／未通女《をとめ》の胸に咲きいでて

／花あたらしき芙蓉かな」もあり、雑誌版「明星」は恋の歌で新たな出発を自祝したかのようにも見える。

「明星」は浪漫派と特徴付けられるが、浪漫の中心は恋の歌だった。ではその「恋」は「亡国の音」が厳しく否定した「恋歌」とどう違うのか。「明星」十三号（明治三十四年七月）の「鉄幹歌話」には次のような作品評が見える。

椿それも梅もさなりき白かりきわが罪問はぬ色《いろ》桃に見る（晶子作）
歌にきけな誰れ野の花に紅き否《いな》むおもむきあるかな春罪持つ子（同）

二首ながら先づ句法が斬新である。（改）色彩を仮つて来たのは前の砕雨の作に似てゐるが、恋愛に比したのであるから濃艶な歌である。（改）前のは、桃花の紅きを恋に酔へる人の子の我れに比して、椿や梅の高潔な色は終に我に比すべきで無いと自らを卑《ひく》うした作であるが、後のは頗る大胆な作で、宜しく之を詩人に聴きたまへ、誰か野の花の紅きを喜ばずと云ふや。われはこの趣ある春の懊悩を棄つる能はずと云ふので、この紅き花は同じく恋愛に比してある。罪と云ふ一語を恋の悶えに代へた修辞が殊に奇警だ。

砕雨は高村砕雨、この時期の「明星」で活動した高村光太郎の筆名である。文中で鉄幹は自身の「ゑんじ色に人を袂を染めなれてまだしと云ひぬわが濃紫」を「色彩を以て恋愛に比した」と解説してもいる。注目すべきは繰り返し使われる「恋愛」である。「恋」ではなく「恋愛」。翌月には『みだれ髪』が刊行されるこの時期を晶子は大正四年の『歌の作りやう』で次のように振り返っている。

私は恋愛を私の中心生命として居りましたから、其頃の私の歌は恋愛に関する実感が大部分を占めて居りました。

ここでも「恋愛」である。恋愛がわが中心生命。そこから「恋愛至上」というキーワードが浮かび上がる。

　道を云はず後を思はず名を問はずここに恋ひ恋ふ君と我と見る

『みだれ髪』研究の先駆者の一人である佐竹籌彦は『全釋みだれ髪研究』においてこの歌を「感情の解放の確認であり、恋愛至上主義の宣言である」と説き、木俣修『近代短歌の鑑賞と批評』も「恋愛を至上とする精神によって貫かれていて、あらゆる障壁も世の風評も、恋愛を遂げようとするものの前には何ものでもないという激しい気概が示されている」と評価している。歌の初出は「明星」十一号（明治三十四年二月）である。さらに『岩波現代短歌辞典』は「恋愛至上」を立項、安田純生が「『みだれ髪』の恋愛歌は、恋愛を至上とする生活から生まれた」と解説する。

実は「恋愛」は時代の新しい主題だった。日本国語大辞典第二版は「明治初年以来、英語loveの訳語として『愛恋』『恋慕』などとともに用いられ、やがて明治二二年ころから『恋愛』が優勢になった」と解説、北村透谷「厭世詩家と女性」（「女学雑誌」明治二十五年二月）の一節「恋愛は人世の秘鑰なり」などを紹介している。透谷のそれは「恋愛ありて後人世あり、恋愛を抽《ぬ》き去りたらむには人生何の色味かあらむ」と続き、この「冒頭が与えた衝撃については、島崎藤村『桜の実の熟する時』（大3～7年）や木下尚江『福沢諭吉と北村透谷』（昭和9）などが証言するところである」と解説しているのは『日本現代文学大事典』である。

鉄幹はこうした時代の動きに敏感に反応、主題としての「恋愛」をテコに和歌革新を進めようとしたのである。

では鉄幹が否定した恋と恋愛はどう違うか。安田は晶子の恋愛歌は「内容的にも、会えない苦しみを詠む古典和歌の恋歌とは性格を異にする」とも説いている。木俣の評価「あらゆる障壁も世の風評も、恋愛を遂げようとするものの前には何ものでもないという激しい気概」と合わせると、逢えないことを〈ひとり悲しむ孤悲《こい》〉と〈障壁をも乗り越える行動的な恋愛〉という対比が見えてくる。

「明星」六号の山川登美子の歌は王朝風の「恋」だが、それさえも〈恋愛〉という時代の大きな波が呑みこんだ誌面と感じる。

うたた寝に恋しき人を見てしより夢てふものはたのみそめてき　　小野小町『古今集』

春みじかし何に不滅の命ぞとちからある乳《ち》を手にさぐらせぬ　　与謝野晶子『みだれ髪』

この時期の「明星」を今野寿美は次のように整理する。

和歌における「恋」の伝統を、近代思潮としての「恋愛」にシフトする。そうして鉄幹の意識基盤は整い、「明星」を恋愛至上主義で彩ることとなったのではなかろうか（『歌のドルフィン』）。

鉄幹が整えた「恋愛」という基盤は『みだれ髪』によって花開いた。従来の題詠という強固な作歌作法を打ち破るためにもっとも情熱的な「恋愛」という主題が用意され、それを晶子という才能がみごとに担ったという構図が見えてくる。『みだれ髪』こそ、和歌革新運動の決定打だった。

鉄幹にはもう一つ大切な革新がある。年表風に示してみよう。

明治二十九年　与謝野鉄幹『東西南北』
　　三十年『天地玄黄』
三十四年　与謝野晶子『みだれ髪』
三十七年　落合直文『萩之家遺稿』、正岡子規『竹乃里歌』
四十三年　若山牧水『別離』、石川啄木『一握の砂』
大正六年『長塚節歌集』
　　九年『左千夫歌集』

それまで歌集は生涯一冊の家集中心だったが、鉄幹はその都度の成果を世に問う作品集のスタイルを短歌の世界に広げた。直文、左千夫、節は没後刊行の家集だった。粗くまとめると、当初の「アララギ」は家集にとどまり、歌集の時代を切り開いたのは新詩社だった。

### ⑤信綱——歌の千三百年を背負う

正岡子規や与謝野鉄幹の和歌革新と信綱のそれは大きく違う。わかりやすく言えば、革新のために遺産を切るか、逆に担い直すか、そこが違う。明治二十九年十月五日創刊の「いさゝ川」、三十一年二月十一日の「心の花」創刊号がそのことを教えている。

「いさゝ川」は信綱が最初に発行した「竹柏園」の機関誌で、誌名は信綱が当時住んでいた神田小川町からの命名、「毎月五日発行」とある。そこに「やちくさ」という歌壇と自分たちの動向を記した欄があり、第一号はそこで「われらの希望　はふるきあとをきはめて新らしき道をひらかむとするにあり」と述べ、十一月発行の第二号では巻末で次のように繰り返す。

われらの希望はふるきあとをきはめて新らしき道をひらかむとするにあり。短歌をいよゝ発達せしむことをはかると共に、長篇の歌をもよろこひ迎ふるものなり。

新しい道を切り開くために和歌短歌が蓄積してきた遺産を極める。まずこう「われら」の和歌革新への姿勢を示している。さらに短歌を発展させるために長歌の試みもわすれないと加える。ここには佐々木弘綱と信綱が取り組んだ和歌改良運動が生きており、歌誌の綱領を掲げたといってい い。つまり短歌を新しくするためには古歌の蓄積に学ぶこと、そして多様な詩型に広がること、こうした複層的な営為が必要だと説いているわけである。この姿勢は「心の花」創刊号の佐佐木信綱「われらの希望と疑問」の次のくだりへと続いている。

歌体の変遷を考ふるに、長歌あり、短歌あり、片歌あり、旋頭歌あり、神楽催馬楽あり、今様あり。そが中に、短歌の形他にすぐれて、おのがじゝの思をのぶるにたよりよかりしかば、こをのみもてはやして、遂に歌としいへば短歌のやうになりぬ。

和歌には多くの歌体があったのに、なぜ歌といえば短歌を指すようになったのか。「おのがじゝの思を」、自分の思うこと感じることを表現するのにもっとも優れていたからだ、最適な歌体だったからだ。信綱は創刊号という大切な場で、なぜ短歌かという歌誌にとってもっとも基本となる短歌理解をこう示している。

これを明治三十年前後の和歌革新運動の中に置いてみると、鉄幹や子規との違いがはっきりわかる。

子規は「再び歌よみに与ふる書」でいう。「貫之は下手な歌よみにて古今集はくだらぬ集に有之候」と。鉄幹は『東西南北』で言う。「小生の詩は、短歌にせよ、新体詩にせよ、誰を崇拝するにもあらず、誰の糟粕を嘗むるものにもあらず、言はば、小生の詩は、即ち小生の詩に御座候ふ」と。さらに「新詩社清規」も言う。「われらの詩は古人の詩を模倣するにあらず、われらの詩なり、否、われら一人一人の発明したる詩なり」と。

そこにあるのはそれまでの短歌が培ってきたものを断ち切ろうとする意志であり、断ち切ることによって歌の新しい地平を開こうという運動論である。信綱はそこが違う。短歌は自分の思いを表現する最適詩型であり、だから、和歌革新とはもともとのその特色を生かし直すことだ。「ふるきあとをきはめて新らしき道を」ひらく。信綱はそう考えた。

貫之は下手な歌よみ、古今集はくだらぬ集。これは既存の価値を爆撃するための子規の戦略からでた言葉だが、和歌の蓄積とそのエキスを『歌之栞』に結晶させた信綱にはとてもできない荒ワザである。むしろ歌についてほぼ素人だった子規だからできた力業だった。

信綱は自身のキーワードともいうべき「おのがじしに」を「心の花」昭和六年八月号の「歌に対する予の信念」で次のように説明している。

「おのがじしに」とは、個性の動くまゝにといふほどの意である。必ずしも一つの主義主張で拘束し、統一しようとするのではなく、作者各その得る所に従つて深く進むべきであると思ふ。

このとき信綱は「ひろく、深く、おのがじしに」と三点セットの信念にもしている。「ひろく」は題材の広さ、「深く」には「人間の魂から湧き出る声」でありたいという願いがこもっている。時代が新興短歌に大きく揺れていた昭和六年にこの信念を披露したところに、信綱の時代への危機感が表れているが、そのことは昭和の信綱を追う中でまた触れたい。

なお、「心の花」への移行を「いさゝ川」七号は巻頭の「お知らせ」で次のように説明している。

いさゝ川七号は、とく出すべかりしを、芦わけなる事どもありて、しばしよどみつるは、さるかたに見ゆるしてよ。かつ二月よりは、心の花と名をあらため、わが竹柏園の社友なる石榑千亦井原義矩の二君、もはら編集の任にあたり、毎月十一日に発行すべければ、打つゞき愛読あらむ事を請ふになむ。

遅刊気味の現状を改めるために発行体制を一新、それに伴って誌名も新しくしたのである。なぜ誌名を〈心の花〉としたか。創刊号の「われらの希望と疑問」に「歌はやがて人の心の花なり」という一節がある。「やがて」はここでは「ほかでもなく、まさに」の意、「歌はすなわち人の心の花である」と『短歌名言辞典』のこの項の解説で佐佐木幸綱は示している。

竹柏園と竹柏会の違いも確認しておこう。佐佐木幸綱『佐佐木信綱』によると、「竹柏」は梛《なぎ》の木の中国名、弘綱が庭に植えて「竹柏園」と号し、信綱が継いだ。つまり竹柏園は弘綱と信綱の雅号なのだが、「時に、彼らの門人組織をも意味することがあった」。明治三十三年四月にその門人組織の名称として「竹柏会」が採用されると、「竹柏園」は信綱個人の雅号に戻った。

参考文献

佐竹籌彦『全釋みだれ髪研究』（昭和三十二年十一月・有朋堂）
木俣修『近代短歌の鑑賞と批評』（昭和三十九年十一月・明治書院）
岡井隆監修『岩波現代短歌辞典』（平成十一年十二月・岩波書店）
「いさゝ川」第一号（明治二十九年十月）、第二号（明治二十九年十一月）、第七号（明治三十一年一月）
「心の花」創刊号（明治三十一年二月）
佐佐木幸綱編著『短歌名言辞典』（平成九年十月・東京書籍）
佐佐木幸綱『佐佐木信綱』（昭和五十七年六月・桜楓社）

# 第四章　第一歌集『思草』の世界

## （一）刊行まで

小泉苳三『近代短歌史 明治篇』は近代短歌の発生を「明治廿六年―卅二年」と見ている。明治二十六年の落合直文「浅香社」結成から三十一年の「心の花」創刊、三十二年の根岸短歌会と東京新詩社結成を視野に入れての把握である。一方、信綱の第一歌集『思草』刊行は近代短歌発生期が終わった後の明治三十六年十月だった。『日本文範』明治二十三年、『歌之栞』二十五年という動きを重ねると、第一歌集刊行は明らかに遅い。同時代歌人の動きと比較してみよう。

・佐佐木信綱　明治二十九年歌誌「いさゝ川」創刊、三十一年二月「心の花」創刊、三十六年『思草』刊行
・与謝野鉄幹　明治二十五年落合直文に師事、二十九年『東西南北』刊行、三十三年「明星」創刊
・与謝野晶子　明治三十三年「明星」入会、三十四年『みだれ髪』刊行
・正岡子規　明治三十二年根岸短歌会創立、明治三十五年没、三十七年『竹乃里歌』刊行
・長塚節　明治三十三年子規に師事、大正四年没、大正六年『長塚節歌集』刊行

「明星」創刊前に詩歌集を刊行した鉄幹、そして「明星」入会翌年『みだれ髪』刊行の晶子の動き

がめざましい。一方、子規の『竹乃里歌』は子規没後二年の三十七年、『長塚節歌集』も節没後二年というデータを視野に入れると、当時のアララギ系は生涯一冊の家集、「明星」は書き下ろしに近い歌集という対比的な風景が見えてくる。信綱は家集でも書き下ろしでもなく、発表済みの作品を精選して歌集にするという今日の歌集出版に近い位置取りだったが、和歌革新運動の渦中にいたことを考えると、作品的成果をもっと早く世に問うてもよかった。

しかし信綱ももう少し早い段階で歌集出版を考えていた。三つの出版予告がそのことを教えている。

1・「心の花」明治三十三年四月「雑報」

佐々木信綱氏の家集おもひ草は博文館よりいかづち会の歌集いかづちは大学館より服部躬治氏の愛情詩評釈は（上古事記より下徳川時代の俗謡に至る）明治書院より何れも遠からず出版せらるべく

2・「心の花」明治三十三年七月「漫録」の小花清泉「そゞろ言」

近き程に出版せらるべき竹柏園主人の『思ひ草』、これは短歌集なりとぞ。如何なる歌の姿にかあらむ。集の名もて推しはかるに、草とあれば千年経し松杉の類にはあらで、春の菫か秋の女郎花か、可憐と優美とは必ずこの集の眼目ならむ。

3・「心の花」明治三十六年九月　博文館の一頁広告

佐々木信綱君著／おもひ草／定価金五拾銭　郵税六銭／こは佐々木氏家集の第一編として、十数年来の作中より選ばれしもの、十月中旬迄に出すべくなむ。／東京日本橋区本町　博文館服部躬治『恋愛詩評釈』は1の予告通りその年十一月に明治書院から出たが、信綱はこの段階ではタイトルも決まっていた歌集刊行を見送ったことになる。

日本近代文学館の「佐佐木信綱文庫」に「おもひ草校本」が甲から己まで六編あり、その一番古い甲は「佐佐木信綱研究」第1號『思草』特集号における経塚朋子の研究が「明治二五年六月〜明治三一年八月」と示している。「心の花」創刊という絶好のタイミング、まずこの年に歌集を考えたのではないか。

ではなぜこの段階では留まったのか。甲から三首を見ておこう。

花下蝶
あさゆふの梢はなれずまふ蝶は心もはなとならんとすらむ

折にふれたる
わが身世に生れいでての嬉しさは人のやつこにあらぬなりけり

安房国布良浦にて海人の潜水器もて海に入り鮑をとるを見て
底ふかく思ひ入るこそ哀れなれひとつのくたを生の緒にして

一首目は題詠、二首目は折々の歌、三首目は嘱目。校本甲にはこのように題詠と折々の歌が並んでおり、新時代の世に問うには新鮮さに欠けると判断した可能性が高い。では、明治三十三年には見送り、さらに構想を重ねても見送っていた『思草』は、なぜ三十六年秋に刊行されたのか。

詠んだ歌は夙くから雑誌新聞等に発表してゐたが、歌集を出すことは躊躇してゐた。しかるに、明治三十六年の秋、南方支那に漫汗の遊びを思ひ立つたので、彼の地の文人に贈らふと、

（略）刊行したのが「思草」である。

『思草』から『秋の声』までを集めて昭和三十一年一月に刊行された『佐佐木信綱歌集』の緒言がこう明かしている。大正八年六月発行の『改訂歌集おもひ草』『序』の「彼地の文人に示す為に、急いで詠草の中から選んで刊行したもの」を補っておこう。「序」は「支那の文学が、歌に及ぼした影響の大なることは、すでに萬葉集にも現はれて居る。古今集以後に於ては、愈著しい」と始まっており、いわば母なる歌の国を歌人が訪れる際には歌集が不可欠と考えたから「急いで」となった。南清訪問が躊躇を押し切ったのである。

なお、平成十六年のながらみ書房版は遺歌集『老松』を加えた『佐佐木信綱全歌集』となっている。

## （二）『思草』を読む

①巻頭歌

歌集名の思草を信綱の『万葉辞典』は通説ナンバンギセル、諸説竜胆と露草と示している。「出所」は巻十「道の辺の尾花が下の思草今さらさらに何をか思はむ」である。しかし草案などの「草《そう》」にも通じ、「おのがじゝの思をのぶる」ことを大切にした短歌観が作用した命名と受け止めたい。

鳥の声水のひびきに夜はあけて神代に似たり山中の村

巻頭歌である。初出は「帝国文学」明治三十六年九月号「甲信游草」十五首の五首目、二句目が「水の響」、詞書「宿宮本村」がある。歌集発行は十月三十日だからぎりぎりの収録だったことになる。

信綱はこの年四月に甲斐に入り、二十五日甲府泊、翌日昇仙峡などを見学ののち宮本村に泊まっている。巻頭歌に詞書はないが、初出のデータは参考にしていいだろう。

宮本村は御岳村などが明治七年に合併して生まれたが、その御岳村（今の甲府市御岳町）にあるのが金桜神社である。門前町の御岳村は御嶽千軒と称して繁栄、旅館や料理店、劇場などで賑わったが明治の廃仏毀釈《はいぶつきしやく》で衰退を余儀なくされた。信綱が訪れた頃は門前に大黒屋、松田屋、御嶽館などの宿があったが、どこに泊まったかわかっていない。

旅の案内役を務めたのが信綱を師と仰ぐ小尾保彰《おびほしよう》、当時の北巨摩郡清春村（今の北杜市長坂町）の歌人である。小尾は「心の花」明治三十六年六月号から八月号まで三号にわたって同行記「峡中記」を連載、宮本村での朝を次のように記している。

筧の音枕に響きて眠りは覚めたり。戸あくれば空はぬぐひし如く晴れ渡れり。今日わくる山路の景色など、思ひつゝ。起き出でゝ氷よりも冷たき岩清水に口そゝぎつ。

雨で難渋した昨日から一転したさわやかな夜明けだが、記述は『思草』巻頭歌の背景をも思わせる。
〈鳥の声と水のひびきの中で私は目覚めた。ここ御岳の地は遠い神代のような神々しい夜明けである〉。小尾の記述によると宿の庭には小さな池があり、噴水もあったが、『作歌八十二年』にも「筧の音を聞きつつ眠った」とあり、「水のひびき」は筧ではないか。

第一歌集の巻頭歌に何を置くか。これは大切な選択である。与謝野晶子『みだれ髪』は読みが悩ましいが、性愛の気配濃厚という点ではこの歌集にふさわしい「夜の帳《ちやう》にささめき尽きし星の今を下界の人の鬢《びん》のほつれよ」。石川啄木『一握の砂』は自讃歌「東海の小島の磯の白砂に／われ泣きぬれて／蟹とたはむる」、北原白秋『桐の花』の「春の鳥な鳴きそ鳴きそあかあかと外《と》の面《も》の草に日の入る夕べ」も白秋の代表歌だ。こう思い出せば、第一歌集の巻頭歌はやはり大切な一手と分かる。

では『思草』はどうか。巻頭歌の主題は夜明けの爽やかさ。表現の構成を見ると上の句は場面、そこで一呼吸置いて「神代に似たり」と端的な言いきりで反応を示し、「山中の村」と据える。安定感のある文体が主題の印象を強めている。晶子は恋の悩ましさ、啄木は孤独な自画像、白秋は青春の憂愁。比較すると信綱は景の爽やかさ、その受け止め方の大きさ、そして訪れた地を愛でる挨拶の晴れやかさも感じさせ、信綱らしい巻頭歌である。「季節は春、時間は夜明け、これも巻頭歌に据えられた理由であったろう」（佐佐木幸綱『佐佐木信綱』）という見解も信綱の特徴を捉えて示唆に富む。

金桜神社は金峰山信仰の神社、ヤマトタケルが東征の帰路に参拝したと伝えられ、境内には鬱金桜の巨木がある。信綱のこの歌、いかにもこの神域にふさわしく、二〇一八年七月に歌碑建立、除幕式が行われた。歌の力だろう。

## ②『思草』の特徴1

主題の多さがこの歌集の特徴である。粗く区分けをしながら見ていこう。

○自問の歌

かはり行く昨日の吾と今日の吾といづれまことの吾にかあらむ

世にあはぬ調をひとりしらぶべし人の門《かど》にはいかでたつべき

利のやつこ位のやつこ多き世に我はわが身のあるじなりけり

声ひくしひくくしあれど真心のこゑ天地にとほらざらめや

一首目は変化の速い時代のなかの〈われ〉、二首目は時代の趨勢に一歩距離をおく〈われ〉、三首目四首目は世の生き様に背を向けても自分の信じる道を歩もうとする〈われ〉である。くり返しみずからに問い、自分の意志と信念を確かめる。信綱らしい世界であり、「世にあはぬ調をひとりしらぶべし」「真心のこゑ天地にとほらざらめや」という自問には、新しさを求めるだけでは十分ではない、という意志がこめられている。旧派を含めた和歌の蓄積を背負った者の責任感がそこから浮かび上がる。それは正岡子規や与謝野鉄幹にはない責任感だった。

願はくはわれ春風に身をなして憂ある人の門をとはばや

歌集巻頭五首目の歌。「歌の徳」という一見古めかしいけれども手放してはいけないこの領域を竹柏会の第一回全国大会という公的な場に出詠したのも、その責任感と無関係ではない。
○叙景の歌
　幼きは幼きどちのものがたり葡萄のかげに月かたぶきぬ
幼い者たちは幼い者同士、大人は大人同士でくつろぎながら語り合っていると、傾く月が庭の葡萄棚にかかる。黄色い月と葡萄と子供。絵画的な風景が映像としてくっきりと伝わってくる歌である。しかも場面からはほのぼのと童画的な雰囲気が広がって、いかにも新しい時代の短歌と思わせる。

　もう一つ、葡萄という言葉の表現史からも大切な歌である。葡萄は和歌では「えび葛《かずら》」という言葉で長く親しまれてきた。それが「葡萄《ぶどう》」へ移行し流布して行くためには新鮮な実践例がなくてはならない。その役割を果たした作品でもある。この一首はそうした歌語の表現史からも意義がある。

　斎藤茂吉「明治和歌革新者」の評を思い出しておこう。

　清新で、仏蘭西印象派の絵に対するやうな心境をおぼえるものである。内容も余りごたごたしてゐず、その声調にもやはり西洋を感ぜしめる。当時は新体詩を通じてでも西洋と接触し得たのであつたらう。（略）この一首はやはり明治新派運動の産物といふことになり、その中で竹柏園の発明といふことになるのではなからうか。

（『斎藤茂吉全集』第十四巻）

　茂吉の初出は敗戦後の昭和二十三年発行「余情」第八集「佐佐木信綱研究」。ライバルとして時代を共有し、乗り越えた者同士のマクロな視点からの評価に注目しておきたい。

かぜにゆらぐ凌霄花《のうぜんかづら》ゆらゆらと花ちる門に庭鳥あそぶ
春の日の夕べさすがに風ありて芝生にゆらぐ鞦韆《ゆさはり》のかげ
ゆきゆけば朧月夜となりにけり城のひむがし菜の花の村
ゆふづく日菜の花畑に傾きぬ名古屋の大城《おほき》遠く霞みて

読者が作者と同じ視線を共有できる。これが正岡子規の写生論に牽引された近代短歌に求められる一つの要素であり、そうした要素が反映された叙景歌である。同じ叙景でも信綱のそれはゆったりとしたリズムに包まれた叙景で、そこに特徴がある。三首目四首目は故郷鈴鹿との往復に出会う馴染みの風景でもあり、同じ情景を繰り返すところから故郷への独特の愛着を読むこともできる。やはり「明治和歌革新者」で茂吉は三首目を次のように評している。

『城のひむがし』は、漢文の城東をくだいたもので、鉄幹にも『城のひがし』の句があつたやうにおぼえてゐるがもう記憶が不確である。『菜の花の村』も俳句などとも相交り、やはり新派傾向であつた。

○折々の歌

ふしながら見まししし去年《こぞ》の花うばら今年も咲きぬ折りて手向けむ
わが外にとまる人なきはたご屋の行燈のもとに山家集をよむ
様々に思ひあまりて兄君の一人はほしき秋のくれかな
わた中のかかる島にも人すみて家もありけり墓もありけり
見世物の小屋のうしろの話声ものかげくらきおぼろ夜の月

一首目には（先考一周年祭）と脚注がある。明治二十四年六月に数え年六十四歳で他界した父弘綱への追慕の歌だが、花を介して去年の父と今年のわれを繋げている。明治二十五年の作と分かり、『思草』収録作品はこの年からということも教えている。二首目は川田順『羽族の国——思草評釈』に「令弟印東昌綱さんが房州北條に病を養ってゐたのを見舞に行かれた時の作。行灯の薄い光に披見したのは『類題山家集』だったさうである」（表記テキストのまま）と解説がある。弟を見舞いの宿で一人読むのが西行という点が信綱らしい。三首目は「秋のくれかな」が類型的だが、父ではなく兄、ふとしたときの長男の心の機微が表れている。なお、この歌は『佐佐木信綱歌集』『佐佐木信綱全歌集』の『思草』では削除されている。惜しいと思う。四首目はみちのくへの旅で出会った風景。山の中腹に数点灯る明かりを仰いだとき、海岸線に張り付くように並ぶ家々を遠くみとめたとき、「ああ、あんなところにも」と人の営みに心が動くことがある。掲出歌は「墓もありけり」と重ねたから、どんな場所にも根づく暮らしへの感慨が深くなる。歌集中、私の好きな一首でもある。

五首目はふと目にした嘱目の歌というべきだろうか。嘱目ではなく、物語歌と読みたい気がする。小屋裏のものかげ、そしてひそひそ話という設定がそう思わせておもしろい。こうした謎めいた歌もときおり詠われて、信綱の一領域である。

題詠から折々の歌へ。これが和歌革新のポイントだが、題による歌作を子規や鉄幹たちもさかんに試みており、『思草』にも題詠の場による歌は少なくなく、例の観潮楼歌会も題詠歌会と見ることができる。ただ、彼等は旧派和歌の題詠が守っていた厳密なルールからは自由で、題は自由な発想のための刺激材だった。白秋『桐の花』の巻頭歌「春の鳥な鳴きそ鳴きそあかあかと外《と》の面《も》の草に日の入る夕べ」が観潮楼歌会における題詠「戸」から生まれたことを思い出したい。観潮楼では「戸の面」の戸を「と」と表記しており、それを「外の面」としたのである。和歌革新運動以降の題詠は変形した折々の歌でもある。

○代作

馬市によき馬かひてかへるさの野路おもしろき鈴虫の声
戦に召されし我が子帰りこで今年の秋もたでの花ちる
なまじひに情の言葉たまはるな君はあて人われは海士の子
ぬふ針の一針毎に我おもひこもれりと知らで君着ますらむ
鍛冶《かぬち》われわが血わが霊うちこめてうちきたへたる国守る太刀

農耕馬を買ったなら農の人、運搬用の馬など他にも考えられるが、買って帰る〈わたし〉は信綱ではない。出征兵士の無事帰還を待つ親。君は貴人で自分は漁師の子。心を込めて縫うおみな。そして国を守る刀鍛冶も信綱ではない。他人に代わって詠う代作という伝統を思わせる。一種の題詠でもあるが、こうした領域を〈自我の詩〉〈われの歌〉の時代においても手放さなかったところにも『思草』の特徴を見ておきたい。なお、「ぬふ針の……」の歌も全歌集では削除されている。

○戦争の歌

『思草』には明治二十五年から三十六年の作品が収められている。この間の二十七年から翌年が日清戦争、三十七年からは日露戦争が始まる。つまり『思草』は戦争の時代の緊張の中で刊行されたことになり、二つの戦争ははっきりとこの歌集に反映されている。

父の子ぞ母の愛子《まなご》ぞ御軍に弱き名とるなわが国のため

くれなゐに雪をそめたる丈夫《ますらを》が肌へにそへし老いし母のふみ

軍よりかへりし子等もまじりたり今年の田植賑はしきかな

いく千々の尊き血もてあがなひし遼東の山、草の色こき

亜細亜の地図色いかならむ百年《ももとせ》の後をし思《も》へば肌へいよだつ

『ある老歌人の思ひ出』で信綱は日清戦争時を「歌人は歌を以て御国に尽すべし、との心から、自分も多くの歌を詠んだ」と振り返っている。その例歌として挙げているのが、一首目の出征兵士を鼓舞する歌、二首目の負傷兵が肌身離さず携える母の手紙の歌である。三首目は帰還兵も加わった一家総出のにぎやかな田植えだが、補足しておこう。初出は「心の花」明治三十二年九月号「大磯百首（下）」。「大磯に物せる竹柏会の人々相つどひける折毎に題をさぐりてよめる」と詞書のある一連の中の「父」を詠んだ題詠作品である。初出では「いくさより帰りし子らも」など表記に小さな違いがある。作品に「父」は出てこないが、父の立場からの喜びの歌、日清戦争を背景に読むべきだろう。

四首目五首目は「初出未詳」、おそらく歌集編集時の作である。日清戦争の結果で日本が割譲させた遼東半島は露仏独による三国干渉によって手放さざるを得なかったが、この動きに信綱は強いショックを受けた。『ある老歌人の思ひ出』に「遼東還付の詔勅を新聞でよんだ夜、中村君を訪うて、自分は悲しみのあまりに泣き伏した。君は諄々とやむを得ぬといふ事を説いてくれた。帰さ、

家の外に送つて来られた。停車場前の広場は、月の光で明るかつたとおもふ。その明るい月の光を仰いで、又泣き出しさうな自分の肩をたゝいて、中村君は慰めてくれた」とある。中村は中村健一郎、「心の花」の歌人橘糸重の従兄。四首目には日本があまたの血を流して獲得した遼東をめぐる日露戦争前夜の緊張を読んでおきたい。五首目を「杞憂の作」と『作歌八十二年』は語っている。

川田順はこの歌に関して「作られた時は、日露戦争の直前であった。この戦争の避けられないことは、国民の大部分が覚悟してゐた。それは全く乾坤一擲の大冒険で、必ず勝つとは考へられなかつた。その時に、先生はかやうに感じられたのであつた」（『羽族の国——思草評釈』）と語っている。

戦争直前の杞憂と危機感を示しながら、アジアにおいてその後もはげしく繰り返される列強の植民地争いを予言しているようにも読める。

③『思草』の特徴2

「心の花」を通読して、なぜこの一連は『思草』に収録しなかったのだろうか、という疑問を抱かせる作品がある。その一つが「心の花」明治三十一年九月号の「八月三十一日の夜二男文綱うまれけるに」という詞書を持つ五首である。

いかにぞと思ひわびつゝねぬ夜半にうぶ声高しをのこなるらむ
行末のさかえハいまだ知られねどまづすこやかにあるが嬉しさ
つぶらにも目を見はりつゝ生れこしうき世の様をながめ顔なり

ある時

泣くにつけね入るにつけてさわぐかなよわきハ親の心なりけり

七夜の祝をしけるに雨風はげしければ

いまよりの世の雨風に堪へよとて祝ふ今日しもふりすさぶらむ

信綱は明治二十九年二月に藤島雪子と結婚、翌年二月に長男逸人が生まれたがかねての約束通り、藤島家を継ぐことになった。雪子が一人娘だったからである。三十一年八月に生まれた次男は佐佐木家を継ぐべく文綱と命名された。文綱誕生を喜んだ信綱が早速詠んだのがこの五首なのである。

まだかまだかと眠ることなどできない夜半に産声が高く上がる。バンザイと叫びたい感激が「をのこなるらむ」である。二首目三首目はしげしげと見つめたときの感激。親バカぶりが広がる。四首目は育児に慣れぬ親のうれしい困惑だろう。五首目は命名を祝う七夜の文綱への祝福歌。どの歌からも子を得た親の喜びがあふれ出て、共感度の高い一連である。

しかし信綱はこの一連を『思草』に採っていない。一首も採らずまるごと落としている。歌の出来への懸念からとは思えない。プライベートな世界過ぎるからか。しかし自分の思ったこと考えたことを詠うという和歌革新運動の基本からはむしろ積極的に収録したい一連でもある。

「自我の詩」と「おのがじしに」には重なるところが多いが、「おのがじしに」の信綱的な尺度にその要因があると考えたい。

改訂歌集『おもひ草』の序で信綱は次のように語っている。

歌に重んずべきは想である。想は広くも深くもせねばならぬ、殊に歌は、自分の即興即感のみを詠むだけのものではない、諸々の人の諸々の境遇に同情し、同感して、人間の感情を歌はねばならぬ。（略）調も、単に優美なだけを能事とせず、想に応じて、雄々しくも、軽くも、さまざまでありたい。これが自分の深く感じて専ら努めたところであつた。この思草に収録した明治二十五六年後約十年間の作に対する自分の態度は、ほぼ斯くの如くであつた。

自分の思いを述べるだけでは不十分だ。人々の思いも詠って、人間の内面全体を歌に映し出す。叙景や折々の歌だけでなく、「われ春風に身をなして」にこめた歌の徳、そして代作や戦争歌も含んだ『思草』の世界が思い出される。それが信綱的な「おのがじしに」だった。

「想に応じて、雄々しくも」という一節から思い出すのは次の改作である。

地《つち》の底三千尺の底にありて片時やめぬつるはしの音

初出は「心の花」明治三十四年六月号「続みちのく百首（上）」である。一連は「都の花はちりつくしぬ、松島の千島百島ゆきめぐりて、くれゆく春の跡を追はむとみちのくに出でたつ」と始まり、勿来の関を経て湯本に宿り、「三函山の麓なる磐城炭山にトロにのりて」向かい、「炭鉱社員中山氏竪坑斜坑などをいとつばらに導かる。坑夫の生活坑夫の家居心とまるふし少なからず」と炭坑にも入って取材し、次のように詠った。

地《つち》の底三百尺の底にありて片時やめぬつるはしのおと

初出は「三百尺の底」、それを歌集では「三千尺の底」とさらに深めたのである。磐城炭山は地下深く掘ることを余儀なくされた炭鉱だったが、三千尺約九百メートルの深さではない。三百尺約九十メートルは社員の説明どおりだっただろう。それを三千尺と大きく変えたのは「白髪三千丈」の国を意識し、「想に応じて、雄々しくも」と考えたから、と思われる。

一まきの書たづさへて筆のせてひとりわが行く唐土の秋（将遊清国）

巻末歌である。自分の歌集を携え、日本の歌人として詩歌の国へ海を渡る高揚感が「ひとりわが行く」から広がる。


参考文献

佐佐木信綱『万葉辞典』（昭和十六年八月・中央公論社）

川田順『羽族の国――思草評釈』（平成六年七月・短歌新聞社）

『斎藤茂吉全集』第十四巻（昭和五十年七月・岩波書店）

# 第五章　動き出す信綱――『新月』の時代

## （一）明治四十三年の意義

短歌史年表を見渡すと、すぐれた歌集が集中する年のあることに気づく。代表的なのは明治四十三年と昭和十五年である。

昭和十五年は、

三月／斎藤茂吉『寒雲』・『渡辺直己歌集』、五月／会津八一『鹿鳴集』、六月／川田順『鷲』・土岐善麿『六月』、七月／坪野哲久『桜』・合同歌集『新風十人』、八月／北原白秋『黒檜』・筏井嘉一『荒栲』・佐佐木信綱『瀬の音』・前川佐美雄『大和』・斎藤史『魚歌』、九月／佐藤佐太郎『歩道』。

大家から新鋭までの揃い踏みといった風景である。とりわけ、哲久、佐美雄、史、佐太郎といった当時の若手・中堅のそれが、彼らの生涯を代表する歌集である点が注目される。そこには昭和の大戦前夜の緊張が反映されているが、そのことは信綱の昭和を主題にする中で考えたい。

では明治四十三年はどうか。ゴシックで示した歌集とそれ以外の動きを前後も含めて示すと次のようになる。

明治四十年　観潮楼歌会始まる。「心の花」の新鋭歌人の集まり「あけぼの会」結成。

明治四十一年　「阿羅々木」創刊（翌年から「アララギ」）、「明星」終刊。
明治四十二年　「スバル」創刊、窪田空穂『短歌作法』、石川啄木「食ふべき詩」。
明治四十三年　**前田夕暮『収穫』**、「創作」創刊、**与謝野寛『相聞』**、**若山牧水『別離』**、**土岐哀果『NAKIWARAI』**、**吉井勇『酒ほがひ』**、尾上柴舟「短歌滅亡私論」、石川啄木「一利己主義者と友人との対話」、**石川啄木『一握の砂』**。
明治四十四年　**与謝野晶子『春泥集』**、前田夕暮「詩歌」創刊、北原白秋「朱欒」創刊。
明治四十五／大正元年　**土岐哀果『黄昏に』**、**石川啄木『悲しき玩具』**、**若山牧水『死か芸術か』**、**佐佐木信綱『新月』**、**岡本かの子『かろきねたみ』**。
大正二年　**尾上柴舟『日記の端より』**、**北原白秋『桐の花』**、土岐哀果「生活と芸術」創刊、**斎藤茂吉『赤光』**。

短歌が大きく動いた時代ということがわかる。ひと言で整理すれば、それは明治三十年代の和歌革新運動の影響下に歌作を始めた新世代による革新運動パートⅡといったおもむきである。この流れを決定づけたのは明治三十四年の与謝野晶子『みだれ髪』だった。

盛岡の石川啄木は『みだれ髪』に強く影響を受け、盛岡中学の先輩金田一京助が「どれも此も、全く晶子女史の口調そっくりそのままの模倣」と嘆くほどの作品を盛岡中学の回覧雑誌「爾伎多麻」（明治三十四年九月）に載せていた。

秦野の前田夕暮は明治三十五年五月に『みだれ髪』を携えて東北放浪の旅に出て以降の五年ほどの間に、「晶子模倣の短歌約四千首」を作った（前田透『評伝前田夕暮』）。

柳川の北原白秋最初の創作と見られる短歌「此儘《このまま》に空に消えむの我世《わがよ》ともかくてあれなの虹美《にじうるは》しき」（「福岡日日新聞」明治三十五年六月三日）は晶子の口調そのまま、啄木と同じだった。晶子の摂取から始まった青年たちが十年後にはそれぞれの個性に成長し、和歌革新運動第二幕を牽引した。そういう見取り図になる。それに呼応した形で新しい雑誌の創刊と歌論が加わり、さまざまな模索の相乗作用を通して近代短歌が確立した時代といえる。明治四十三年の『一握の砂』と大正二年の『桐の花』と『赤光』がそのことを雄弁に物語っている。

近代短歌史をマクロに捉えた場合、彼等は自分たちが夢中になった「明星」と与謝野晶子からどう抜け出すかという課題を負った存在でもあった。

短歌が大きく動くその渦中から信綱の『新月』も生まれた。

## （二）観潮楼歌会とあけぼの会

### ①潮見坂

東京文京区の団子坂は古名を潮見坂といって見晴らしがよく、上野の森の向こうに品川沖の海が見えた。その坂上にあるのが森鷗外邸、鷗外が観潮楼と呼んでいた。その跡地に今は文京区立森鷗外記念館がある。

明治四十年三月三十日にその観潮楼で会合が開かれた。招かれたのは佐佐木信綱、与謝野寛、伊藤左千夫、平野万里。鷗外が加わって計五人。ここから観潮楼歌会が始まった。八角真《ほすみ》氏の詳細な調査によると、開催記録がはっきりしているのは二十六回、最後の歌会は四十三年四月十六日だった。鷗外が「短詩会」と呼んだこの会を石川啄木は「観潮楼歌会」と日記に記し、その呼称が今に受け継がれている。

主な出席者は佐佐木信綱、伊藤左千夫、与謝野寛、平野万里、吉井勇、北原白秋、石川啄木。長塚節、古泉千樫、斎藤茂吉が加わった回もある。参加者を見ると寛の関係者が多く、「心の花」からは信綱だけである。左千夫が千樫や茂吉を伴ったように、信綱も竹柏会の木下利玄や新井洸を参加させたいと考えたが、「いやこの会の事は僕に任せてくれたまえ」と寛に強くいわれたと信綱は『作歌八十二年』に書いている。題詠による投票歌会だったから仲間を加えたいという心理も働いたのだろう。そうした小さなせめぎ合いはあったが、この会は当時の中心的歌人たちの貴重な交流の場となり、信綱にとっても収穫は少なくなかった。現場の雰囲気をよく伝える啄木日記から、信綱に関する記述を抜き出してみよう。

○啄木日記明治四十一年五月二日　啄木初参加の会である。

この日の参加者は信綱、左千夫、寛、啄木、平野万里、吉井勇、北原白秋、鷗外の八人。信綱と左千夫以外はみな新詩社の歌人で、特に啄木は函館から上京してわずか五日目の参加だから、やはり寛主導の集まりだったことを窺わせる。この日の啄木日記の人物観察がおもしろい。

鷗外は「色の黒い、立派な体格の、髯の美しい、誰が見ても軍医総監とうなづかれる人」。信綱は「温厚な風采、女弟子が千人近くもあるのも無理が無い」。左千夫は「風采はマルデ田舎の村長様みたいで、随分ソソツカしい男」。端的だが、それぞれの風貌が浮かび上がり、啄木らしい確かな観察眼だ。

歌会はどうか。この日は「角、逃ぐ、とる、壁、鳴、の五字を結んで一人五首の運座。御馳走は立派な洋食。八時頃作り上げて採点の結果、鷗外十五点、万里十四点、僕と与謝野氏と吉井君が各々十二点、白秋七点、信綱五点、左千夫四点」だった。啄木は信綱の得点に同情して「親譲りの歌の先生で大学の講師なる信綱君の五点は、実際気の毒であつた」と反応している。左千夫と信綱が仲間を加えたいと考えた一因もそこにある。

この日は啄木にとっては大収穫の一日だった。白秋や勇など同世代との交流が始まったばかりでなく、信綱とも近しくなり、「心の花」への作品掲載にも繋がった。

九時半に散会した後、千駄木の通りを左千夫と寛が並び、その後ろを「やせぎすな啄木君と、自分とが影を並べて、月影を踏みつつ語りあつて帰つた」と信綱は回想している（『明治大正昭和の人々』）。忘れがたい夜だったのだろう。昭和二十六年刊行の、信綱自身がまとめた最後の歌集『山と水と』では次のように詠っている。

成東への途上、伊藤左千夫君生誕の地の標木たてり。君と初めて会ひしは、鷗外博士の観潮楼歌会にてなりき夜ふけて、与謝野君、石川君等と語りつつ帰りぬ。

夜ふけたる千駄木の通《とほりこわだか》声高に左千夫寛《ひろし》かたり啄木黙々と

このとき信綱が「心の花」への寄稿を促したのだろう。二ヶ月後の「心の花」七月号に「緑の旗」五十八首が工藤甫《はじめ》というペンネームで掲載される。歌稿には「本名を用ゐることはいささか憚るから」と添えてあった。工藤は母の実家の姓、甫は本名の一をもじったものだった。生まれたときの啄木は母の籍に入れられ、小学二年生の秋まで工藤一だった。

○啄木日記明治四十一年十月三日

博士、佐々木君、平野君、吉井君、北原君、与謝野氏に予。外に太田正雄君（初めて逢つた）服部躬治君（同）伊藤左千夫君の弟子古泉千樫君。加古博士も八時頃から来られた。空前の盛会で、加古博士も此次から作るといふのと、信綱君が余程吾々に近い歌を作つたのは珍しかつた。散会は十一時。

○同年十一月七日

佐々木、与謝野、伊藤、千樫、北原、平野、平出の諸氏が既に集つてゐた。主人博士を合せて十人。

第一回、第二回の運座、共に予は高点であつた。随分、解き様によつては大胆な歌もあつた。そしてそれは大抵与謝野氏のであつた。（略）

佐々木君の歌には、大胆に新詩社風（？）なのがあつた。〝今夜は佐々木さんの放れ業を拝見した〟と与謝野氏だつたか森氏だつたか言ふと、〝左様じやありませんが、会の時は矢張可成選ばれる歌を作つた方がようござんすからな〟と言つた。皆この告白に笑はされた。

「信綱君が余程吾々に近い歌を作つた」、「佐々木君の歌には、大胆に新詩社風（？）なのがあつた」、「今夜は佐々木さんの放れ業を拝見した」。これらの反応からは、観潮楼歌会に刺激を受けて従来とは違う表現にトライした信綱が見えてくる。ではこのとき信綱はどんな新詩社風の歌を詠んだのか。その記録は残っていない。しかし八角氏の「観潮楼歌会の全貌——その成立と展開をめぐって」にその一部が再録されている。明治四十二年三月六日歌会における信綱作品をまず見ておこう。

自転車は走せ去りぬ荷馬車ゆく町を箒売りゆく節のびらかに
答ふらく君が心のあまりにもすぐなるが故に君を疎んず　「新月」
一度は茂れる小草敏鎌もち刈払ふ如除き得べけむ
水海を越てにほへる虹の輪の中を舟ゆく君が舟ゆく　「新月」
（明治四十二年三月六日の歌会・平出禾氏蔵歌会詠草から）

平出禾《ひいず》は歌会メンバーの一人だった平出修の息子、「新月」とあるのは八角氏が歌集収録歌であることを確認し加えたものである。『新月』は総ルビ、四首目の初句は「みづうみを」となっている。参加者の作品を参照すると、この日は「箒」「輪」「君」「除く」の題詠歌会だったことがわかる。

次は四月五日歌会の一部、兼題は爪とランプである。

爪をかむ癖あるを見てあの唇《くち》を瓜などかはと惜しく思ひぬ　太田正雄
爪をはむ。「何の曲をか弾き給ふ」「あらず。汝が目を引き裂かんとす」　鷗外
爪を噛む汝が癖の昂ぜしやこの頃われの唇をかむ　吉井勇
薄あかき爪のうるみにひとしづく落ちしミルクもなつかしと見ぬ　白秋
うつくしき爪のあひだに黒きものありしを見てぞ疎んじにける　信綱

呆然と爪をかみつゝ群衆のながるる町を見る男かな　平野万里
さめし日は我とそむきて走りつる心をとらへ爪はぢきする　平出修
しら玉の数珠とりかけて爪長き山の修験のささと鳴らすも　寛

月光のさし入る窓にランプの火ひとつともして麦ひくみれば　白秋
これやこの石の油を焚きし世にもてはやされしランプてふもの　鷗外
月光の野に立ちて見る君が家のランプの灯よりかなしみは来ぬ　勇
カンテラのいぶる煙に隣りたるランプの如し愁あかるし　寛
人もわれも空気ランプのあかるきを見つめて共にもだしあひける　信綱
さ夜床にランプを消せば室《むろ》ぬちは見えなくなりて月がよく見ゆ　茂吉
われ死なむふかきねむりのきたる時ランプの心を細むるごとく　万里

並べてみると鷗外の自在な発想と表現が印象に残る。信綱の「爪のあひだに黒きものありし」は同じ年の前田夕暮「襟垢《えりあか》のつきし袷と古帽子《ふるばうし》宿をいで行《ゆ》くさびしき男《をとこ》」や翌年の啄木「垢じみし袷の襟よ／かなしくも／ふるさとの胡桃焼くるにほひす」など、自然主義の直接的摂取を思わせる作品に通じるところが興味深い。四月五日歌会のその他の信綱作品も抜き出しておこう。
よろめきて階段おりしまどろすの肩すれすれに燕は入りぬ
しかとあらぬ髯をねりて天の下の文豪どもを罵りにける
沖の雲紅匂ふマドロスの六七人は陸にあがりぬ

界にも作用した。

「文豪」の題は「人」かと思われる。信綱の『歌之栞』が説く題詠とその作法とは大きく異なる結び字による題詠、それも新語も取り入れた題詠の場が信綱の作歌領域を広げ、それが『新月』の世界にも作用した。

鷗外はなぜ観潮楼歌会を開催したのだろうか。

其頃雑誌あららぎと明星とが参商の相隔たつてゐるのを見て、私は二つのものを接近せしめようと思つて、双方を代表すべき作者を観潮楼に請待した。此毎月一度の会は大ぶ久しく続いた。我百首を書いたのは、其会の隆盛時代に当たつてゐる。

大正四年刊『沙羅の木』序で鷗外はこう語っている。序の執筆は「大正四年夏」と明記されている。しかしこの見解は「アララギ」が勢力を拡大しはじめた大正期になってからの理由付けと考えるべきだろう。明治四十年に「アララギ」はまだ創刊されておらず、「文章世界」第六巻第十三号（明治四十四年十月）が発表した「文界十傑」の歌壇部門でも公表された六位以内にアララギ系の歌人は一人も入っていない。このときの六傑は一位与謝野晶子、二位佐佐木信綱、三位前田夕暮、四位若山牧水、以下、窪田空穂、金子薫園である。北原白秋が入っていないが、彼は投票二年前の四十二年刊行の詩集『邪宗門』で注目され、詩壇部門の一位だった。

早くから鷗外と交流があった信綱は、観潮楼歌会の動機を「森鷗外博士は、満洲から帰られた後、『歌日記』を発表されるなど、和歌に対する関心が深まつたやうであつた。それで、与謝野寛、伊藤左千夫二君と予とに月々来て小集を催すことを企てられた。これが観潮楼歌会の起原である」（『明治大正昭和の人々』「石川啄木」）と理解している。鷗外は『歌日記』をまとめるに当たって作品を信綱に示し、加除訂正を行った。そうした経緯も考慮すると、観潮楼歌会は信綱の指摘のように、鷗外自身の短歌への関心から発している。

②あけぼの会

「心の花」に精鋭たちの切磋琢磨の場があり、しかもメンバーは男だけ。それが「あけぼの会」である。曙会と表記されることもある。「心の花」に掲載されるその歌会報告から中心メンバーは石榑千亦、新井洸、木下利玄、澤弌、八木善文など。大正十一年四月に上京した前川佐美雄も翌月の会から参加、ここで鍛えられた。川田順の名がないのは東大卒業後に大阪の住友総本店に入社したからである。順は城北中学（今の都立戸山高校）在学中の明治三十年、十六歳で信綱に師事、翌年創刊の「心の花」に参加した中枢的存在である。

発足当時のあけぼの会は次のように活動していた。

・集まりは月に一度、会場は深川区永代河岸十号二の帝国水難救済会。石榑千亦の勤務先である。
・参加者は十名前後。石榑千亦を中心に、「心の花」中核部隊の歌会である。
・あらかじめ提出の作品を互選、六首程度を選び出して議論。精評の会である。
・当日の幹事が批評を記録、「心の花」誌上に掲載する。

男性歌人ばかりのこの歌会に信綱も積極的に出席、率直な批評の場に交わった。明治三十一年の「心の花」創刊から約十年、順調に育った新鋭たちから受けた刺激が『新月』に作用している。「心の花」誌面の「曙会記事」を読むとそのことがよくわかる。

＊四十一年七月　澤弌「曙会記事」
　白金のこかぬの翼吾をめぐるいつこの郷にさそひなんとや　　信綱
(雨) こがね何の必要あるにや
(信) こがね必要ありと思ふ一の翼ならで色々の翼がめぐるなれば
(雨) 数ある翼と見てなほこがねの必要なきを思ふ
(信) 夢のやうなる歌なれば一の色よりも二以上の色がある方よくはあらずや
一語をめぐる率直な議論を交わしたのは雨泉（新井洸）と信綱である。
＊四十二年十二月　今田十五郎「曙会記事」
　水責も火責もといひて俳優《ワザヲギ》はしびれし足をそとさすりける　　信綱
十。四五句の想面白し。（今田十五郎）
千。一二句と四五句との対照がいかにもわざとらしく厭な感じだ。（石榑千亦）
＊四十三年一月　石榑千亦「曙会納会の記」
　から〳〵と笑ふ罵る唄うたふ悲しき室の冬の日くれぬ　　信綱
千、騒しき中にシンミリとしたる骨を刺すが如き感じす。四の句かくいはねばならぬ所なるべけれど、いさゝかことわり過ぎずや。（石榑千亦）
秀、暮春又は初夏の頃としたらん方可なるべきか。（佐藤秀信）
「園主風邪の為に来まさず」とあるから信綱欠席の会である。
＊四十三年六月　新井生「曙会記事」

新しき袷など着て大路ゆく初夏人のなかに交りぬ　信綱

善。「など」あまり必要とも思はず。むしろ害ありとおもふ。（八木善文）

（「など」に対し諸氏の間にさまぐ〜の説が出た。結局、この言葉を軽く解する事が出来るか否かの問題となつた）。

洸。感じのある歌、たゞ結句の「ぬ」文字不服。（新井洸）

＊四十五年六月　新井洸太郎「曙会記事」

我知れず涙こぼれぬゆく春やかろくおぼゆる身の衰へに　信綱

利。この作者が実際我知らず涙をこぼしたのならばといふ余地はないが、単に行く春の寂しさをば、軽くおぼゆる身の衰へによせて現した丈けとすれば、一二の句はわざとらしくて、ふさはしくない。是までにいはない方が佳からう。（木下利玄）

信綱の評も一例示しておこう。

＊四十三年二月　佐藤秀信「曙会記事」

橇の鈴わが喜びに相和しぬ雪の中なる灯よ家よ妻よ　利玄

信。結句が嫌味に感ぜられる。

師の作品にも率直な疑問を投げかける会員の姿勢が心強い。特に石榑千亦、新井洸、木下利玄の批判は的確で、信綱にとっても収穫の多い場であったことがわかる。

ではこうした相互研鑽の場としてのあけぼの会はいつできたのか。

「心の花」明治三十九年七月号「消息」欄に「六月廿九日園主が選に成る竹柏会研究会同人の歌集

『あけぼの』出来致し候」とあり、この合同歌集がきっかけで生まれたのが「あけぼの会」と見ることができる。

石川一成は「明治四十一年一月十三日に始めて拓かれ」た（「心の花」昭和三十九年四月・佐佐木信綱追悼号）とするが、同号の佐佐木幸綱は「明治四十年後半に結成されたであろう」と慎重だ。「心の花」の「消息」欄を見ると、三十九年十二月号に去月「十六日あけぼの会を深川なる印東昌綱宅に催し園主も会せられ候」とある。合同歌集『あけぼの』刊行のおよそ五ヶ月後である。また四十年十二月号には去月「十八日あけぼの会月次会を開く兼題音当座壁園主も出席せられ候」とあり、二つのあけぼの会が同じ集まりであれば三十九年に遡ることも可能だが、そこは確認できない。佐佐木幸綱『佐佐木信綱』は「資料が乏しい」と断りながら、「第一回会合は明治四十年（一九〇七）十二月（と思われる）」と記している。

## （三）『新月』を読む

### ①巻頭歌

観潮楼歌会における和歌革新運動第二世代との交流、そして「心の花」の精鋭たちとの批評会。その刺激が『新月』を『思草』とは異質な世界に広げている。

まず前期信綱における『新月』の位置を確認しておきたい。

①思草　明治三十六年十月刊。五百五十首。数え年三十二歳。
②遊清吟藻　昭和五年の現代短歌全集第三巻『落合直文集佐佐木信綱集』（改造社）に収録。明治三年十月から三十七年二月までの南清旅行の二百十三首。
③新月　大正元年十一月刊。三百首。四十一歳。
④銀の鞭　昭和三十一年の『佐佐木信綱歌集』を編む時に『新月』以降の大正二年一月から十年十二月までの作品をまとめて収録したもの。三百八首。
⑤常盤木　大正十一年一月刊。三百九十八首。五十一歳。
刊行順では『思草』→『新月』→『常盤木』という形で世に問い、『新月』は実質的な第二歌集である。

まがね鎔《と》け炎の滝のなだれ落つる鎔炉《ようろ》のもとにうたふ恋唄

歌集巻頭歌、場面は鎔鉱炉の前である。「炎の滝のなだれ落つる」からは鉄を溶かす作業現場の迫力が伝わってくる。ただ、戸惑うのは「うたふ恋唄」である。集中力が必要な荒々しい場面になぜ歌、それも恋唄なのか。いかにも不釣り合いと感じる。初出は「心の花」明治四十四年八月号「我がゆく道」四十四首、そこに戻ってみたい。

①ますらをの我が行く道にけだしくも悔の涙のあとはのこさじ
②まがねとけ炎の滝のなだれおつる溶炉のもとに唄ふ恋唄
③山の上に初春きたる八百あまり八十のみ寺は雪に鐘うつ
④うらがなしかへらぬ舟を待ち恋ひて嵐の岡に眠りたる魂

⑤誰と知らずいづこと知らずつく〴〵と冷たき目して我を眺むる

一連はこう始まる。流れを意識して読むと、①はタイトルを受けて私は益荒男だから私の信じる道を行くよ、決して悔いの涙は残さないよ、と決意を示している。問題の②だが、①と繋げて読めば少々強引だが、益荒男の私は炎の滝となる鎔鉱炉の荒々しさと向き合いながらも恋唄を忘れないよ、となるだろうか。③は初春を言祝ぐ鐘だが、その音を包む雪が風景の厳かさを深めている。④と⑤からは何かを失った自画像が感じられる。

悔いの涙、かえらぬ舟、自分に向けられる冷たい視線。それらを重ねながら②に戻ると、恋とはもっとも遠い場でもなお恋にこだわる、そんな心情が浮かんでくるが、「唄ふ」はやはり不釣り合いではないか。

『作歌八十二年』には明治三十八年十一月の足尾・日光・塩原への旅が記され、そこに「足尾にて」二首がある。

猛火の滝ほとばしりたぎつ熔爐の前たふときかもよ灼熱せる顔
石がちに草木も生ひず杭並ぶ墓場つめたき鑛山の道

信綱はその膨大な仕事から書斎の人という印象があるが、実は好奇心旺盛な行動する人でもある。『思草』の磐城炭山、そして南清の旅を思い出したい。「猛火の滝」は②に近い場面で、この体験が②の下敷きになっている可能性もある。だが下の句は〈尊き〉と作業する人への感動だから、一首目はごく自然な展開であり②のような戸惑いは感じない。あとで触れるが、『新月』は非連作歌集と私は考えている。その観点からは初出に戻らないで単独の巻頭歌として読むべきだろう。そうであれば、無理な深読みをしないで、炎の鎔鉱炉と恋唄の折り合いはうまく見えてこないと反応しておきたい。むしろそのミスマッチぶりに信綱のトライを見ておくのがいいのではないか。

「佐佐木信綱研究」第3號（平成二十六年十二月）には九人による「『新月』一首選」があり、鈴木陽美がこの歌を評しているので紹介しておきたい。

いきなり「まがね鎔け炎の滝のなだれ落つる」と鎔炉の激しいイメージを提示する。結句の「うたふ恋唄」の柔らかな語感とのミスマッチが、一読不思議な印象を残す。「炎の滝」は激烈な恋心の喩と読むべきだろう。

やはりミスマッチ。鈴木もそう反応している。ではこの歌に巻頭歌という特別な位置を信綱はなぜ与えたのか。

①猛火の滝ほとばしりたぎつ熔爐の前たふときかもよ灼熱せる顔
②まがね鎔《と》け炎の滝のなだれ落つる鎔炉《ようろ》のもとにうたふ恋唄

①は足尾における嘱目の歌として悪くない。浮かぶのはぎりぎりの環境下での営み、それへの感動である。だから敗戦直後の「新日本歌集叢書」の一冊として出版された『黎明』には①のままで収録された。しかし大正元年、啄木たち和歌革新運動の新しい世代の時代には表現のトライが必要ではないか、と信綱は考え、②のミスマッチぎりぎりの組み立てを手探りした、と私には見える。時代の動きに敏感だった信綱がそこには居る。

「我がゆく道」の五首に戻ると、どの歌も『新月』に採られているが、配置はばらばらである。

ページで示すと①は七十七頁、②は巻頭の一頁、③は八頁、④は六十一頁、⑤は七十頁となる。つまり初出では一連として示されながら、歌集では個々の単独歌となっている。実はここに『新月』の特徴がある。前後の歌集との違いを整理してみよう。

・『思草』　森鷗外ほか二名の序と自序あり。（以下二十八首富士登山作、途上二首）（詠笛連作十二首）（虎三首）など連作を示す脚注あり。

・『新月』　序、目次、後記なし。作品三百首が単独歌として並ぶ。例外は巻末の脚注（大和八首）（大和懐古三首）だけ。

・『常盤木』　長い自序あり。「初春」「三浦半島」「病床作」「鎌倉の村荘にて」の連作あり。

・『豊旗雲』　序歌と後序あり。「北海吟藻」「大震劫火」など連作あり。

『常盤木』と『豊旗雲』は今日の多くの歌集と同じ一連単位の作品の集合体として編まれている。しかし『新月』は連作や群作を排した、一首一首が独立した作品として構成されているのである。それを非連作歌集といっておけば、『常盤木』を歌集一般の構成と了解している私たちにとって、『新月』は大いに戸惑う歌集なのである。

信綱は早くから連作に意欲的な歌人だった。伊藤左千夫は正岡子規「雨中庭前の松」を「連作の始」（「続新歌論（四）連作之趣味」・「心の花」明治三十三年一月）と主張したが、『思草』の（詠笛連作十二首）は初出が「めざまし草」明治二十九年五月号の「笛　一篇十二章」である。『作歌八十二年』の二十九年に「五月　めざまし草巻五に『笛』一篇十二章（連作）を発表した。爾来しばしば連作を詠じた」と記して、信綱が早くから連作に意欲的だったことを示している。

ではなぜ『新月』は非連作歌集を選んだか。「短い歌は、一首独立した芸術作品といふべきであるが、時としては連作にする方がよいと考へてゐた」。昭和三十一年刊行の『佐佐木信綱歌集』（竹柏会）の「緒言」で信綱はこう述べていて、短歌は一首独立が基本という考えの反映と考えられるが、時代の動きを重ねると、尾上柴舟「短歌滅亡私論」への憂慮も見えてくる。

「近来の短歌が昔のやうに一首々々引き抜いて見るべきものでなく、五首ならば五首、十首ならば十首」単位で読まれるようになった。「創作」明治四十三年十月号の尾上柴舟「短歌滅亡私論」は短歌におけるこのような連作志向を前提にして、連作でなければ表現できないのであれば一首一首に分解した形で表す必要はないから短歌という形式は要らない。「かくの如き理由の下に、吾々、少なくとも私は、短歌の存続を否認しようと思ふ」と展開する。

柴舟の主張は『新体詩抄』の外山正一や坪内逍遙『小説神髄』の短詩型批判を反映したものである。これにすぐ反応したのが石川啄木である。「短歌滅亡私論」翌月の「創作」に発表した「一利己主義者と友人との対話」で特に重要なのは次の三点である。

①一時間は六十分で一分は六十秒。連続はしているが初めから全体になってはいない。きれぎれに浮んで来る感じをときれときれに歌っても差支えない。

②五も七も更に二とか三とか四とかにまだまだ分解することが出来る。歌の調子はまだまだ複雑になり得る余地がある。

③一生に二度とは帰つて来ないいのちの一秒だ。おれはその一秒がいとしい。たゞ逃がしてやりたくない。それを現すには、形が小さくて、手間暇《てまひま》のいらない歌が一番便利なのだ。実際便利

だからね。歌といふ詩形を持つてるといふことは、我々日本人の少ししか持たない幸福の一つだよ。

①は切れ切れの生活断片こそ歌の源泉であるという主張である。これに原文をそのまま引用した③を加えると分かりやすい。一瞬心に残り、あとになれば何があったか思い出すことができないような淡い体験が人には少なくない。短歌という小詩型はそれを手軽に掬い取って後に残すことができる。だから便利だといっている。「いのちの一秒」という表現にそうした啄木の短歌観がもっともよく出ている。③の「歌といふ詩形を持つてるといふことは、我々日本人の少ししか持たない幸福の一つ」は近代以降屈指の短歌理解と言っていい。

②が示す改革プランが多行表記である。旧派和歌までの二行表記が明治の和歌革新運動によって一行表記になったが、更に進めて、行数を固定せず、一首一首の内容に応じた多行表記を、と主張しているのである。

太田登『日本近代短歌史の構築』が示す『一握の砂』成立までの過程を確認しておきたい。

・明治四十三年十月四日、まず一行書きの「仕事の後」を東雲堂に渡した。
・その原稿を持ち帰って練り直し、新しい原稿を十一日に清書した。このとき三行書きの「一握の砂」と変更した。
・その後も推敲を重ね、十月二十七日に死亡した長男真一挽歌も加えて五百五十一首の完成稿となった。

太田は三行書きへの変更を「尾上柴舟の『短歌滅亡私論』に衝撃を受け」て、と説明している。

私見を加えておけば、三行書きには短歌を三行詩にスライドさせたいという意識も作用している。「短歌滅亡私論」が啄木に三行書きを促し、信綱に非連作歌集を促した。そんな光景が思われる。そこにも時代の動きに敏感な『新月』の特徴が表れている。

ここからは個々の作品と向き合いたい。

②場面の印象鮮やかな歌

①するすると水底わたる蛇の子にただよひ光る初秋の川
②春の日は手斧に光りちらばれる木屑の中に鶏あそぶ
③春の夜の物やはらかさきしりゆく電車の音も胸に親しき
④蛇遣ふ若き女は小屋いでて河原におつる赤き日を見る
⑤水桶を頭《かしら》にのせしをとめゆく煙草の花に小雨ふる岡

①は浅い川を蛇が泳いでゆく。「ただよひ光る」と小さく乱反射する水面が身をくねらせて渡る蛇の動きをリアルにしている。そしてその明るさが初秋の爽やかさを印象づける。②は手斧が木を荒く削り、周囲に散らばったその木屑に鶏が遊んでいる。その光景だけでも悪くないが、手斧が光るから場面が視覚的に一歩鮮やかになる。一点走る鋭さが情景をシャープにしているのである。③は〈春の夜のやわらかさ→電車の音も親しき〉と展開してもいいが、「きしりゆく」を加えることによって電車の音が確かな響きとなり、春の夜のやわらかさを強調する効果も生んでいる。『思草』では〈もの〉の輪郭は緩く、童画的だったが、この三首に共通するのは画面の鮮明さ、切れ味

のよさである。たとえて言えば4Kテレビの映像。

④は物語を含んだ場面。見世物小屋で蛇遣いを演じる女が小屋裏で素顔に戻る。その落差の中で夕日を見るから哀歓を含んだ人生的な物語の味わいとなる。『思草』の「見世物の小屋のうしろの話声ものかげくらきおぼろ夜の月」が思い出され、信綱はこうした不思議な世界が得意だが、歌としては人物像が具体的な分、「蛇遣ふ」の方が印象はより深い。⑤は小雨の中の煙草畑だけだったら平凡な叙景だが、水桶を頭にのせる少女をセットしたから個性的な風景となった。出会った風景をデジカメで切り取ったノリの歌といっておこう。

### ③叙景歌の魅力

⑥山の上に初春きたる八百《やほ》あまり八十《やそ》のみ寺は雪に鐘打つ
⑦ゆく秋の大和の国の薬師寺の塔の上なる一ひらの雲
⑧ちらばれる耳成《みみなし》山や香具山や菜の花黄なる春の大和に
⑨神崎《かうざき》の神山木立たかく呼ぶ大刀根川に冬きたれりと
⑩ふるさとは近江境の山つづき狭霧にうかぶ十月のころ
⑪まかがやく豊旗雲の国さして　紅《くれなゐ》の帆は大海を行く
⑫朝風に八十帆《やそほ》にほへり津の国の敏馬《みぬめ》の崎の初夏の雲

信綱は大きな景を受け止めて詠うのが得意な歌人である。⑥は新年を告げる鐘だろうが、八百と八十という数字が景のスケールを支えている。⑦は信綱を代表する一首を、と問われたときに挙がる可能性が一番高い歌。「ゆく秋の大和の国」と大きく始まり、「の」で繋げながらひとひらの雲に絞る。シンプルなのに揺るぎがない。マクロな景を一点にズームアップするそのカメラワークが見事なのである。大和の呼吸と信綱の呼吸がごく自然に一つになった。そんな作歌場面が浮かぶ歌でもある。⑧はああ耳成山よ、ああ香具山よ、と並列させながら感動を込め、大和の国を丸ごと一首に収めている。⑨の神崎は利根川下流の町、神宮寺寺山古墳などがある。神山の高い木立を風が冬到来を告げて吹き抜けるのだが、「大刀根川に」がそれをマクロな季節詠にしている。⑩は遠望する視野から懐かしさが広がる。⑪⑫は大きな把握を通して景を愛でている。

風景を大きく捉えて愛でる。個人の喜怒哀楽とは別の、こうした領域が以降の信綱を特色づける太い柱となってゆく。

④同時代からの摂取を思わせる歌

⑬越《こし》の国恋の湊の薄月夜みちにあふ人皆うつくしき
⑭問ひますな密猟船に生ひ立ちて海を家とし思ふ少女ぞ
⑮つかれたる身は砂山にまどろみぬ人に契りし時も忘れて

観潮楼歌会における信綱を記した石川啄木日記を思い出したい。「信綱君が余程吾々に近い歌を作つた」、「佐々木君の歌には、大胆に新詩社風（?）なのがあつた」、「今夜は佐々木さんの放れ業を拝見した」。どんな新詩社風だったのか、どんな離れ業だったのか、記録がないからわからないが、三首からは新詩社摂取が見えてくる。

⑬は与謝野晶子「清水へ祇園をよぎる桜月夜こよひ逢ふ人みな美しき」の模倣歌といっていい。上の句の場面は違うが「桜月夜」を「薄月夜」と微調整、下の句は晶子そのものである。⑭は映画「海の上のピアニスト」を思わせる不思議な設定だが、「問ひますな」といった言い回しが『みだれ髪』である。⑮は啄木の「砂山の砂に腹這ひ／初恋の／いたみを遠くおもひ出づる日」を思い出してしまう。

『新月』がトライの歌集だということを示した例と理解すればいいが、斎藤茂吉の「『新月』を読む記」（「アララギ」大正二年二月・『斎藤茂吉全集』第十一巻）が興味深い。

　一体新月の三百首を読んで、詠みたくて詠んだと思ふものが一首でもあるだらうか。僕には皆仕方なくて作つた歌ばかりの様に思へてならない。縦令単独な歌でも、ぼんやりながら真実に作歌せんとする衝動が暗示されてゐなければつまらない。（略）

　而して新月を通して見得るものは他の歌人が二重三重の影となつて、おぼろおぼろと浮んで居るに過ぎない。一纏めにした万葉集の作者から、古今集、新古今集、大隈言道から与謝野晶子といつた様な作者の影が次から次と浮んで来るが、其中で一番目立つのは与謝野晶子の影である。今から七年ばかり前に幸田露伴翁の漫言が中央公論に載つて其が明星を中心として歌壇の問題になつた事がある。それは『歌人で歌学者である信綱氏すら理解する事の出来ない歌が流行してゐる』といふ様な意味の文であつた。処が一番晶子の影響が大きいのだからどういふものか知らんと思ふ。

前半の〈詠みたくて詠んだ歌があるか〉は茂吉らしい疑問だが、これは二人の作風の違いという他ない。茂吉はヒリヒリで味つけが濃く、信綱は対象を抱きとめてソフト。そうでなければ大和の国と信綱の呼吸が一つになった「ゆく秋の大和の国の薬師寺の塔の上なる一ひらの雲」といった世界は生まれない。

後半の「目立つのは与謝野晶子の影」はその通りだろう。例歌を読めばすぐに了解できる。おもしろいのは「歌人で歌学者である信綱氏すら理解する事の出来ない歌が流行してゐる」である。信綱がわからなければ他がわかるはずがないという、信綱への敬意がそこに働いている。しかし『みだれ髪』には当の晶子にも理解できそうもない歌もあり、そのなにかに憑かれたような迫力が時代を切り開いたのである。

茂吉の苦言で共感するのは「真実に作歌せんとする衝動が暗示されてゐなければ」という件《くだり》である。『新月』の時代の「心の花」を読んでゆくと、なぜこれを入れなかったのかと思う二作品がある。

一つは「心の花」明治四十年三月号「鈴が音」一連の中の（清綱の亡せけるを悼みて）と脚注のある十七首である。清綱は三十九年八月に生まれた三男だが、十二月に亡くなった。一連はその挽歌である。

①手向けたる水仙の香の寒うして棺もる夜の更けにける哉
②一日だにゐまひを見せでかよわくも生れてすぎし吾子《あこ》の宿世や
⑤枕べのおもちやの籠にかなしげに横たはりたる犬はりこかな
⑦あたゝかき衣につゝみていとし子を今はの旅にたゝせやる哉

⑩たへがたく悲しと聞し泣声のきこえぬけさの更に悲しき
⑪夕日さむき谷中の岡も祖父祖母の君の御側ぞ安くいねよわ子
⑰昨日まで荒き風にもあてざりき一人やつちの底に泣くらむ

①は一連一首目、以下同じである。個々の解説は不要だろう。我が子を亡くした親の悲痛が、痛恨が、ひしひしと伝わってくる。特に⑩と⑰が切ない。「真実に作歌せんとする衝動」そのものである。これが収録されていれば茂吉の注文は全く別のものになっていたはずである。石川啄木は『一握の砂』最終段階で長男真一の死に遭い急遽巻末に加えた。斎藤茂吉の「死にたまふ母」は『赤光』を代表する大作である。清綱挽歌が「心の花」一冊に眠ったままであることが惜しい。

二つ目は「心の花」四十三年七月号「緑野」三十五首の中の（佐久間大尉を悼む二首）である。

①日のもとのますらたけをは国を思ふみづくかばねとなるいまはまで
②刻々にせまる死の手を退けて水の明りに猶も筆とる

この年四月十五日、山口県沖で訓練中の潜水艦が事故に遭い、翌日船体を発見、艦内に事故の経緯を最後まで綴った佐久間勉艇長の遺書が残されていた。沈着冷静なその遺書が公表されると大きな反響を呼び、与謝野晶子も歌作、福井県小浜市に佐久間艇長の銅像と碑が建立された。

信綱の二首には叙事に徹した緊張があり、『和歌に志す婦人の為に』でこの事件を取りあげ、信綱は題詠以外の歌を作ることの大切さを説いている。『佐佐木信綱全歌集』の『新月』には「佐久間艦長」と詞書を付けて②が下の句「水明りに猶も筆はとりしか」の形で収録されているが、初版に二首とも入れてもよかった。

『思草』未収録の二男文綱誕生の歌、そして『新月』の清綱挽歌。信綱の歌集編集は禁欲的過ぎるが、そこには自我の歌全盛時代における信綱のあるべき短歌像、自我の詩だけではないよ、もっと多様に奥が深いよ、という判断が反映されていると見ておくが、肯定できない選択である。

わが生《せい》はあまりにさびし秋風の九十九里の浜ふみゆくごとし

禁制の切支丹の書《ふみ》よみしごとひそかにぞ読む君のたまづさ

ただ一人修道院にあるごとときおもひに向ふ秋のともし火

三首とも成功している比喩とは思えないが、表現をさまざまに広げようという意識は見えてくる。『新月』は和歌革新運動第二世代の活躍が広がった時代を反映した作品集であり、清綱挽歌や佐久間艇長の社会詠を含めて、もっと乱反射の世界にすることもできた。

心に残る作品を挙げて『新月』を、そして明治の信綱を閉じたい。

顔よきがまづもらはれて猫の子のひとつ残りぬゆく春の家

わが心われを殺してよろこびぬさもあさましき我が心かな

百舌が鳴く、又鳴く、二人歩くのが羨ましうて鳴くか、又鳴く

ふと覚めてさびしく嬉し吾が墓に黙《もだ》しつつ立てる君を見し夢

一首目は暮らしの温感が好ましい歌。結句に季節感と一つになった軽い寂寥感がある。二首目は信綱の一つの特徴である自問を繰り返す歌。三首目はフレーズの繰り返しによって調べを調える信綱の作歌法がよく表れている歌。読点を加えた表現も時代の風を反映している。『新月』にはこうした表現のトライが多く残っている。四首目は死んだ私の墓に君が立っている不思議な構図。信綱

の多面的な世界を示す四首である。

参考文献
『金田一京助全集』第十三巻「石川啄木」（平成五年七月・三省堂）
『斎藤茂吉全集』第十一巻（昭和四十九年三月・岩波書店）
太田登『日本近代短歌史の構築―晶子・啄木・八一・茂吉・佐美雄―』（平成十八年四月・八木書店）
尾上柴舟「短歌滅亡私論」（「創作」明治四十三年十月号）
石川啄木「一利己主義者と友人との対話」（「創作」明治四十三年十一月号）
『石川啄木全集』第四巻「評論・感想」（昭和五十五年三月・筑摩書房）、第五巻「日記Ⅰ」（昭和五十三年四月・筑摩書房）

# 第六章　間奏歌集『遊清吟藻』と『銀の鞭』を読む

ここで間奏歌集と言うべき『遊清吟藻』と『銀の鞭』を話題にしておこう。共に「心の花」を中心に発表されながら単独歌集として出ることはなく、まず『遊清吟藻』が昭和五年の現代短歌全集第三巻『落合直文集佐佐木信綱集』（改造社）に収録され、生前の全歌集というべき昭和三十一年の『佐佐木信綱歌集』（竹柏会）に二冊とも収められた。

## （一）『遊清吟藻』

『思草』の巻末歌が「一まきの書たづさへて筆のせてひとりわが行く唐土の秋」だったことを思い出したい。歌には（将遊清国）と脚注がある。「遅すぎた歌集」（佐佐木幸綱『佐佐木信綱』）と評された第一歌集刊行に踏ん切りを付けたのがこの中国旅行だった。明治三十六年の夏に白岩龍平に誘われたのがきっかけである。信綱門下の白岩つや子の夫君が龍平、中国の湖南汽船に関わっており、新造船が長崎造船所から出航するので初航海にと誘ったのである。「生来船に弱い」信綱が決心したのは「わが国の文運に最も感化を与へた南清《なんしん》地方を一見したいとの考があつたから」（『明治大正昭和の人々』）だった。そして直ちに歌集出版に着手した。「それは、彼の地の文人に贈るためである」と『作歌八十二年』は記している。序に「余欲遊清国因輯平素朗賦先為一集事出倉卒駁雑頗甚他日将続出二集三集乞教大方」と添えているのはそのためだった。この漢文、「心の花」佐佐木信綱追悼号（昭和三十九年四月号）で前川佐美雄が「歌集『思草』について」で和訳している。

余清国に遊ばんと欲す。因つて平素賦する所を輯め、先づ一集を為す。事、倉卒に出づ、駁雑頗る甚だし。他日将た続いて二集三集を出だすべし。乞ふ大方の教を。明治三十六年十月佐佐木信綱識す

「これが私にはものたりなかつた」と佐美雄は不満を洩らしている。倉卒はあわてて事を行うこと。満を持しての仕事ではない、といった感触が漂う。寄贈する中国の文人たちへの謙遜だが、佐美雄はその謙虚さが気に入らなかったのだろう。

そのことはともかく、十月四日に東京で送別会、神戸から信濃丸に乗り、上海着が十月十八日、帰国は長崎、帰京は三十七年一月末日だった。三ヶ月を超える大旅行である。白岩つや子も同行、「心の花」にエッセイを書いた。

白岩君に導かれて長江を下る

一管の筆たづさへて秋風の大江さかのぼるやまと歌人
長江の水ひむがしに五千年世うつり人はうつりゆけども

洞庭湖々上作

月のぼれり千里洞庭の一隅を過《よぎ》らむとする船の進み迅《と》し
月清し孤帆萬里の風うけてゆくてにさやる何ものもなく

南京師範学堂に菊池謙次郎君を訪ひて、落合直文君の訃を聞く。わが国の新聞を見ざること三十余日なりき

冬の日ざし冷たき古都のたそがれに君世になしときくべきものか

酒楼「江南一枝春」招宴

老酒《ラオチウ》の酔心地よしさ夜風にわが乗る驢馬の鈴が音もよし

上海より運河を蘇州にいたる

江南は冬あたたかに土沃《こ》えてつぶら香菓《かぐのみ》家をかこめり

偶感

やまと人いでて遊ばなさし並《なみ》の隣の国はゆたかに真ひろし

長崎に着く。明治三十七年二月の初なり

いく月を旅に酔ひたる夢きえて港の街は人あわただし

信綱は細やかな描写よりも風景の大づかみな把握を得意とする歌人である。その特徴がこの旅では生き生きと発揮されている。それが『遊清吟藻』の特色だろう。長江を下る自分に「一管の筆たづさへて」と添えるところには歌人としての高揚感があり、それを受けての「やまと歌人《うたびと》」も座りがよい。洞庭湖の湖上では風景をまるごと抱き留めて、そのスケールの大きさを生かしている。どの歌も伸びやかに抑揚感が広がるのは、風景と歌人としての信綱の叙景の方法との呼吸が合っているからだろう。

南京で落合直文の死を知って悼んだ一首は淡々とした表現ではあるが、「君世になしときくべきものか」には東大古典科の先輩、和歌革新の先達の足跡を振り返りながらの嘆きがある。上質な挽

歌である。

南清での折々の歌は「心の花」明治三十七年一月、四月、五月、七月号に掲載された。そこから選んで現代短歌全集第三巻『落合直文集佐佐木信綱集』（改造社）収録の際に第二歌集扱いの『遊清吟藻』となったのである。

歌いぶりの大きな信綱の特色が生きた中国詠として、帰国後に刊行してもよかった。しかし和歌革新運動が新しい世代へと広がってゆく時代に出す新歌集としてはためらう気持ちの方が強かったのだろう。ここにも自分の歌集には慎重過ぎる初期の信綱がいる。

南清旅行は思いがけない変化も生んだ。佐々木信綱が佐佐木信綱となったのである。最初に着いた上海で「訪問用にこの国ぶりの名刺」が必要と注文したら「縦七寸横三寸余の紅唐紙に、『佐佐木信綱』と、さすが文字の国、上手に書いて」あった。踊り字「々」は「漢字にないので、佐佐木とかくとのこと。爾来自分は佐佐木とかくやうになつた」と『ある老歌人の思ひ出』にある。佐々木信綱から佐佐木信綱へ。その変化は上海で生まれたことになる。

## （二）『銀の鞭』

ながらみ書房版『佐佐木信綱全歌集』の解題（小紋潤）はこの歌集を次のように記している。未刊歌集で、昭和三一年一月一五日に刊行された『佐佐木信綱歌集』に始めて収録された。大正二年一月から大正一〇年一二月までの作品を収める。したがって単独歌集としては刊行されていない。『佐佐木信綱歌集』の『銀の鞭』は、本文二六頁、歌数三〇八首。第二歌集『新月』の刊行は大正元年十一月二十八日、第三歌集『常盤木』は大正十一年一月十五日だから、その間の大正初年代の作品を収録したのが『銀の鞭』ということになる。ただし、他の歌集でも同じだが、『銀の鞭』収録作品はきれいに大正初年代には収まっていない。いくつか例を示しておく。

①夜をさむみ妻がもてなす蕎麦がきに講じつづく、万葉十六の巻

「心の花」明治四十年一月号に「夜をさむみ妻がもてなす蕎麦がきに講じつゞくる十六の巻」があり、それに手を入れたのが①である。「十六の巻」ではどんな本かわからないから「万葉」を補ったのだが、下の句の繋がりは不安定になっている。

②ならび立つ老木大木の物がたり千歳の森を月はおぼろに

「心の花」の同じ号の一連に「ならび立つ大木老木うす日さして木枯さむき中尊寺道」があり、これの修正版だろう。ただし原歌の方は「中尊寺道」と場面を示して風景の手触りが確かだが、②は場面の印象が緩い。

③人もわれも空気ランプのあかるきを見つめて共に黙《もだ》しあひける

初出は観潮楼歌会の明治四十二年四月五日作品である。当日の兼題の一つが「ランプ」、信綱は「人もわれも空気ランプのあかるきを見つめて共にもだしあひける」と題を受けている。

④さかしげに物云ひつのる女かな砕《くだ》けし瓶《かめ》をいかにせむとや

「心の花」明治四十二年七月号に「さかしげに物云ひつのる女かな破れし甕をいかにせむとや」が

ある。

こう見てゆくと『銀の鞭』は『思草』の補遺でもあることがわかる。なんどもまとめようとして踏ん切れないまま、南清旅行のために急いでまとめたのが『思草』だったから、選から洩らしたままの歌も少なくないと判断したと思われる。

よみさゝし仙覚抄に月さして秋の夜さむき文机の前

①の初出と同じ号のこの歌はいかにも信綱らしい内容で心惹かれるのに『銀の鞭』からは洩れている。惜しいことだ。

そもそもなぜ昭和三十一年に『佐佐木信綱歌集』が出て、そこに未完歌集『銀の鞭』は収録されたのか。この年に『佐佐木信綱全集』全十巻が『歌集』と『文集』を加えて完結した。一巻から七巻までが『万葉集評釈』、八巻が『佐佐木信綱文集』、九巻が『佐佐木信綱歌集』、十巻が『日本歌学史』という構成である。全集と銘打つなら研究者信綱だけでなく、歌人信綱も当然加える必要がある。そういう判断から未完歌集の『銀の鞭』、『遊清吟藻』、『秋の声』（昭和二十六年一月から二十九年十二月までの作品集）を含めて、これまでの歌人信綱の足跡をまとめたのである。

そうした確認を踏まえて『銀の鞭』を読んでみよう。テキストは『佐佐木信綱全歌集』である。

谷川のながれにそへる家十戸一村なべて梅の中なり

「十戸一村なべて梅の中なり」が視覚的にも鮮やかで、把握の大きな叙景としていかにも信綱らしい歌である。

まど近き杏子《あんず》の実こそ黄ばみたれただ徒らに我が月日ゆく

杏の実は日に夜に熟してゆくのに、自分の月日はいたずらに過ぎるばかりだと嘆いている。懸命に仕事と向き合ってもなお怠りがちの自分を見つめる。それが信綱の描く自画像だが、これもその一例だろう。

雲は空を走れり、水は谷にそふ、人よいづこの道をゆくべき

自問する信綱。ここでは流れる雲と走る谷川の水の迷いなき動きに叱咤されている。こうした自問も信綱の特徴の一つである。

かへりみず吾はも行かむ天つ神われにたまへる天つ道これ（吾はうたふ）

生《いき》の世の一世《よ》は短かし二生《よ》三生《よ》生《あ》れつぎて吾が志成さむ（同）

いつの日に行きつくべしやそは知らずただに我は行く一筋の道を（同）

この三首は自問し、迷う信綱ではなく、志を貫き通そうとする信念の信綱である。「いづこの道をゆくべき」という自問があるから、一筋を貫こうとする信念を繰り返し確かめるのである。

万葉集巻二十五を見いでたる夢さめて胸のとどろきやまず（夢）

万葉集は全二十巻とされている。巻二十五は存在しない。しかし二十巻で確かなのか、埋もれたままの作品群があるのではないか。心の隅に小さく残るそんな問いが夢の中に「巻二十五」を呼んだのだろう。夢と知りながらも胸はとどろく。万葉集に命を捧げた信綱ならではの潜在意識と夢だろう。

吾はうたふ、曙の海にまむかひて、吾はうたふ、聴け、波よ鷗よ（海）

繰り返し表現の得意な信綱、そして未踏の領域に挑み続ける信綱の姿が見えてくる歌である。

武蔵の大国魂の魂《たま》ごもる並木大槻《つき》わかみどりせり（ここかしこ）

今日の東京府中にある大國魂神社を愛でる歌。「大国魂の魂《たま》ごもる」、そして「並木大槻《つき》」に信綱らしい言い回しが生き、それを受けて「わかみどりせり」とさらりと結ぶからのびやかな挨拶歌となった。

『銀の鞭』も未完のままにしておいたことが惜しい世界である。

# 第二部　大正

# 第七章　人の世はめでたし――『常盤木』という着地

## （一）大正期短歌の特徴

### ①結社の時代

一九一二年七月から一九二六年十二月まで、大正は実質十四年半の短い時代だったが、起伏あわただしい十四年半でもあった。その時代を象徴する出来事を一点だけ挙げるとすれば、大正六年十月一日発行の月刊誌「短歌雑誌」創刊を選びたい。

奥付の編輯発行人西村辰五郎（陽吉）、発売所東雲堂書店だが、実際の編集は尾山篤二郎と松村英一だったと陽吉が「東雲堂時代Ｉ」（「短歌」昭和三十一年十月）で明かしている。その創刊号「編輯便」は言う。

本誌の期する処は、飽迄も歌界全般の公平なる一機関として働き度き事に候。（略）本誌は歌壇の集権的位置を自任すると共に、一般文芸即ち文壇との接触を謀る唯一の機関とも相成るべく候。

歌界全般の公平なる一機関、そして歌壇の集権的位置。創刊の意図を示すこの言葉は以後の短歌商業誌の創刊号が掲げる定番的な言葉でもあるが、そう意識せざるを得ない時代背景が歌壇にはあり、「短歌雑誌」にはあった。

明治期の「心の花」は旧派と目される歌人にも根岸短歌会の伊藤左千夫たちにも場を提供する総合誌的な性格を持っていた。「創作」も同じだった。しかし明治四十一年「アララギ」、四十四年「詩歌」、大正三年「水甕」と「国民文学」、四年「潮音」と歌人たちが自分の拠点歌誌を創刊、それぞれの集団としての主張も明確になったが、それに伴う対立と論争も少なくなかった。明治四十年に竹柏会の精鋭部隊による「あけぼの会」が生まれたのは、「心の花」が集団として純化してゆく動きの反映と見ることができる。

こうした歌誌分立時代を反映して生まれたのが「短歌雑誌」である。「歌界全般の公平なる一機関として働き度き事に候」という言葉からは、当時の歌壇が歌誌対立の弊害も小さくなかったことが見えてくる。創刊号の土岐哀果「団体を去つて己に帰れ」はその弊害を次のように指摘する。

現今の歌壇の人々が、現在そこゝに、あるやうな党派とか閥とか云ふものでなしに、結社とか徒党とかいふものでなしに、皆が悉くさういふものを振り棄てゝ全く独ぼつちになることが出来れば、どれだけよくなるか知れないと僕は思ふ。一種の力もおのづと其処から湧いて来やうし、各個相互の特色もずつて瞭然《ママはつきり》してくる。何々社とか、何々会とかいう風な団体的なことは、とかく運動的になって、そうなればなるほど団体としては認められるが、各個の力は認められなくなってくる。飽迄も各々の個性の顕れであるべきはずの歌そのものが、それとは全然おもむきの違ったものになって来て、或る一個の作家の作品を見る上にも、これは何々社風だとか、何々会流だというようになってゆく。

この段落のはじめに「結社を作る必要なし」と見出しがあるが、これは編集部が付けたものだろう。『土岐善麿歌論歌話』に収録の際には省かれている。なお同書では「ずつて瞭然《はつきり》」は「ずっと瞭然《はつきり》」である。

集団が個人の個性を消してしまう。だから個に戻れ。端的な主張である。そうした事例が無視できないほどに広がっていると哀果は見たのだろう。しかし集団が純化し、内部の切磋琢磨が小さくない成果を生む例もまた枚挙にいとまがない。「心の花」の精鋭たちが木下利玄『銀』（大正三年）、『紅玉』（大正八年）、石榑千亦『潮鳴』（大正四年）、新井洸『微明』（大正五年）と一気に花開くのは「あけぼの会」があればこその成果だった。だが、自分たちの立脚点への意識は、それ故に排他的になるのもおのずからの動きであり、哀果のいち早い指摘はやはり大切だ。こう警告しなければならない体験が哀果にはあったからでもあるが、そのことは次の「②アララギ・島木赤彦」の項で語りたい。

興味深い記述がある。改造社『短歌講座』シリーズ第十二巻「現代結社篇」（昭和七年九月）巻頭の柳田新太郎「現代結社概説（歌誌篇）」である。

「短歌の雑誌を中心とする集団を、いつの頃、誰が結社と名づけたか」。柳田はこう問い、「短歌雑誌」が創刊され、「当時の編輯者であつた尾山篤二郎等によつて『結社』といふ呼称が活字になつて現れたのではないかと言はれてゐる」と述べる。「筆者の調査によるも判然しない」と留保が付いているが、「この綜合雑誌の編輯者が不用意（多分？）に発した結社の名称が、何等の疑惑なしに歌壇一般に許容されたといふ事実は、そこに既に相当な根強さをもつた結社意識が既存してゐた事実の説明である」と結んでいる。

柳田によれば、今日では「総合誌」と呼ばれている短歌商業誌の出現が、竹柏会などの集団を「結社」と呼び、その歌誌を結社誌と呼ぶようになったことになる。しかし、哀果の「団体を去つて已に帰れ」には「結社とか徒党とかいふものでなしに」という表現があり、哀果のその言葉に着目した編集者が見出しに活用し、そこから広がったとも考えられる。いずれにしろ「結社誌特集」といった総合誌がときに行う企画の発端は大正六年だった可能性が高い。

では、その短歌結社とはどんな組織か。柳田は「現代結社概説」でいう。

短歌結社は、各社それぞれ固有の目的をもつて結ばれてゐる集団ではあるが、一般的な「短歌の創作及び研究」といつた題目以外に、各結社それぞれ固有の特殊な目的をもつてゐる。例へば写生・実相観入といはれる写実主義を標榜する『アララギ』をはじめ、その旗幟鮮明なものとしては象徴主義の『潮音』、新抒情主義に近似する主張をもつ『香蘭』、その他等、等。

こうした標榜の発端には和歌革新運動の「自我の詩」や「写生」、「おのがじしに」といった主張があるが、それが各結社の明確な主張として固定された結社分立時代が大正期、と整理することができる。『現代短歌大事典』普及版（平成十六年・三省堂）の「結社」（筆者来嶋靖生）から二点補っておけば、「制度としての『結社』が意識され、歌壇に定着したのは大正期に入ってから」であり、結社が次々生まれた結果「文学的主張とともに会員の増加や勢力の拡大を競う傾向が生じた」。後者は今日も続く結社否定論の柱にもなっている。

## ②アララギ・島木赤彦

斎藤茂吉は「アララギ二十五年史」で大正期歌壇を次のようにまとめている。

まず大正四年について。「今年ごろから、アララギの歌風はいちじるしく一般歌壇に進出し、アララギ流の観方、アララギ流の表現法、アララギ流の習癖が一般歌壇にひろまつた。それが毎月殆ど加速度的に進行したと謂つていい。アララギは遂に日本歌壇の主潮流を形成するに至つた」。念を押すように五年には「アララギは歌壇の潮流に乗つてしまつたのであるから、わたしは大体大正五年を以て、歌壇の主潮流を形成したと考ふるものである」と強調している。つまり大正四年にはほぼ中心的存在になっていたが、アララギの歌壇制覇は大正五年に決定的になったと判断していることになる。初出は「アララギ」昭和八年一月号、執筆は前年十月から十二月、『斎藤茂吉全集』第二十一巻に収録されている。総合誌が必要とされるまでに結社対立が激しくなった、その要因の一つを思わせる排他的なもの言いでもある。

正岡子規の根岸短歌会の流れを汲む「アララギ」は伊藤左千大を中心に明治四十一年に創刊されたが、初期は不安定な歩みが続いた。明治四十五年・大正元年の「アララギ」を茂吉は「本年度に記すべき事は、アララギを廃刊しようとしたことである」と「アララギ二十五年史」で振り返っている。まず遅刊休刊の連続だった。大正二年七月号「編輯所便」を茂吉は「五月号の休刊、六月号の遅刊は何とも申し訳のない次第であります」とお詫びから始めている。さらに雑誌購読代が集まらず印刷費も賄えない経済状態に陥っていた。そうした行き詰まりが「存続せしめる意義があるか」という自問となり、左千夫に相談すると「無造作に賛成してしまつた」から、九月一日発行の「子規没後満十年の記念号」をもって廃刊するつもりだった。しかし通知を受けた島木赤彦の「非常に不賛成」という意見で廃刊は取りやめとなった。

その後の「アララギ」は急展開の動きを見せる。大正二年七月に伊藤左千夫の病没、同じ七月に柿の村人（島木赤彦）・中村憲吉共著『馬鈴薯の花』、十月に斎藤茂吉『赤光』の刊行、三年四月に島木赤彦上京、四年二月「アララギ」編集発行人に島木赤彦、と続いた。

『馬鈴薯の花』と『赤光』の刊行には「アララギではそれまで一人も歌集を発行したものがなく、左千夫翁でさへ纏まつた歌集が無かつた」が、「歌集を公表して実力を以て之を世間に問ふのも亦一つの道ではないかといふ意見に本づいてゐた」と茂吉は説明している。明治三十年代に与謝野晶子『みだれ髪』、佐佐木信綱『思草』、窪田空穂『まひる野』、四十年代に前田夕暮『収穫』、若山牧水『別離』、石川啄木『一握の砂』などが出て時代を動かしたことを考えると、正岡子規『竹乃里歌』が没後の三十七年に遺歌集として出ただけで、根岸短歌会の系譜は歌集刊行に関しては周回遅れだった。明治四十二年の「アララギ」を「当時、日本歌壇から黙殺されてゐた」と茂吉は「アララギ二十五年史」で怨念交じりに振り返っているが、この時期の関心が和歌革新運動第二世代の活発な歌集活動に集まるのはごく自然な趨勢でもあった。

赤彦の上京と編集担当は「アララギ」の基盤を安定させた。これに幸運が一つ加わった。大正二年八月に岩波茂雄が岩波書店を創業、三年六月に「アララギ」の売捌所を引き受け、四年二月に赤彦が「アララギ」編集発行人となった翌三月には発売所となったのである。

岩波書店創業時には、茂雄は親交のある知友のかかわる雑誌を支援するべく、売捌所を引き受けていた。これは、その後の出版社としての特色や刊行物の内容とも少なからずかかわっている。

十重田裕一『岩波茂雄』は岩波書店の出発時をこう語る。茂雄は明治十四年に長野県諏訪郡中洲村で生まれ、第一高等学校を経て東京帝大哲学科選科を卒業、五年後に岩波書店を創業した。同郷の赤彦が茂雄と「アララギ」を繋ぎ、茂吉は一高の一年後輩だった。赤彦の『氷魚』、『歌道小見』、『柿蔭集』、そして『赤彦全集』、『斎藤茂吉全集』、『中村憲吉全集』と岩波書店からの出版が続く発端には同郷という茂雄と赤彦の絆があったのである。

岩波が発売所になったことで「アララギ」は「全国にまんべんなく配布されるやうになつた」(「アララギ二十五年史」)。「アララギの発売所になつてくれられたことは、アララギ発行に安定を与えたその根底をなして居る」(「岩波茂雄氏」・『斎藤茂吉全集』第七巻)。茂吉は重ねてこう強調している。

定期刊行と販売ルートの確立。大正期「アララギ」躍進を支えた大きな要因であり、大正七年三月十八日の平福百穂宛て赤彦の書簡には「只今アララギ会員四百余人一ケ月会費送付のもの百廿円内外(略)岩波氏にて売りて下さるもの六七十円外合計百八十円位のものと存じ候」(『赤彦全集』第八巻)とある。収入の三分の一は岩波を通じての販売分、これはやはり大きい。

しかし、それだけでは「アララギは遂に日本歌壇の主潮流を形成するに至つた」という茂吉の豪語を裏付けるには不足がある。外的な整備はそれでいいとして、雑誌そのものの注目度を高める要因を二つ考えたい。

一つは「アララギ」の他誌批判、他者批判という好戦性である。「アララギ」大正五年四月号「編輯所便」で「アララギは聖者ならざれば、未だ清濁併せ容るる、の器容を備へず。古に求めて万葉集を宗とし、今に会して子規先生の遺業を紹《の》ぶるに之急なるのみ。他を顧るの余裕なし」と述べる島木赤彦の真意は、「アララギ」の尺度以外は認めないという宣言でもあった。

篠弘『近代短歌論争史――明治大正編』を見ると、三十五章からなる論争の十七章が斎藤茂吉を中心とした「アララギ」絡みである。他を批判することを通して自己を主張する。その一つが大正四年から五年にかけて交わされた「土岐哀果と斎藤茂吉・島木赤彦の表現論争」である。先人の用語を取り入れながら自分の表現を広げようとする茂吉と、自身の「唇から僕の詞を発しようと期している」哀果の対立が発端だった。メリハリのない応酬が続いたこの論争を「茂吉のポレミカルの姿勢が、『アララギ』の歌壇制覇の意欲、結社推進の過程における『政治的な意味』をもったこと」と後に哀果は回想している。それを踏まえて篠の次の指摘が重要である。

この論争がおこなわれた直後に、哀果は『生活と芸術』(大2・9～大5・6)を廃刊にしてしまう。啄木の「遺志」をつぐかたちで出発した雑誌だけに、哀果のイデーはかなり野心的なものであったはずである。

明治四十四年に啄木と哀果が企画したのが「樹木と果実」、啄木の死によって未完に終わったその構想を引き継いだのが「生活と芸術」だった。創刊号巻頭作品は斎藤茂吉「七月廿三日」二十首。「めん雞《どり》ら砂あび居たれひつそりと剃刀研人《かみそりとぎ》は過ぎ行きにけり」「たたかひは上海《しやんはい》に起り居たりけり鳳仙花紅《あか》く散りゐたりけり」など秀歌が含まれている。人熊信行、西村陽吉はじめ歌人たちの作品は三行書き、主題は貧しさの中の社会観察、社会批判、啄木の影響を感じさせる誌面で、後のプロレタリア短歌に継承される成果と見ていい。しかし荒畑寒村の小説「逃避者」は至る所に伏せ字があり、後記で哀果は「『逃避者』の中に……の少なくないのは、編集者の独断でやった」と説明している。そのまま載せれば発禁が目に見えている、しかし載せないのはいかにも惜しい、と考えたのだろう。哀果の苦肉の策は寒村の厳しい批判に晒された。「生活と芸術」が三年足らずで終刊したのは、思想表現と検閲のせめぎ合いに主な原因があったが、土岐善麿研究の第一人者でもある篠は、茂吉との論争が哀果の「短歌に対する意識を改変させたうえ、『生活と芸術』の廃刊理由」と結びついたと整理している。「ありゃ街中でやっている殴り込みみたいなもんだから、ぼくら論争とも思えないね」。茂吉との論争をそう振り返った哀果の言葉を篠は添えている。

三行書きと生活実感、「生活と芸術」は大正期短歌の一つの確かな潮流となるべき雑誌だったが、短期間で終刊したことが惜しまれる。その廃刊は「歌壇制覇」という「アララギ」の自意識に貢献する結果にもなった。

「アララギ」の他者批判をもう一例挙げておこう。

島木赤彦が逝去二年前の大正十三年に書き下ろしたのが『歌道小見』、そこの「歌を作す第一義」は次のように説く。

自己の歌をなすは、全心の集中から出ねばなりません。これは歌を作すの第一義でありまして、この一義を過つて出発したら、終生歌らしい歌を得ることは出来ません。(略)歌の道は、決して、面白をかしく歩むべきものではありません。人麿赤人の通つた道も、実朝の通つた道も、芭蕉（これは歌人ではありませんが）の通つた道も、良寛、元義、子規等の通つた道も、粛《つつ》ましく寂しい一筋の道であります。

人生観と短歌観が一つになって、是非はともかく、いかにも「鍛錬道」の歌人らしい見解である。その『歌道小見』で赤彦は好ましくない短歌の一例として次の歌を挙げている。

鎌倉やみ仏なれど大仏は美男におはす夏木立かな　　与謝野晶子

夫人が大仏の前に立てば、まづその美男感が頭を支配すると見える。小生も幾度か鎌倉の大仏の前に立ちましたが、未だかつて美男醜男の問題に逢著しない。美男であるか。醜男であるか。それも問題になり得るでありませうが、さような問題よりも異つた方面—も少し品位ある方面—で仏像などに対するのが、普通の人情でありませう。

関心の持ち方が変だよというわけだが、赤彦はさらに加える。伊藤左千夫には晶子の三年前に「鎌倉の大き仏は青空をみ蓋《かさ》と著《き》つつよろづ代までに」があり、子規にもあるが、「斯様な崇高感の伴ふものは、当時の人々に注意されなかつたのであります。一般人の生活精神の響ふ所が分りませう」と。

子規と左千夫の歌が残らず、晶子が今も愛されているのは、それが宗教的な「崇高感」を超えた詩だからであって、嘆きを「一般人の生活精神」にまで広げるのは的外れが過ぎる。なお、晶子の歌は初出では「鎌倉や銅《かね》にはあれど御仏は美男《びなん》におはす夏木立かな」、『恋衣』では「鎌倉や御仏《みほとけ》なれど釈迦牟尼は美男《びなん》におはす夏木立かな」であり、「大仏」ではない。講談社学術文庫版『歌道小見』は『恋衣』の表記に修正してある。

実は赤彦が推奨している左千夫も「与謝野晶子の歌を評す」（「馬酔木」明治三十九年三月号）でこの歌を厳しく批判している。

> さて「御仏なれど」は判らぬ詞である。仏は醜男と極まつてゐるものならば、仏ではあるけれど鎌倉のは別で美男さまぢやと言へるが、仏は醜男とも何とも極まつて居らぬ以上は、御仏なれどゝいふのも詮のない訳である。

不可解なこの前置きから始まって、「宗教的感念や美術的興味を以て晶子に望むは固より無理な注文であらう、併し歌詠ともある晶子が、男的物体に対し男振りの如何といふより外の感興が起らなかつたとは余りに情けないではないか」と批判し、「余りに下等」と断じている。批判は「年来各地の同人諸君より、他派特に明星派の短歌に対し、批判を与へよと求められたること一再ならず」と始まっているから、表向きは会員の要望に応じた執筆だが、高まる晶子人気に左千夫自身が危機感を覚えたからでもあるだろう。

赤彦と左千夫の晶子批判に共通しているのは、歌の批判を人格批判に繋げる点である。歌の良さは人格の良さでもなければならない。赤彦には特にこの考えが強かった。「歌の道は、決して、面白をかしく歩むべきものではありません」、「粛《つつ》ましく寂しい一筋の道」と説く赤彦を思い出したい。同じ『歌道小見』の「万葉集の系統」には次の見解がある。

> 由来東洋には鍛錬道がある。東洋の文化は色々の道を取つて開かれて居ますが、何時も鍛錬道が骨子となつてゐるやうであります。儒教や仏教も一種の鍛錬道であると思ひます。鍛錬とは、

生活力を統率して一方に集中させることであります。（略）子規が万葉道を目指して「集中せる心」と「直接なる表現」を短歌の上に唱へたといふ事はみ、この鍛錬道から離して、考へる事は出来ぬのであります。

信念と固く結びついたこうした赤彦の特徴は、短歌を生き方と結びつけたところにある。そしてその信念は短歌を短歌以上の修業の器に高めた。それが文学論として健全かどうか議論はあるが、短歌がある種の崇高さを帯びた器として人々の信頼にも寄与した。赤彦最晩年の弟子だった坪野哲久は「わが日々の断章Ⅳ」（『短歌』昭和四十五年四月号）で次のように回想している。

その日、歌稿を持って部屋にはいると、赤彦は粗末なせんべい布団にくるまるようにして寝ていた。起きてぼくの歌をみてくれたが、からだ全体が憔悴しているばかりではなく、顔色が黒ずみ、皺が一段と深くなっている。敷布団にはシーツがなく、紺の木綿縞の線が眼にうつった。質素な布団、貧書生のぼくすらもいたましく感じるほどのものだった。赤彦のえらさが今更のようにぼくの胸に沁みこんできた。

哲久は大正十四年春に友人を通して面会、以来月々の面会日に作品を持って赤彦のもとに通った。翌年三月に赤彦は世を去っているから文字通り最晩年の弟子だった。十五年一月から面会は不可能となったから、引用の面会は十四年の秋だろうか。このとき哲久は二十歳の貧書生、質素な布団の赤彦は鍛錬道を極限まで生きる清貧の求道者と映ったのだろう。

二人の見解を添えておきたい。

扇畑忠雄は「教育者でもあり歌人でもあった、明治から大正を通して生きぬいた一個の人格の精神と人生観をうかがい得るという点で、文化史的意義を多く持っている」（講談社学術文庫版『歌道小見』解説）と説く。短歌論的意義ではなく、文化史的意義を強調しているところが興味深い。ではその赤彦の歌壇的な功績はどうか。佐佐木幸綱は端的に次のようにまとめている。

「鍛錬道」に象徴される赤彦のリゴリスティックな短歌観は、「アララギ」を一気に隆盛に向かわせる団結力の源となったのであった。（『鑑賞日本現代文学㉜現代短歌』）

③アララギ・斎藤茂吉

赤彦の力は確かに大きかったが、しかし「アララギは遂に日本歌壇の主潮流を形成するに至った」という茂吉の豪語を裏付ける決定打には不足がある。もう一つ、雑誌そのものへの注目度を高める決定打がほしい。「明星」が明治三十年代の歌壇を席巻した原動力が与謝野晶子『みだれ髪』だったように。それが大正二年十月刊行の斎藤茂吉『赤光』である。よく知られている反応だが、大正十三年の芥川龍之介の「僻見」―「斎藤茂吉」を思い出したい。

僕は高等学校の生徒だつた頃に偶然「赤光」の初版を読んだ。「赤光」は見る見る僕の前へ新らしい世界を顕出した。（略・改行）僕の詩歌に対する眼は誰のお世話になつたのでもない。斎藤茂吉にあけて貰つたのである。もう今では十数年以前、戸山の原に近い借家の二階に「赤光」の一巻を読まなかつたとすれば、僕は未だに耳木菟《みみづく》のやうに、大いなる詩歌の日の光をかい間見ることさへ出来なかつたであらう。（略・改行）近代の日本の文芸は横に西洋を模倣しながら、竪《たて》には日本の土に根ざした独自性の表現に志してゐる。苟も日本に生を享けた限り、斎藤茂吉も亦この例に洩れない。いや、茂吉はこの両面を最高度に具へた歌人である。（略）

あかあかと一本の道とほりたりたまきはる我が命なりけり

かがやけるひとすぢの道遥けくてかうかうと風は吹きゆきにけり

野のなかにかがやきて一本の道は見ゆここに命をおとしかねつも

ゴッホの太陽は幾たびか日本の画家のカンヴァスを照らした。しかし「一本道」の連作ほど、沈痛なる風景を照らしたことはかならずしも度たびはなかつたであらう。

（略）茂吉よりも秀歌の多い歌人も広い天下にはあることであらう。しかし「赤光」の作者のやうに、近代の日本の文芸に対する、——少くとも僕の命を托した同時代の日本の文芸に対する象徴的な地位に立つた歌人の一人もゐないことは確かである。歌人？——何も歌人に限つたことではない。二三の例外を除きさへすれば、あらゆる芸術の士の中にも、茂吉ほど時代を象徴したものは一人もゐなかつたと云はなければならぬ。

茂吉体験が龍之介にとっていかに大きかったか、そして、斎藤茂吉という衝撃が歌壇を超えていかに広がったか、「僻見」はそのことを証している。そのためだろう。筑摩書房版『現代日本文学全集23斎藤茂吉集』が一編だけ収録している他者の文章が龍之介のこの「僻見」である。

いくつかの注が必要だろう。龍之介の第一高等学校卒業は大正二年七月、『赤光』刊行はその年の十月である。芥川家は明治四十四年に内藤新宿の牧場の一隅にあった龍之介の実父の持ち家へ移転、龍之介は二階に住んだ。大正三年十月には田端に越しているから、龍之介の記述通りだとすると『赤光』との出会いは東京帝大時代の大正二年末から三年十月の転居前の間ということになる。日付の記憶には揺れがあるだろうが、〈戸山の原に近い借家の二階で「赤光」を読んだ〉という風景は確かな記憶ではないか。また引用歌「一本道」は大正十年の第二歌集『あらたま』の収録作品である。『赤光』を読んで茂吉に強く惹かれ、さらに「一本道」で衝撃をあらたにしたのだろう。

もう一つ大切なのは龍之介が手に取ったのが『赤光』初版だったという点である。大正十年に改選『赤光』刊行、今後は「改選『赤光』の方に依つてもらひたい」と茂吉が跋に記して以来、改選版が基本となった。初版は大正二年から始まる逆年順、巻頭は左千夫の死を受けて赤彦のもとへ走る「悲報来」、改選は年代順の明治三十八年の初期作品から。

霜ふりて一《ひと》もと立《た》てる柿の木の柿はあはれに黒ずみにけり　改選版巻頭
ひた走るわが道暗《みち》ししんしんと堪《こら》へかねたるわが道くらし　初版巻頭
ほのぼのとおのれ光りてながれたる螢《ほたる》を殺すわが道くらし　二首目
氷《こほり》きるをとこの口《くち》のたばこの火赤《あか》かりければ見て走りたり　五首目

改選版巻頭歌は素直な風景描写だが、初版はいきなり異様な緊張感が走り、「螢を殺す」ヒリヒリとした内面をふと目に入った煙草の火の赤さが縁取って、読者はその高揚感に引き込まれる。改選版を繙いたときには、龍之介にこの異様な吸引力は訪れなかっただろう。

龍之介の「僻見」は大正期に「アララギ」が存在感を増すその大きな要因の一つが斎藤茂吉という強烈な個性にあったことを示している。

改めて確認すると、北原白秋『桐の花』と茂吉『赤光』が出た大正二年は、和歌革新運動第二世代の歌集が多出して新派和歌が近代短歌へと大きく動いた明治四十三年を受けて、近代短歌が揺るぎない存在となったことを告げる、短歌史上の一大収穫年だった。

しかしこの年までの茂吉と白秋の位置はかなり違う。明治四十四年十月発行「文章世界」第六巻第十三号の「文界十傑」がそのことを教えている。

ジャンル別十傑一位は小説家では島崎藤村、翻訳家は森鷗外、詩人は北原白秋、以下、蒲原有明、与謝野寛、三木露風。歌人の一位は与謝野晶子、以下、佐佐木信綱、前田夕暮、若山牧水、窪田空穂、金子薫園と続く。

読者の投票による順位ではあるが、白秋が詩人部門で二位以下を大きく引き離してトップに立ったのは明治四十二年の『邪宗門』の力だろう。このとき既に白秋は時代を代表する詩人だった。しかし茂吉は歌壇でもまだ無名に近い新人だった。つまり『桐の花』の白秋は天下周知の詩歌人、『赤光』の茂吉は突如現れた才能という感触を帯びていた。藤岡武雄の「『赤光』によって、無名に近かった茂吉の名を歌壇・文壇に高めらしめると同時に『アララギ』をも有名にし、歌壇で認められた存在となった」（『研究資料現代日本文学⑤短歌』・「アララギ」）という見解を思い出しておこう。

大正六年創刊の短歌総合誌「短歌雑誌」の大正九年四月五月合併号には「現代歌人大番付」があり、そこではがらりと風景が変わる。東の横綱は窪田空穂、大関若山牧水、張出大関斎藤茂吉、西の横綱島木赤彦、大関太田水穂、張出大関古泉千樫となって、半数がアララギの歌人である。白秋や夕暮、土岐哀果は引退扱いの年寄だし、信綱や晶子も検査役。少々遊びが過ぎると感じるが、大正期アララギの勢いは反映されている。

左千夫たちには新しい短歌は子規に発する根岸短歌会が担ったという自負があったが、明治末期の新世代の台頭に対応できないまま取り残されていた。大正期「アララギ」の強い党派性と好戦性は「日本歌壇から黙殺されていた」という被害者意識が反転した、臥薪嘗胆の産物でもあった。

④窪田空穂と短歌における自然主義

木俣修『大正短歌史』は大正期を次のようにまとめている。

大正期の歌壇の主流が「アララギ」であったこと、そしてその「アララギ」が明治末期以来、歌壇に主流的立場をとってきた諸流派を制して、歌壇に主流的立場を形成していく過程と、その歌風の一完成を見るまでが大正期である（以下略）。

間違いとは言わないが、島木赤彦や斎藤茂吉の言挙げに影響された整理でもある。北原白秋は大正二年の『桐の花』以後も四年『雲母集』、十年『雀の卵』と実生活を反映した着実な成果を重ねていたが、結社的な歌壇活動の印象は弱く、若山牧水も同じだった。しかし明治三十八年の『まひる野』が注目されながらも小説に傾いていた窪田空穂を中心に大正三年に創刊された「国民文学」は、大正期以後の短歌を語るときに欠かすことのできない活動である。

1・植松壽樹

窪田空穂の三高弟と呼ばれる歌人がいる。松村英一、半田良平、植松壽樹である。その壽樹が次のように振り返っている。

私達の作歌態度を云ふ場合に、「自然主義」を標榜しはじめたのも此の頃であつた。師とした空穂先生を作歌の目標にしてゐたことは勿論であるが、では其の目標はどういふものかと云ふ点になると、はつきり摑んで居るものは一人もなかつた。そこへ一つの炬火を点じてくれたのが此の「自然主義」の言葉である。（「十月会を語る」・「国民文学」昭和九年五月〜十年九月）

「電報新聞」の窪田空穂選歌欄に投稿していた若者たちが明治三十八年十月に空穂のもとに集まったのが「十月会」、三人はその仲間だった。大正三年に「国民文学」が創刊されると中心メンバーとなるが、その彼等が意識したのが自然主義だった。引用の「此の頃」は河井酔茗が雑誌「詩人」を創刊した明治四十年頃を指す。四十年に田山花袋『蒲団』が刊行され、自然主義への関心が広がった時期でもある。

では壽樹たちが意識した自然主義はどんな自然主義だったのか。大正十年代の作品を集めた第二歌集『光化門』後記で壽樹は興味深いことを述べている。

私は自分の癖であるところの彫琢に飽き飽きして居る。偶々少し調子の崩れた歌を詠むと会心の作を得た思がした。思ふのはもっと気楽に詠みたいことである。歌を家常茶飯事にしたいことである。これは、しかし、私の如き未熟な心境に居る者の企てする業ではない。自ら到り得た日になるものであらう。

「大正十五年十一月二十日夜」と日付が記されている。見逃すことのできない一節である。第一歌集『庭燎』はこの作者にふさわしい端正さを持っており、それは「彫琢」ではなく壽樹の感受性のおのずからの反映と映るが、彼の志向は自然主義、それも気楽な家常茶飯事としての自然主義である。この志向から私が思い出すのは啄木の「食ふべき詩」である。「食ふ《くら》」は〈貪り食う〉の他に〈生活する、暮らす〉の意味があり、啄木はこちらの意味で使っている。そこで啄木が述べているのは次のようなことだった。

それまでの自分は狭い空地に木があると「空地を広野にし、木を大木にし」、自分を詩人か旅人に飾り立てていた。しかしそうした詩的な演出が煩わしくなり、「珍味乃至は御馳走ではなく、我々の日常の食事の香の物」のような詩を欲するようになった。それが「実生活と何等の間隔なき心持を以て歌ふ」詩、すなわち「食ふべき詩」である。執筆は明治四十二年である。

御馳走ではなく漬け物。彫琢ではなく家常茶飯事。両者はほとんど同じことをそれぞれの言葉で表している。では『光化門』にはどんな歌にその家常茶飯事の味わいがあるだろうか。

困りたる顔あぐる者ややにありわが見るときに顔をそらすも

縁のすみに水甕をおきて忘れたり一匹の金魚生きのこり居る

ひとり身の吾をあはれみ快くシャツのボタンもつけて賜びにき

一首目は「入学試験」一連から。受験生が「さて」と思いを巡らせて目を遊ばせると監督と視線が合い、すぐに逸らす。小さな一瞬に入学試験ならではの張り詰めた雰囲気が生きている。二首目は初冬のある日の暮らし。忙しさのまま放っておいた水甕に気がつき、覗くと金魚が一匹生き残っている。浮かんだまま動かない何匹かも思わせ、ありのままの場面ではあるが、壽樹が感じた淡い〈あわれ〉が伝わってきて、日常雑事だけが持っている味わいだろう。三首目には「中尾義信君の夫人の訃をききて」と詞書がある。小さな厚意を思い出して淡々と述べるから瑣事が死者への心寄せとなり、良質な挽歌の味わいだ。

後記の「少し調子の崩れた歌を詠むと会心の作を得た思がした」という一節に戻れば、これらは「調子の崩れた歌」ではなく、壽樹らしい端正さを保ったままの家常茶飯事の味わいである。それが壽樹の魅力の一つとして、この後の歌集に引き継がれてゆく。

## 2・窪田空穂の啄木評価

「国民文学」の創刊は大正三年六月である。編集発行人は空穂の本名である窪田通治。短歌に限らぬ文芸雑誌を意識し、創刊号巻頭論文は田山花袋「明治文学に於ける二葉亭四迷の位置」だった。その創刊号に評論「一般に勧められる歌集」がある。「一記者」とあるが、筆者は空穂である。「短歌界の先輩が、短歌は自己の声でなければならないと提唱して以来随分久しい」けれどいまだその実現が困難なままだった、と始める。古典が積み重ねてきた情趣と離れることができないまま、「短歌は情趣生活の表現」として続いてきたからで、なんとか切り離そうとしてきたが「歌にはやはり情趣生活の影がさし」たままだった。こう捉えた上で空穂は言う。


歌を情趣から全く切り離したのは、故石川啄木である。彼の歌にも何所かまだ情趣に引きづられた風のないではないが、とにかくあそこまで思ひ切つて手を切つてしまふには、余程の努力を要したことと思へる。一方で歌を愛しつつも、一方では、「歌なにぞ……」と思つて十分に軽蔑してかかる程の心持がなければ、恐らく出来ないことであらうと思ふ。

新しい歌を、第二期の新しい歌を詠み得たものは、啄木であると言はなければならない。

歌壇外の人、歌を詠み始めた人が啄木の歌を愛しているのは、彼が古い「情趣を斥けた」からだ、と加えてもいる。

大正三年六月という「国民文学」創刊号の時間を意識しながら、啄木歌集の版元でもあった西村陽吉の『定本石川啄木詩歌集』解説を確認したい。

『一握の砂』は初版五百部を刷り、『悲しき玩具』が出るときにはまだ二百部ほどが残っていた。この頃の歌集の売れ行きはそんなペースであり、若山牧水の『別離』がすぐに再版されたのは例外だった。陽吉はまずそう述べる。『悲しき玩具』は啄木の死の二ヶ月後に出版された。翌七月が大正への改元だから、明治の最後を飾る歌集でもある。陽吉はその後の動きを次のように振り返る。

啄木のこの二つの歌集は、啄木が亡くなつてからようやくぽつぽつと売れはじめて、啄木の三周忌の年の終りに、ようやく両方とも初版本が無くなつた。それで、この二書を一冊に合はせて『啄木歌集』と改題して発行した。『啄木歌集』は、啄木の愛好者が年を逐うて増してくるにつれて、毎年一版ぐらいずつ増刷するような幸運にめぐまれてきた。しかしそのようになるには、彼の死後五年ぐらいの歳月を要したのである。

正確に辿るとまず『一握の砂・悲しき玩具合冊』が大正二年六月に出て、その縮刷版『縮刷啄木歌集』は大正五年九月発行である。

明治四十五年四月十三日に世を去った啄木が歌壇を超えた読者を獲得し始めた動きを空穂は把握、「一般に勧められる歌集」を書き、その理由を〈情趣を排除した新しい歌〉と意義づけたのである。それは百年後の今日にも色褪せない意義づけといっていい。

茂吉が「アララギ」の歌壇制覇を宣言した頃に、啄木の社会的な側面を「生活と芸術」に集まった陽吉たち「生活派の短歌」が受け継ぎ、その志向はやがて大正後期の「日光」にも流れていった。そして香の物のような日常詠の意識は空穂に導かれた壽樹たちの自然主義が汲みとった。そんな構図が見えてくる。

### 3・窪田空穂の自然主義——短歌さざなみ説

通俗作文全書というシリーズがある。一般を対象にした企画だから「通俗」なのだが版元は博文館、明治三十九年九月から始まった。第一篇は大和田建樹『文章組立法』、十月の第二篇が同じ大和田の『書簡文作法』と月刊ペースである。まず暮らしの実用領域から入り、第十八篇が河井酔茗『新体詩作法』、第二十四篇が田山花袋『小説作法』と新しい文学創作のためのガイドブックといったおもむきを加えている。その第二十二篇が窪田空穂『短歌作法』、明治四十二年三月の刊行である。まず「はしがき」で空穂は言う。

年若き友の歌を読んで第一に感ずる事は、其才が少くないにも関らず、作をする心持の上で、何物かが欠けてゐる、まだ徹して居ないと思ふ点である、此点が今少し明らかに成つたならば、恐らく遙かに優れた作となるだらうと思ふ憾みは度々した。

明治三十年代の和歌革新運動に刺激を受けて歌作を始めた若い歌人たちへの作歌指南書であることがわかる。当時三十三歳だからまだ若い空穂だが、「歌よみに与ふる書」の正岡子規も三十二歳、『新派和歌大要』の与謝野鉄幹は二十九歳だった。

この頃は従来からの短歌を旧派和歌、新しい短歌を新派和歌と区別していて、『短歌作法』の主題はその新派和歌の特徴を体系的に説くことにあった。

空穂はまず、題詠の旧派和歌と「自我の詩」の新派和歌という対比の中で旧派を批判しながら新派の意義を強調する。旧派和歌は「作歌をする場合、標準を外に置く所にある。即ち、短歌とは斯いふ物だ」と見本を認め、それに似た物を作ろうとしている。しかし新時代の短歌は先例に従うのではなく自分の感じたままを詠う歌でなければならない。空穂はそう説いている。その典型を空穂は与謝野晶子の歌に、そして与謝野鉄幹の「自我の詩」という主張に見ている。それが空穂の「明星」入会の理由でもあった。

しかし空穂の「明星」時代はわずか一年だった。『窪田空穂全集』別冊の年譜を見ると明治三十三年九月に「新詩社に加わ」り、翌年には「夏休み帰郷中に葉舟ら新詩社退社。9月上京後、新詩社から遠ざかり、自然退社の形になる」と記されている。窪田章一郎『窪田空穂』は「友人の葉舟、成美たちが与謝野晶子の上京にからんで鉄幹と不和となり退社したのが理由だった」と説明している。直接の原因は人間関係ということになるが、長い目で見ると、鉄幹と空穂を繋いだ「自我の詩」の受け止め方に違いが生まれ、それが空穂に独行的な歩みを促したと理解した方がいい。

そのことを教えるのは『短歌作法』前年の明治四十一年に出版された『新派短歌評釈』である。そのまとめの章「短歌の立脚点」で空穂は言う。

我々の感興は単純で瞬間的だ、此れやがて短歌が一般的であり、普遍的である所以ではないか。（略）短歌が長い歴史を持つてゐるといふのも、短歌其れ自らに権威があつたのではなくて、この我々の単純なる瞬間的なる感興を託するに便利であり、且つ其れによつて楽しみ得るといふ我々の要求を叶へる点に於て存在してゐたのではないか。

この主張を補うように「短歌が無いならば我々が短歌に表はし且つ楽しむやうな、単純な瞬間的の感興も共に無く成つてしまふであらうか、新たなる物を生まずにゐるであらうか」と問い、否、「短歌よりも更に優《まさ》つた形式」はないと断言してもいる。

暮らしの中で刹那刹那に生まれる心の動き、短歌にすればあとまで残るが、詠わなければすぐに忘れてしまう心の断片。いままで等閑にしてきたそうした領域を感じるままに詠うことが短歌の特質に適うことであり、だから新派和歌の自我の詩は大切だ。空穂はそう説いている。さらに追加しておきたい。

従来は唯、つとめて優美な事、涙を以て訴へるやうな、誰にでも聞かせ得る表面の事ばかりが詩材であつた。其れを剝ぐと、其下には、我々が言はうとして言ひ得ずに居る限りなき思が潜んでゐる。此れこそ我本当の所だといふ、生きた情緒が潜んでゐる。（明治四十二年『短歌作法』）

自分の心持を愛し、執着し、それを大切に押さへて、微かなひびき微かなゆるぎといつた風な一呼吸を歌ふ態度が取れはせぬか。（明治四十四年「秀才文壇」所収「歌壇時感」）

空穂的な「自我の詩」はこうしてはっきりした輪郭を形づくる。優美な事、表面の事ではなく、心に潜む思い、微かなゆるぎを詠う。対比的にいえば、涙をもって訴えるのが空穂に映る鉄幹の自我の詩だった。しかし空穂の自我の詩は心の奥のかすかな揺らぎ。それを図式化すると次のようになる。

パワフルな自我の詩＝「明星」
心の微震の自我の詩＝窪田空穂

空穂のこの主張の延長線上に啄木の「食ふべき詩」があり、植松壽樹の『光化門』後記がある。〈短歌さざなみ説〉とも言うべき空穂の主張は、壽樹たちが目指した自然主義とどう繋がるのか。まず釈迢空『自歌自註』の一節を思い出しておこう。

新詩社の初期にあれ程働いて、俄かに声を収めた窪田さんが、其後、小説の自然主義の起ると共に、短歌の心理に微動を表現しようといふより、むしろ繊細な気分を描写しようといつた主張をした。この空穂の微動論は、今は忘れられたのかも知れぬが、当時は、非常に青年歌人に影響を与へたもので、若山牧水などは、まともにその影響を受けてゐる。啄木があゝいふ人生を見出さうとしたのも、さういふ点から這入つて行つたものと言ふことが出来る。

小説の自然主義を心理の微動という形で咀嚼し、短歌に導入した。これが迢空の空穂理解である。

小説における自然主義を語るときの代表例として明治四十年の田山花袋『蒲団』が挙げられるが、『日本現代文学大事典』の榎本隆司による解説を見ると、「愛と苦悩を赤裸々に写した作品」「芳子に惹かれていく日常が、暴露的に画かれ」「内なる醜をためらうことなくさらけ出した自己剔抉の筆」という表現が並ぶ。ここによく表れているように、〈赤裸々〉〈現実暴露〉〈自己剔抉〉が小説における自然主義のキーワードだった。それを反映した短歌としてよく知られている次の歌が浮かんでくる。

襟垢《えりあか》のつきし袷と古帽子《ふるばうし》宿をいで行《ゆ》くさびしき男《をとこ》　前田夕暮『収穫』

わざわざ襟垢と帽子の古さを強調するところが自然主義の直接的摂取を思わせるが、しかし空穂のそれは〈赤裸々〉とも〈現実暴露〉とも遠い、もっと平たい、折々の暮らしの中の心の揺れである。だから短歌に根付いた。今日の私たちが詠んでいる大半は暮らしの中の折々の感興だが、その流れを先導したのが窪田空穂の歌論だったということはやはり知っておきたい。啄木の評論「食ふべき詩」にも空穂の主張が反映されている。

では空穂的な自然主義が生んだと評価される歌集『濁れる川』はどんな世界なのか。一首だけ見ておこう。

この事のよくならんとは思はねどしか思ふことの口惜《くちを》しきにぞ

空穂が書き下ろしたまま没後に書斎で発見され、『窪田空穂全集』別冊に収められた仕事に「自歌自注」がある。窪田章一郎は米寿前後の執筆と見ている。掲出歌はそこで自注している一首、「なにか文筆上の労作をしはじめて、それが気に入らず、不安を感じていた」ときの歌で、下の句は「諦めをつけかねる心」と説明している。

瑣末な心動きが詠われているとも思うが、大切なのは自解を受けてのコメントである。「詩情などというものとは無縁のものである。短歌は文芸としての抒情の一ジャンルであるとすれば、人間性情として共通のこうした情は、短歌の対象となりうるものだという念を、私はいつからか持つようになっていた」。

詩情と無縁の人々に近しい情。心にふと浮かんだ想いをすくい上げるのが得意な詩型、空穂歌論のエキスと言うべき見解でまとめておこう。

我々の気分の中の大部分を占めてゐる所の、日常生活の上に否応なしに起る所の気分、そして本能的に言ひ現はして見たいもので、それが出来たらば大きな慰めになるだらうと思はれる所の気分、さうした気分が、不思議にも短歌に恰好な、手頃な内容となるのである。言ひ換へると、さうした内容を言ひ現はすには短歌といふ形式は、他の何にもまさつた形式なのである。

（昭和二十二年・『短歌作法入門』全集第七巻）

「歌の特色は何所にあるか」の一節だが、揺らぎのない見解である。『短歌作法入門』を書いた時期は『万葉集評釈』がだいたい脱稿し、空穂の和歌評釈の作業がほぼ完成した時期でもあった。そうした厖大な作業の中から、短歌の特色はどこにあるかという問いが、そしてその空穂的な答がはっきりと見えてきたのだろう。そう感じさせる巨視的な把握からの短歌像の提示である。

日常生活のなかに起こるかすかな気分の波立ち、すぐに消えてしまいそうなささやかな場面、それらも歌にするといつまでも保存され、暮らしを小さく豊かにする。短歌はそうした領域がもっとも得意な詩型である。それが空穂の短歌観の核心である。

地震計にたとえると、恋愛や挽歌など心の激震も短歌の大切な領域だが、それは詩や小説など他のジャンルにおいても大切であり、文芸全体の主要な主題というべきだろう。しかし地震計はキャッチするが人はほとんど感じないほどの心の微震、無感に近い暮らしの中の揺れ、それを掬い上げることに短歌はもっとも優れている。空穂はそう考えた。

旧派和歌の厚い壁を突き崩すためには与謝野晶子に代表されるパワフルな自我の詩が不可欠だっ

た。『みだれ髪』が出たから石川啄木や北原白秋、そして前田夕暮や若山牧水といった青年たちが新しい短歌運動に加わった。しかし、新派和歌を受け継いだ近代短歌は、その後に一つの課題を背負うこととなった。パワフルな自我の詩をいかに暮らしの詩に着地させるかという課題を。大切なその課題を実作においては石川啄木がよく担った。そして歌論においてもっとも精力的に担ったのが窪田空穂だった。

⑤大正期の竹柏会

明治三十一年二月創刊の「心の花」は三年後に会員の活動を信綱編の『竹柏園集』にまとめた。「短歌数百首、新体詩美文二百数十篇あり」と発行元の博文館の広告にはある。翌年第二編。月々の「心の花」に加えたその積み重ねを経て、三十九年六月に合同歌集『あけぼの』刊行となった。「心の花」七月号には版元の修文館と竹柏会連名の広告が掲げられ、「現今の歌壇に新清の歌風を唱道して、夙に其覇を為せる竹柏会の俊秀が近作を、佐々木氏の精選せられしもの」とある。表紙は「明星」を飾った一條成美、中央新聞は「釘装の美内容に劣らず」と造本の新鮮さにも注目している。

参加者は川田順、石榑千亦、小花清泉、新井雨泉（洸）、印東昌綱、木下利玄、大塚楠緒子、片山廣子、橘糸重子ら十二名。千亦は「心の花」の番頭格だが、その他は信綱のもとで頭角を現した新人たちである。

大塚楠緒子は明治八年東京生まれ。二十三年東京女子高等師範学校附属女学校時代に佐々木弘綱

に入門、翌年の弘綱死去の後は信綱の指導を仰いだ。明治三十八年一月号「太陽」掲載の「お百度詣」は日露戦争に出征した夫の無事を祈る新体詩としてよく知られており、『あけぼの』にも収録された。明治四十三年に三十六歳で病死したのが惜しまれ、信綱は「絵画、音楽、詩歌、小説、戯曲、すべてに渉つて深い趣味と勝れた才とを持つてゐた。中でもその得意は小説にあつた」と『明治大正昭和の人々』で振り返っている。夏目漱石がその死を「有る程の菊抛げ入れよ棺の中」と悼んだこともよく知られている。

木下利玄は明治三十一年、学習院中等科三年の時に信綱を訪ね入門した。十三歳。『明治大正昭和の人々』で信綱は「学習院の制服を着た幼い人」と第一印象を語っている。大正三年には『銀』、八年に『紅玉』を出版、『紅玉』の「街《まち》をゆき子供の傍《そば》を通る時蜜柑の香《か》せり冬がまた来る」は子供の初々しさと凜々とした冬の季節感が一つになり、結句の口語表現も新鮮。大正十三年の「日光」創刊号が利玄特集を組んだのは、結社の枠を越えた自由な歌誌にふさわしい世界と評価したからだった。しかしその翌年に病死、三十九歳だった。

新井洸は東京日本橋の生まれ、「幼くて歌が好きであるといふので、父君がつれてこられた」(『明治大正昭和の人々』)のは明治三十年、十五歳だった。川田順、木下利玄と共に「心の花」三羽烏と期待され、大正五年に『微明』を出したが、利玄と同じ大正十四年に病死、四十三歳だった。

川田順は明治三十年、城北中学(今の都立戸山高校)在学中に信綱に師事、十六歳だった。翌年創刊の「心の花」に参加。大正七年に第一歌集『伎芸天』を刊行、「寧楽《なら》へいざ伎芸天女《ぎげいてんにょ》のおん目見《まみ》にながめあこがれ生き死なんかも」など浪漫的な世界で注目された。その後は『鷲』の「立山が後立山《うしろたてやま》に影うつす夕日のときの大きしづかさ」の大きな景の把握、日中戦争を暮らしの目線から詠った「国のため戦争《いくさ》に出づる丈夫《ますらを》の親は人混みにもまれて行きぬ」、晩年の『東帰』など多様な世界に広がり、信綱を終生支えた。昭和四十一年、数え年八十五歳で死去。

片山廣子が友人と訪ねてきたのは「明治二十九年頃の大掃除の日」と信綱は回想している。三十一年の「心の花」創刊以来、短歌だけでなく随筆や翻訳も発表、歌文の「進境はめざましかつた」と信綱は記している。その評価と期待が反映したエピソードがある。まだ吉田姓だった頃、その吉田家を訪ね、「廣子さんは、文芸の才に恵まれてをられるから、将来その才能が伸びるやうに、理解ある人を良人に選んであげてほしい」と話したのである。廣子と結婚した片山貞次郎は「おことばのやうに、歌文の道は必ず続けさせます」と信綱に挨拶したという。以上は『明治大正昭和の人々』の「片山廣子」からである。廣子が第一歌集『翡翠』を世に問うたのは大正五年である。

石榑千亦は讃岐琴平の明道学校に学び、明治二十二年に愛媛県西条市から上京、この年の大日本帝国水難救済会設立に関わり、のちに常務理事となった。金刀比羅宮の宮司の紹介で佐佐木信綱を訪ねて、明治二十六年に竹柏会に入会、三十一年に「心の花」が創刊されると信綱の右腕として長く運営を支えた。息子の石榑茂（後の五島茂）によると、「心の花」創刊号「発刊の詞」は千亦が書いた。創刊号奥付の編集者は石榑辻五郎（千亦）、発行所も石榑宅だった。茂は小学生のときに「心の花」発送の糊付けに加わり、九歳のときに千亦の手ほどきで作歌を始めた（「『心の花』と私」・「心の花」昭和五十七年一月号）。

大正十年代の水難救済会には古泉千樫、飯田莫哀、新井洸、柳田新太郎などが勤め、水難救済会ではなく歌人救済会だと話題になっていたほどだ。救済会は「心の花」の「あけぼの会」の会場ともなった。石榑千亦は竹柏会の番頭的存在であり、大正四年の第一歌集『潮鳴』は男性的な海の歌に特色がある。

『あけぼの』参加者以外にも新人の入会は多く、九条武子は大正五年竹柏会に入門した。当時司法大臣だった尾崎行雄から晩餐の誘いがあり、赴くと九条武子もいて、「武子夫人は、父君明如上人の感化で幼くから歌を詠んでをられるが、竹柏園の門に入りたいとの希望で、今夕は、御紹介にお招きしたのであつた」と尾崎が説明しての入会である。大正九年に第一歌集『金鈴』を出した。

五島美代子は十八歳の大正四年に信綱に師事した。

明治四十年十二月竹柏会男性歌人の「あけぼの会」第一回歌会、大正三年十二月「心の華叢書」第一巻松本初子『藤むすめ』刊行と加えれば、「心の花」が着実に歩みを広げて組織の整備を行い、大正期になってそれが作品的成果として花開いていたことが分かる。その「心の華叢書」、昭和二十三年十月号の「心の花六百号に題す」に信綱は大正二年の刊行以来「百有余巻の歌集を出して来たのであつた」と述べ、木下利玄『一路』、前川佐美雄『植物祭』、白蓮『踏絵』、九条武子『金鈴』をはじめ、栗原潔子、石榑千亦、川田順、斎藤瀏、新井洸など、大正昭和の成果を列挙している。

激しく動いた大正期に「おのがじしに」を貫いた竹柏会の姿と成果がそこにある。

## （二）佐佐木信綱『常盤木』の世界

## ①前書き

『常盤木』は歌人佐佐木信綱が自分の立ち位置を定めた歌集である。歌集前書きがそのことを告げている。

　真向ひなる名越山の松の木の間が明るくなつて、月のさしのぼるけはひが見える。南の方に連なつて居る長勝寺山の輪廓も、段々はつきりしてくる。門田には、蛙の声がしきりに聞える。午前にすぐした東京での忙しい生活とは、全く異つた静けさに、珍らしく落ちついた心もちになつて、さまざまのことが心に来往する。

前書きはこう始まる。大正九年八月、信綱は「鎌倉に勉強のための小別荘を得た」（『新訂佐佐木信綱先生とふるさと鈴鹿』・略年譜）。また、「心の花」大正九年八月号「消息」には「園主は家族を挙げて夏期を相州鎌倉大町字南側に過さるべく候」とあり、『作歌八十二年』は「鎌倉大町に村荘が成ったので、折々にいっては読書に著作につとめた」と記している。鎌倉駅から一キロほどの村荘は溯川草堂《そせんそうどう》、森鷗外の命名である。

　源実朝が雪見をした名越山の辺、長勝寺は日蓮が庵を結んだといわれる。史的由緒と豊かな自然に包まれながら「心に来往する」さまざまと向き合い、自分を見つめ直そうとする信綱がここにはいる。

　その見つめ直し、まず「自分の事業というものに対する反省」を行い、自分の歌を「まだかういふものであるまいといふ感じが残らざるを得ない」と反省交じりの自己批評をしながら、「同時にまた、現代の歌壇に対しても、痛切に、しか感ぜざるを得ぬ」と同じ思いを加え、次のように続ける。

その不満の底には、歌とは、もつとほかのものであらう。歌にはなほ開拓すべき境地があるのであるといふ希望の光が、かすかに輝いてゐる。

「歌とは、もつとほかのもの」、この言葉が大切だろう。前書きは大正十年十二月に書かれたが、「以上は、某月某日、鎌倉大町の村荘で記した日記の一節である」と結んでもいる。その日記、蛙の声を聞きながらという場面を視野に入れると大正九年八月から秋、または十年夏から秋だが、前書きに近い後者ではないか。ともかくも鎌倉で自分を含めた歌のもろもろを見つめ直し、信綱は歌壇の現状への危惧を新たにしたのである。

この頃の歌壇はどう動いていたか。詳しくはこの章（一）に記したが、歌集『新月』刊行の大正元年以降の歌壇は活発に動いた。二年の北原白秋『桐の花』と斎藤茂吉『赤光』刊行がまず特筆される。そして結社間の抗争が激しくなった時代でもある。斎藤茂吉が「アララギは遂に日本歌壇の主潮流を形成するに至つた」（「アララギ二十五年史」）と露骨な宣言をしたのは大正四年である。この動きに反応するかのように商業誌「短歌雑誌」が「歌界全般の公平なる一機関」を目指して大正六年に創刊された。歌壇のこうした騒がしさを一歩離れて洩らした言葉、それが「歌とは、もつとほかのもの」という危惧だった。

②巻頭歌1

人の世はめでたし朝の日をうけてすきとほる葉の青きかがやき

前書きを受ける形で置かれた巻頭歌である。朝の光の爽やかさ、草木の緑のまばゆさ。その豊かさに包まれて生きる幸福。歌からは人生へのおおらかな肯定が広がる。巻頭歌の初出は「心の花」大正十年十月号である。初出に戻ってその「大天地」十二首を読んでみよう。番号は一連の中の位置を示している。

①朝の胸の清くすがしく真向ひに大天地とむかひてありけり
②ふふむ光たもてる相《すがた》ひとひらのこの葉《は》にこもる尊き命
③人の世はめでたし朝の日をうけてすきとほる葉の青きかがやき
⑥我足はしかと大地につきてありつきてある事をよろこびとする
⑧正しきはいづれぞ或は二つながら正しくやあらむ否さにはあらじ
⑨群をはなれ一人秋風の中に立つ心さびしく嬉しくありけり

まず朝のあめつちの爽やかさを喜び、輝く葉の命の営みを愛で、「人の世はめでたし」となる。⑥はそうした大地に立つ喜び。⑧では揺れながらも正しさは一つ、と自分の信念を確かめ、⑨が孤立してもさびしくても独りを貫こうと受けている。「歌とは、もつとほかのもの」という前書きを受けた作品という気配が濃厚な一連である。歌集では最初の章「朝の光」の巻頭が③、①と⑥が四首目五首目、⑨が十四首目、②⑧は別の作品群に収められている。一連としてみれば、歌集前書きの覚悟は初出の「大天地」の方により生きている。

ここで信綱歌集における『常盤木』の位置を確かめておきたい。『常盤木』刊行は大正十一年一月十五日である。昭和三十一年の『佐佐木信綱歌集』の構成は『思草』、『遊清吟藻』、『新月』、『銀の鞭』、そして『常盤木』となるが、『遊清吟藻』と『銀の鞭』は単独歌集としては刊行されていない。前者は完成したばかりの『思草』を携えて南清を旅した旅行詠で、昭和五年の現代短歌全集第三巻『落合直文集佐佐木信綱集』（改造社）に収録された。後者は『佐佐木信綱歌集』に初めて発表された。『常盤木』と同時期の作品が収められており、いわば『常盤木』の補遺歌集である。こうした経緯から第三歌集は『常盤木』と見てよい。

『新月』刊行の翌月、すなわち大正二年一月号の「心の花」掲載「大正の新春を迎へて」において信綱は重要な表明をしている。

「此機に際し社友諸君の前に、いさゝか自分の所感を述べて見たい」と改まりながら、まず自分の歩いてきた歌の道を三つの方向に分けて振り返る。一つ目は『思草』と『新月』という収穫を挙げた歌人としての活動。二つ目は『歌之栞』、『日本歌学全書』、『和歌入門』の刊行など歌を盛んにするための普及活動。三つ目は進行中の万葉集校定など和歌の歴史的研究活動。その上でこれから進むべき道を三つ示す。一つ、歌人としては「更に新らしい道を詠み開いて見たいと思ふ」。歌壇の「日常経験する実際の感情を述ぶるを主旨として居る」最新派の立場を評価しながらも、「型を破つて又一種の型に入つて居ないか」と危惧するからである。その新しい型に嵌まった歌とはどんな歌か。「現代の生活の苦をうたふとか、露骨な感情を歌ふとかいふもので、豊かな情味とか、深い思想とか、力ある感情」など「詩歌の理想を歌つて居らぬ」。詩歌は「深く広く人心を動かす力あるものでなければならぬ」と現状を危ぶむのである。そこには当時広がった自然主義への危惧が反映している。二つ、歌の普及では和歌が「国民の文学的教養の重きものをなして居た」事実を踏まえて、さらに進めるために「我が心の花は益々内容を精選して世に見えむ事を期する次第で有る」と会員の覚悟をも促す。三つ、和歌の歴史的研究では「先づ数年来の大学の講義を」まとめることなどを述べている。

信綱が短歌への危惧を示した大正二年の短歌はどんな世界だったのか。『収穫』、『別離』、『一握の砂』は既に刊行され、『桐の花』は信綱の危惧と同じ一月、『赤光』も同年十月である。近代短歌の確立と評価されるこうした動きを視野に入れながら、それでもなお、いや、だからこそ現状は「詩歌の理想」から遠い、と信綱は見ていた。この見解が『常盤木』「前書き」の「歌とは、もっとほかのもの」という危惧に繋がっている。

鎌倉に村荘を持ってほどなく、信綱は「鎌倉」十二首を「心の花」大正九年九月号に掲載している。

此あした大天地の上にして吾家を得つと思ふに嬉しき
海の風山の風かよふやどにして歌思ふ幸を喜びにけり
池の蛙小田の蛙の近く鳴き遠く鳴く聞きて今宵またぬる
声高に言挙《ことあげ》す世なり退きてひとり静かに吾道ゆかむ
吾天地せばしくありけり然れども吾天地はたのしくありけり

広らかな環境を得た喜び、心地よい風の中で歌と向き合う幸福を一首目二首目は率直に語っている。三首目は遠く近く蛙が鳴くなかで眠る幸福。四首目は騒がしい世を離れて自分の信じる道を歩むことを改めて確認している。その天地は狭いけれども確かなものだ、と五首目は静かな昂揚を示している。この歌の「せばしく」は全歌集では「せばくし」である。なお、四首目の「言挙《ことあげ》す世」は用言の終止形を連体形として使っており、百人一首の人麻呂「あしびきの山鳥の尾のしだり尾のながながし夜をひとりかも寝む」などの例が見られる。

「鎌倉」掲載の翌十月号には信綱夫人佐佐木雪子の「鎌倉にて」がある。

海に遠からず山にあまり近からず、朝に広い青田を見はるかし、眼も彩なる夕雲を眺めて、静かに考へ静かに読む事を得る喜こびはたとへん方もない。あわただしい都の生活の浪にもまれにもまれて、身も心もつかれはて、すさみはてる事の恐しさ、つらさを始終思うて、やはらかい土にしたしみ、木にも草にもよろこびを持つて、自然のふところに入りうる事が出来たならばと、それのみを祈つてゐたのであつた。此夏こそは、夫は筆とる時の多く得られたのを感謝し、子供等はいよ〱健やかに、海の風山の風に暑さを覚えずに過したことであつた。

「都の生活の浪にもまれにもまれて」というくだりに、寸暇も得られない信綱の東京での日々が示されている。そして鎌倉が信綱にもたらした一人の時間の大きさもまた見えてくる。

雪子夫人とは明治二十九年に結婚、信綱二十五歳、夫人二十三歳だった。『歌之栞』を出版した明治二十五年に信綱への信頼が高まり、信綱の指導を仰ぐ人が多くなった。大塚楠緒子などとともに藤島雪子もこの時期の入門、やがて恋愛に発展して結婚に至ったのである。

③巻頭歌２

『常盤木』巻頭歌に戻りたい。

人の世はめでたし朝の日をうけてすきとほる葉の青きかがやき

この歌から、私は明治三十二年四月六日の竹柏会第一回大会の兼題「春風」を受けた「願はくはわれ春風に身をなして憂ある人の門をとはばや」を思い出す。第一回という特別な場に提出した意図を信綱は〈人の心に秘められた憂悶を晴らすことは歌の徳の一つ〉という自分の信念を示すため、と「短歌研究」昭和十三年七月号の「自作自注」に記している。『常盤木』巻頭歌は憂悶を晴らすことを意図した歌ではないが、しかし愛でることによって対象を、この場合は人の世を肯定し、暮らしを幸福に一歩近づけようとする、その働きは歌の徳と無縁ではない。昭和に入ってから の言葉ではあるが、信綱は「歌のもとゐは、めづる心である」(『誉誉録』)とも語っている。歌の根本は「めづる心」、信綱にとってこれは譲ることのできない認識だった。

『新月』刊行直後に示した「詩歌の理想を歌って居らぬ」という短歌の現状への危惧が、鎌倉のリフレッシュした観想生活の中で「歌とは、もつとほかのもの」という形で改めて確信となり、それが『常盤木』巻頭歌を生んだ。そんな道筋を描くことができる。

## ④『常盤木』の世界

『常盤木』の資料として欠かすことのできないのは「佐佐木信綱研究」第9號の経塚朋子・鈴木陽美による「『常盤木』論――主に語彙と初出一覧を使って」である。それによると『常盤木』は「明治三十八年七月号（「心の花」）から大正十年十一月号（「東亜の光」）の作品から採られて」おり、「信綱は第三歌集のために第二歌集の時代まで遡って編んでいた」。『常盤木』はシンプルに『新月』以降の作品集という形にはなっていないことを二人の調査は示し、歌集の刊行に関して信綱は慎重で、過去に遡って作品を再点検していたことを教えてもいる。それは巻頭歌が熟慮の一手だったことをも示唆している。初版『常盤木』は「朝の光」「鶯」「旅」「枇杷の実」「初夏」「蠟燭の火」「鎌倉にて」の七章から構成されているが、鎌倉の歌が巻頭と巻末に配置されて、やはり『常盤木』にとって鎌倉の日々は大きい。その「鎌倉にて」を読んでみよう。

滑川やみ夜涼しき川口に長谷のあかりをなつかしむかな
微風《そよかぜ》のかよふ夕庭におり立ちて唯一人なるわれを喜ぶ
蛙の声吾家《わぎへ》めぐりて名越山長勝寺山暮れ黒みたり
つういく〳〵赤とんぼが飛ぶ乱れとぶわが心はたまじりてぞ飛ぶ
大き海青垣山にかこまるるわが鎌倉は実朝を生みつ

滑川は材木座と由比ヶ浜の間を相模湾に注ぐ、鎌倉を代表する川。一首目はその河口に立って西に望む長谷寺の明かりを懐かしんでおり、涼しい風を受けた信綱の解きほぐれた心が伝わってくる。二首目も同じ心だが、それが「唯一人」という思いを導き出し、「喜ぶ」と反応しているところに注目したい。それは他に煩わされることのない静かな自負でもある。三首目四首目は豊かな自然と一つになって寛ぐ信綱である。五首目の「わが鎌倉は実朝を生みつ」には鎌倉への愛着だけでなく、実朝に鼓舞される信綱がいる。

「枇杷の実」三十首も読んでおきたい。

①よざされしわが道をゆく春の日の心うららに心ひろらに
②故郷の能褒野《のぼ》は草の青むらむ近江境の山も霞むらむ
③歌おもひ日毎よりまし文机にわれはたよりてここら年経ぬ
④忍べば心ぞかよふ父の世とわが住める世とへだたりあれど
⑤うぶすなの秋の祭も見にゆかぬ孤独のさがを喜びし父
⑥見るにつけて涙しこぼる亡き母は短き糸もかくはつなぎし
⑦生ける文字か死せる文字かもよみゐたりし書《ふみ》をふと閉ぢて疑ひにける
⑧紙きりつつ新しき書よみつづくる今宵の心しづけく楽し
㉕庭の枇杷赤らみにけり末の子がかく文ややにととのひ来けり
㉙敷島のやまとの国をつくり成す一人とわれを愛惜《をし》まざらめや
㉚人の世の物みな亡ぶ然はあれど亡びざるもの天地にあり

番号は一連何首目かを示している。「佐佐木信綱研究」第9號の経塚朋子・鈴木陽美による「『常盤木』論」による初出調査によれば、②は「心の花」大正三年六月号、（先考三十年祭二首）と脚注のある③④は同大正九年八月号、⑥は同明治四十三年七月号、⑧は「東亜の光」大正十年十一月号に初出と確認されている。他は未確認である。

①は夜更かしの日々からしばし自分を解放したときののびやかな気分を詠っている。②の故郷石薬師を随筆集『竹柏集』の「わが生ひたち」は次のように説明している。

> 古へに溯ると、日本武尊が神去り給うて白鳥に化せられたと云ふ白鳥の陵に近くて、尊の霊なる白鳥が高く飛び去つたと云ふ伝説から、古くは高飛村と云つたが、それが訛つて高富村と成り、其後村内の寺院なる石の薬師尊が名高く成つたので、其名を取つて石薬師と云ふやうになつた。

ここでは故郷を石薬師でも高飛でもなく、さらにその発端へ遡って能褒野と示している。その選択に故郷の由緒への信綱らしい心寄せが感じられ、「青むらむ」「霞むらむ」という言い重ねも望郷の想いを深くしている。信綱の望郷歌として記憶しておきたい一首だ。それを受けて③から⑥は少年時代に戻って、早くからの歌の日々を支えた文机や父や母の姿を蘇らせている。⑤は祭にも関心を示さない子、それを喜んだ弘綱。やはり特殊な親子だったことがわかる。⑦と⑧は書物と向き合うひととき。古き資料を見つめ、閉じてさらに疑うところに業のような文献学者信綱の姿が見える。㉕庭前の風景と暮らしのなかのささやかな喜びが呼応し合ってこころよい一首である。㉙と㉚は歌人として、また研究者としての自負。「愛惜《をし》まざらめや」に「惜しまない」という強い意志が表れている。「亡びざるもの」とは何か。短歌と読んでおきたい。

経塚と鈴木の調査を踏まえると、初出を再構成したこの一連、少年時に遡りながら歌への使命感を改めて示した世界である。
この姿勢から歌集巻頭歌「人の世はめでたし朝の日をうけてすきとほる葉の青きかがやき」は生まれた。

参考文献

佐佐木信綱『常盤木』初版（大正十一年一月・東京堂書店）
『佐佐木信綱文集』（昭和三十一年一月・竹柏会）
「佐佐木信綱研究」第9號（平成二十九年十二月・佐佐木信綱研究会）
芥川龍之介「僻見」一「斎藤茂吉」（大正十三年三月「女性」）
十重田裕一『岩波茂雄――低く暮らし、高く想ふ』（平成二十五年九月・ミネルヴァ書房）
徳永文一『歌人・教育者　島木赤彦』（平成十五年十月・渓声出版）
『左千夫全集』第六巻（昭和五十二年五月・岩波書店）
与謝野晶子「斎藤茂吉さんに答ふ」（昭和五十五年十一月・定本与謝野晶子全集巻18・講談社）
今野寿美『24のキーワードで読む与謝野晶子』（平成十七年四月・本阿弥書店）
三枝昻之『現代定型論』（昭和五十四年十二月・而立書房）
佐佐木幸綱『鑑賞日本現代文学㉜現代短歌』（昭和五十八年八月・角川書店）
木俣修『大正短歌史』（昭和四十六年十月・明治書院）

島木赤彦『歌道小見』（大正十三年五月・岩波書店）
『定本石川啄木詩歌集』（昭和二十三年十一月・文章社）
『土岐善麿歌論歌話』上巻（昭和五十年五月・木耳社）
『短歌講座』第十二巻「現代結社篇」（昭和七年九月・改造社）
『植松壽樹散文集』（昭和六十一年二月・新星書房）
『植松壽樹全歌集』（平成八年二月・新星書房）
『窪田空穂全集』第七巻・第八巻・第十二巻・別冊（昭和四十年十月・五月、四十一年九月、四十三年三月・角川書店）
『折口信夫全集』第廿六巻（昭和五十一年六月・中公文庫）
『前田夕暮全歌集』（昭和四十五年六月・至文堂）
『日本現代文学大事典』（平成六年六月・明治書院）

# 第八章　試の日は我らにぞこし
## ——関東大震災と『校本万葉集』

### （一）序歌

第四歌集『豊旗雲』（昭和四年一月五日）には序歌三首がある。

五十《いそ》とせを歩みわがこしこの道の道のはるけきに心いためり
うつせみの命おほむねこの道にささげもて来つ嬉しとし思ふ
道の上に残らむ跡はありもあらずもわれ虔《つつし》みてわが道ゆかむ

「この道」は歌の道だろう。歌道を尊び、極める。信綱は幼い頃からそのことを自分の使命と自覚していた。歩み続けて五十年、三首は大きな節目に立っての感慨である。「この道の道のはるけき」と言い重ねるところにその感慨がこもっている。しかし「心いためり」と結び、「嬉しとし思ふ」とも結び、「わが道ゆかむ」と、さらに遠く歩み続ける意志を新たにする。それは新歌集刊行という大切な節目だけから生まれた感慨ではないだろう。早くから研究者信綱の成果は著しかったが、この時期の最大の課題は万葉集だった。大正十四年に刊行にこぎ着けた校本万葉集こそ、序歌三首の動機ではないか。それほどこの事業は期間が長く、困難続きだった。

## (二) 関東大震災と校本万葉集

校本万葉集の「校」は比べる、比較する。写本が何通りもある場合に、それらの本文の違いが一覧できるようにまとめたものが「校本」。身近な例では宮澤賢治の初案から確定稿までの推移が詳細に示された『校本宮澤賢治全集』だろう。賢治に親しもうとする読者にはそれを整理した定本が便利だが、校本は賢治研究や賢治の推敲過程を知るためには不可欠な成果である。万葉集も同じで、校本があるから定本が可能になる。

「心の花」明治四十五年八月号「消息」に次の報告がある。

去にし五月文部省文芸委員会に於て園主が久しく希望せられし万葉集定本刊行の議を決せられ七月より之れが着手をなす事となれるは真に喜びに堪へず候

明治になって国民国家の文化的シンボルとして万葉集への関心が広がったが、その万葉集には原本は無く、さまざまな写本や断片があるだけだった。校本万葉集はそれらの異同を照合して示した、基礎万葉集の性格を持つものだった。全国から写本と断片を集めて照合するという途方もない労力が必要なこの作業は「消息」にあるように信綱が明治四十五年から正式に着手し、橋本進吉、武田祐吉、久松潜一などを加えてチームを作り、リーダーとして取り組んだ。

「心の花」大正二年一月号の信綱「大正の新春を迎へて」を思い出したい。

「此機に際し社友諸君の前に、いさゝか自分の所感を述べて見たい」と改まりながら、そこでは自分の歩いてきた歌の道を三つの方向に分けて振り返っていた。一つ目は『思草』と『新月』の二冊の歌集出版という収穫を挙げた歌人としての活動。二つ目は『歌之栞』、『日本歌学全書』、『和歌入門』の刊行など歌を盛んにするための普及活動。そして三つ目が「進行中の万葉集校定など和歌の歴史的研究活動」だった。さまざまな写本の異同を照合して示す校本万葉集、これがあれば定本万葉集を作ることができる。その資料調査のために信綱は全国に出かけた。「心の花」大正十年十一月号「銷夏訪書録」はその校本万葉集のための探査の旅の一例だろう。

「今年七月、京阪の炎暑をおかして古書を捜索し、また諸家に就いて見聞したことどもをここに記さうと思ふ」。まずこうはじめて、「こたびの旅行の第一の目的は、数回失敗を重ねた万葉集抄と、万葉集注釈との古写本の捜索であつた」と目的を明かす。その探索は涙ぐましいほどの手探りの旅だった。

まず大正二年、ある席で某氏に永仁六年の万葉集抄という古写本を知っているかと問われる。信綱が転写本は見たことがあるが現物を見たなら所在を教えてほしいと請うと「少し秘密であるから」と断られる。その後繰り返して校本のための貴重なものだからぜひ所在をと頼むと「奥書の写し」が送られてきて、万葉集抄が写本原本であることを確認する。しかし所在は教えてもらえず自分で探す外ないと覚悟を決める。「東京はいふ迄もなく、名古屋、京都、大阪等へも度々赴いて自ら捜索し、又つてを求めて問合せもした。勿論さる古写本を蔵してをられさうな名家、旧家、好事家、蔵書家等は、殆どあまねく訪うた」が結局わからずじまいだった。武田や橋本の努力で完成間近になった大正十年、「校訂の中に追加する事が出来るから、近く考へついた京都の某々二家のうちに、もしありはせぬか」と考えて出掛けたのが「この度の京都旅行の目的」だった。結局目的は果たせず、校本万葉集に加えることはできなかった。いつか出現する可能性もあるから「顛末だけは明らかにしておきたい」とこの項を結んでいる。信綱の覚悟と執念、そして後々のより正確な増補への意欲。研究者信綱の真骨頂が窺える一節である。

しかしこの校本万葉集、ほぼ完成した段階で文字通り想定外の事態に遭遇した。関東大震災である。

大正十二年九月一日午前十一時五十八分、マグニチュード七・九の烈震が関東を襲った。震源地は相模湾西部、昼食の直前で火災が広がり、東京は四割強の地域で建物が崩壊、焼失した。

この日、信綱は本郷の加賀前田家を訪ねていた。十月中旬に万葉集諸本の展覧会を予定していて、その資料撮影の打ち合わせのためだった。展覧会は校本万葉集完成記念のイベントでもあっただろう。その打ち合わせが終わったときに震災が襲った。「帰らうとして二三歩ふみ出した時」と『ある老歌人の思ひ出』にはある。東京大学の敷地はほとんど前田家の領地だったが、明治十年に東大に移管された。赤門はその前田家上屋敷の表門だった。規模を縮小した前田家は藩邸南の一角に居を構えた。震災後隣接する東大が敷地拡張のため駒場農学校との土地交換を打診、前田家は駒場に移った。駒場公園に今も旧前田家本邸として残っており、公園の一角に日本近代文学館がある。

激しい揺れが収まると信綱はまずほど近い西片町の自宅に辛うじて戻り、家が無事だったことを確認すると引き返し、東大の国語研究室に向かった。当日は南風が強く、東大は三カ所から火が出て、医科学教室地下実験室からの出火が図書館や国語研究室に広がった。火災で手が付けられず、研究室に保管していた資料は全部焼失した。製本が終わって表紙に箔押しをする作業だけが残っていた製本所の校本万葉集五百部も焼失、それを知った信綱は脳貧血をおこして倒れた。校本万葉集の校合底本、清書原稿、索引、参考資料もすべて焼失したこの事態、信綱にとって大震災は東京潰滅とともに、心血を注いだ研究の消滅をも意味していた。

「心の花」第廿七巻第十号はその「大震災号」である。八月末発行の第九号に続く号だから十月号となるが、巻頭には「心の花」十月号は休刊、「十二月号は東京雑誌協会の申合せで休刊る《ママ》筈ですからこれを十一月号に代へて発刊しました」とある。その巻頭が信綱の「大震劫火」二十六首である。

　まざまざと天変地異を見るものかかくすさまじき日にあふものか（一日）

その一首目。突然襲われたときの衝撃である。言葉を失うまでの未曾有の体験が〈見るものか、あふものか〉という繰り返しに反映している。

　空をやく炎のうづの上にしてしづかなる月のかなしかりけり（一日夜）
　もだをりて親子はらから夜を明かすせばき芝生にこほろぎ鳴くも
　夜は明けぬ庭につどへる家びとが命ありし幸に涙おちけり
　恐ろしみ明しし朝の目にしみて芙蓉の花の赤きもかなし（二日朝）

信綱と家族は自宅の庭で夜を明かした。地上を照らす無窮の月光、そして季節違わず生を営むコオロギの無心が人界の悲惨を際立たせている。三首目は夜明けを迎えて改めて確認した家族の無事にこぼす安堵の涙。四首目は朝の光の中の芙蓉の赤さ、そのまぶしさ。「かなし」は「悲し」であり、「愛し」でもあるだろう。

こゝをしもありし都と誰か見る赤くただれしこの武蔵野を
ただに見るは赤き瓦礫と灰燼とわが東京よいづちにかゆきし

前者は結句「この武蔵野を」が分かりにくいだろうか。参考になるエッセイが同じ「大震災号」の佐佐木雪子「西片町より」にある。

大阪から上京してきた川田順の案内で信綱は住友銀行東京支店の階上にのぼり、「はじめて市中の真中から焼野が原を一目に見渡して」驚いた。富士は見えなかったが「筑波のこちらに鴻の台の丘がずうと眺められた時には、江戸の昔に立かへつて、武蔵野が斯うであつたのであらうとさびしい気になつたといふ」。雪子はそう記している。

広くは関東または武蔵国の平野、一般には東京都と埼玉県にまたがる洪積台地。「日本国語大辞典」は武蔵野をそう説明している。いずれにしても草深い原野として文学には描かれていた。信綱は住友銀行屋上から一面の焼け野原を見、その向こうの鴻之台、今の市川市国府台を眺め、彼方に筑波山を認めた。そして古代の武蔵野に戻ったかに見える都の壊滅ぶりを「誰か見る」と嘆いたのである。ここは都だったのだろうか、瓦礫と灰燼の街、私の東京はどこへ行ってしまったのだろうか。二首目は東京壊滅を目の当たりにしたときの茫然自失である。

衝撃は歌人たちにも広がった。三人それぞれの滅びを見ておきたい。

与謝野晶子『瑠璃光』

わが都火の海となり山の手に残るなかばは焼亡《せうまう》を待つ
大正の十二年秋帝王のみやことともにわれほろび行く
中村憲吉『軽雷集』
みんなみのグアーム島より呼ばしめし海底線も伊豆に断《き》れをり
横浜が焼けほろぶ云《ち》ふ声きこゆ夜《よる》ふかくして潮岬《しほのみさき》より
日《ひ》の本《もと》に暗き夜きたり今日を持ちて国の都は亡くなりにけり
斎藤茂吉『遍歴』
東京の滅びたらむとおもほえば部屋に立ちつつ何をか為さむ
わが親も妻子友らも過ぎにしと心におもへ涙もいでず
与謝野晶子はこのとき東京市麴町区富士見町に住んでいた。自宅は無事だったがお茶の水の文化学院が全焼、預けていた「源氏物語講義」の原稿も焼失、再び書かれることはなかった。中村憲吉は大阪毎日新聞経済部の記者だった。昼近くに東京との通信が突然途切れるという異常事態に遭遇、さまざまに迂回ルートを試みたが、グアム島に大きく迂回させて伸ばしたルートも伊豆で切れてしまう。二首目には詞書がある。「深更に至りて、偶然に紀州潮岬無線電信局へ、横濱全滅、東京炎上の短報入りしまま、後報また断たれて世間再び寂然たり」。「横濱全滅」と届いた情報の断片が、闇の向こうの悲惨を増幅させて、「世間再び寂然たり」の文語体が異様な迫力である。
このとき斎藤茂吉はウィーンでの研究を終えてミュンヘンに移っていたが、まだ下宿が決まらなかった。九月三日も新聞広告の数軒を見て回り、町でビールを飲んでいると夕刊売りが来て、三紙買うとそこに日本震災が載っていた。その内容がすさまじい。「地震は九月一日の早朝に起り、東京横浜の住民は十万人死んだ。熱海・伊東の町は全くなくなった。富士山の頂が飛び、大島は海中に没した。云々である」と日記は記している。「何をか為さむ」、そして憲吉の「今日を持ちて国の都は亡くなりにけり」には断片的な情報しか入らない立場ならではの、なすすべの無い焦燥感が込められている。

信綱に戻りたい。

しかし、ここからが困難に遭遇したときの信綱の真骨頂である。

うせし者帰り来しごと水道の水いでたりとかたへにつどふ

小さな小さな暮らし再建の一歩。「水いでたりとかたへにつどふ」はオーバーに言えば、極小の暮らし版「国破れて山河あり」だろう。

いかに堪へいかさまにふるひたつべきと試みの日は我らにぞこし

茫然自失と、新たな一歩を踏み出そうとする強い意志と。私たちは試されており、いまこそ奮い立たねば。なお、歌集『豊旗雲』では四句目は「試の日は」である。

非常時における信綱ならではの決意が表れた一首である。自身を、そして人々を鼓舞する信綱のこの不屈と決意を、私は平成二十三年の東日本大震災など、困難に言及するときによく紹介している。

## （三）校本万葉集

校本万葉集は、しかし、辛うじて、校正刷が武田祐吉宅と佐佐木家に一部ずつ残っていることが判明した。「実に神明の加護というべきである」と信綱は感涙にむせんだ。「試の日は我らにぞこし」と自らを鼓舞した信綱は早速資金集めに奔走した。その動きを「心の花」誌上に見ておこう。

校本万葉集は、全部廿五冊、日本紙五帙、六千一百頁。実に万葉集研究に於て、集めて大成したるもの。江湖篤志の君子、希くば佐佐木博士等の志を嘉みし、その賛助を吝《をし》む勿れ。惟ふに一切を焼き尽して、校正刷二部を剰したるもの、決して偶然の事ではあるまい。

徳富蘇峰（大正十三年七月）

言語に絶した大打撃を受けて茫然自失したのであるが、またそれが為に再び之を印刷して世に布きたいとの願望ますく〳〵切なるものがあつた。（略）非常に困難な出版のこととて、大方の同情によつて今回の出版を満足に進行せしめたく希つてをる。

佐佐木信綱（同）

一般に予約を募集するや、学校、図書館、神社仏閣、学者、歌人をはじめ、全国から申込があつて、幸に予定部数を越えるに至つた。（略・改）かく予想外の結果を得たのは、全く竹柏会同人諸氏の一方ならぬ助力と、学問を尊び重んぜられる諸氏の同情のたまものであつて、その最初に力を添へられた厚意および既知未知の諸氏の同情に対して深く感謝の心を披瀝する次第である。

佐佐木信綱（大正十三年八月）

校本万葉集は愈々予約締切に際し予定以上の申込あり部数の増加を見たのは竹柏会同人諸氏が尽力与つて力あるものと感謝に堪へない（以下略）。

「消息」（同）

こうして大正十三年に刊行を開始、十四年三月、二十五冊の刊行完結に漕ぎ着けた。「心の花」大正十三年十一月号には信綱作品「京への旅」六首があり、十四年一月号「消息」は「校本万葉集は旧臘第一第三の両帙成り配本を了りたるが残余の分は来二月中には全部の配本を了へ愈々復興の実をあぐべく手配中です」と報告している。その「京への旅」から一首。

此いく月万葉集につかれたる我が目に秋の湖《うみ》は光れり

湖は琵琶湖、その光が校本への信綱の執着を包み、癒やしている。大震災が与えた試練の日々、それに耐えた学究の渾身。感動的な経緯である。

「赤くただれしこの武蔵野を」の歌で信綱は川田順の案内で住友銀行へ行ったと述べたが、その目的は焼け野原となった東京を見渡すことではない。校本万葉集の「校正刷の残つた二部のうちの一部を、住友銀行東京支店に保護預にする」ため、と雪子「西片町より」が教えている。地震にも火災にも耐えられる金庫への保管。もちろんそれは川田順の配慮である。

引用歌は『豊旗雲』にも「大震劫火」として収められ、「校本万葉集の復興につきて月台荘主人の訪はれける日」と詞書のある次の一首で終わる。

ひとすぢの光はさしぬぬばたまのこころの道のをぐらきに今

一条の光がさしてきた。先行きの見えないままの真っ暗な心に。

月台荘主人は「心の花」の熊澤一衛である。是非再興せられよ、可能な限りの助力をするからと励まされ、「くらかつた心の廃墟に点じられた一道の光明に感激」したと『佐佐木信綱文集』所収の「校本万葉集について」にある。このとき熊澤は「再興印行の予定部数の三分の一を引き受けようからと激励」（佐佐木信綱「校本万葉集に就いて」・「心の花」大正十三年八月）した。『校本万葉集』の「本書編纂事業の由来及経過」にも「幸に熊澤一衛氏の義俠心によつて、速に再興の運びに到つた」と記しており、文字通り「ひとすぢの光」だった。独力で立ち上がった信綱。そして手を差し伸べた民間の力。こうして校本万葉集は世に出ることとなった。

信綱が研究者としての命をかけたその『校本万葉集』はどんな仕事だったのか。ほんの少しかいま見ておこう。

> 古典の根本的研究はその本文の吟味からはじまり、本文の吟味は諸本の対校にはじまる。実に校勘は古典研究の基礎であつて、必経なければならない段階である。

「校本万葉集首巻巻上」の「本書編纂事業の由来及経過」はこう始まる。研究の根本は本文の吟味、しかし吟味は諸本の対校から。万葉集の本格的研究はここから、と強い自負が伝わってくる。それまでの万葉集とその研究は校合に用いた写本も少なく、十分なものではなかった。しかし明治後半になって名家の文庫などから「有力なる古写本が続々発見せられた」。かねてから万葉集の研究を志していた信綱は「此等の諸本を比校して万葉集の定本を作りたいとの願望を起し」ていたが、個人が取り組むには資金的にも仕事量からも不可能な事業である。そこで「国家の事業として然るべきもの」と働きかけ、「明治四十五年文部省文芸委員会に於て同会の事業として万葉集定本を編纂する事」となり、「佐佐木信綱、橋本進吉、千田憲の三名が、その編纂を嘱託せられた。これが校本万葉集編纂事業の起源である」。筆者は示されていないが、『佐佐木信綱文集』の「校本万葉集について」がほぼ同じ資料探索の軌跡と発行までの経緯を記しており、筆者は信綱だろう。校本への信綱の自負と使命感が伝わってくる記述である。「ここに、永久に万葉学の基礎を築き成し得たことを深く喜んでをる」と「校本万葉集について」は結ばれている。

整理しておこう。写本は少なくないが原本は残っていない。この現実を前にして行うべきは一首一首のもとの形、つまり本文を求めることである。そのために写本を突き合わせる。その校合の結果、明らかになった諸写本の違いを整理して校本をつくる。そして校本から本文を確定する。その作業を経てはじめて定本は可能になる。

理屈を言うと、その本文が原本と一致しているかどうかはわからないから、資料の範囲でもっとも合理的と考えられる表現表記を本文とすることになる。

では校本作成の作業はどう進行したのか。

まず「校合の底本としては寛永二十年版万葉集を用ゐ、これと諸本とを対校して、相違の点を記入する事」と定められた。寛永版本は「必しも善本ではない」が「江戸時代の学者も研究の基礎としたもので、諸註釈書の類にも引かれて居るから、之を底本とするのが最便利」と「本書編纂の方針」は判断している。その点について神野志隆光編『万葉集を読むための基礎百科』の「寛永版本」の解説を補っておこう。筆者は徳盛誠である。

慶長から元和の頃に古活字による訓のない万葉集版本が出版され、次いで訓を加え本文の補訂を施した附訓本が出た。やがて整版印刷が活発化、附訓本を整版化した版本二十冊が寛永二十年に刊行された。この寛永二十年版万葉集は印刷部数が多く廉価だったから広く流布し、「国学の万葉集研究はこの版本に依拠して興隆したため、その蓄積を受け継いだ近代の研究においても長く定本でありつづけた」。

校本作業の底本を寛永版本とした事情はわかった。本文が確定すると次の作業は万葉仮名の本文をどう訓読するかである。これも万葉集研究にとっての大事である。一例だけ示しておこう。

春過而夏来良之白妙能衣乾有天之香来山　　持統天皇

（万葉集巻一・国歌大観番号28）

『新古今和歌集』が「夏来良之」を「夏来にけらし」、「衣乾有」を「衣干すてふ」と読んでいるように、今日の訓読に至るまでに訓《よ》みに諸説がある。その訓読について信綱の『万葉辞典』（昭和十六年・中央公論社）は次のように解説している。

万葉集に和訓を行うた最初は、村上天皇の天暦五年に勅命によつて梨壺の五人に命じたに始まる。之を古点といふ。次に多くの学者によつて次点が行はれ、続いて鎌倉時代に仙覚によつて古点・次点に残つた歌全部に新点が加へられた。

「点」は訓読の意で、訓読が始まった天暦五年は西暦九五一年、古今和歌集に次ぐ二番目の勅撰集『後撰和歌集』編纂が始まった年でもある。仙覚によって万葉集の訓みが定まったのではない。近世に木版活字の万葉集が出版されると普及し、新たな訓読の試みも盛んになった。校本はそのためにも有効なテキストとなった。

では持統天皇の歌の本文はどう定められ、どう訓読されてきたか。『校本万葉集』（以下校本）ではその事例が列挙されている。なお、ここでのテキストは一九七九（昭和五十四）年五月刊行の岩波書店『校本万葉集第三刷新増補版』である。

天良御製歌

春過而《(い)ハルスキテ》夏来良之《(ろ)ナツキニケラシ》白妙(一)能《(は)シロタヘノ》衣乾有《(に)コロモサラセリ》天之香来(二)山《(ほ)アマノカクヤマ》

本文（一）妙。古、偏ハ蝕シテ存セズ。（二）来。元「未」。右ニ朱「来」アリテ、コレニ墨ノ合点ヲカケタリ。

三句目「白妙」の「妙」は「古」の「古葉略類聚鈔」では女偏が虫喰いで欠けており、「香来山」の「来」を「元」の元暦校本は「未」と示し、その右に「来」と朱で修正があり、墨で「来」に確定していることを示している。その他はなく、本文の確定には問題のない歌だとわかる。なお本文の諸説として「代精」（契沖『万葉代匠記』精撰本）は「天良御製歌」の「天良」を「良ハ『皇』ノ誤」としている。つまり「天皇御製歌」が正しいとしている。

では訓読はどうか。底本の寛永二十年版万葉集は「ハルスキテナツキニケラシシロタヘノコロモサラセリアマノカクヤマ」と訓読していることになる。その上で諸本はどう訓《よ》んでいるか。ここでは異訓の多い二句の（ろ）「夏来良之」、四句の（に）「衣乾有」を見ておくことにしたい。

（ろ）ナツキニケラシ。元、類、「なつそきぬらし」。元、「そ」ノ右ニ朱「カ」「きぬらし」ノ右ニ朱「或本キニケラシ」アリ。類、「きぬらし」ノ右ニ墨「或本キニケラシ」アリ。文、「ナツ」「シ」ナシ。神、「来良之」ノ左ニ朱「キヌラシ」アリ。細、漢字ノ左ニ「ナツソキヌラシィ」アリ。「イ」ハ朱。京、漢字ノ左ニ赭「ナツソキヌラシ」アリ。

（に）コロモサラセリ。元、「ころもかはかる」。「かはかる」ノ右ニ朱「或本ホシタリ」アリ。ソノ「リ」ノ右ニ赭「ル」アリ。類、「ころもかはかぬ」。「かはかぬ」ノ右ニ墨「或本ホシナ」アリ。冷、「コロモカハカヌ」。「カハカヌ」ノ右ニ「サラセリル」アリ。古、「コロモホシタリ」。神、「コロモホシタル」。細、「コロモホステフ」。「乾有」ノ左ニ「サラセルィ」アリ。「イ」ハ朱。温、矢、「乾有」ノ左ニ「ホシタル」アリ。西、文、「乾有」ノ左ニ「ホシタリ」アリ。文、「コロモ」ナシ。

かいつまんで確認しておこう。

○「**夏来良之**」。底本の「**ナツキニケラシ**」には次のように異なる訓みがある。

・「元暦校本」は「**なつそきぬらし**」と訓み、「そ」の右に朱「カ」、「きぬらし」の右に朱「**或本キニケラシ**」を記している。

・「類聚古集」も「**なつそきぬらし**」と訓み、「きぬらし」の右に墨「**或本キニケラシ**」を記している。

・「神田本」は底本と同じ「**ナツキニケラシ**」と訓んだ上で「来良之」の左に朱「キヌラシ」があり、これは別の本に「キヌラシ」があることを示している。

・「細井本」も「**ナツキニケラシ**」と訓み、漢字の左に「**ナツソキヌラシィ**」と小さく「イ」を添えて、「ナツソキヌラシ」と訓む異本があると示している。

・「京都大学本」は「**ナツソキヌラシ**」。

以上のように、校本は「夏来良之」の訓読に「ナツキニケラシ」「ナツソキヌラシ」があったことを教えている。

なおこのテキスト刊行以後に発見された「広瀬本」があり、そこでも「**ナツキニケラシ**」だが、「ニケ」を朱で消して右に朱で「タル」。「**ナツキタルラシ**」と修正している。

朝日新聞平成五年十二月二十六日紙面に「万葉集『幻の定家本』全20巻の写し発見／原本の解明に光」と見出しが躍っている。それが広瀬本である。関西大学元学長広瀬捨三が十四、五年前に大阪市内の古書市で購入、所蔵していたものを関西大学の木下正俊教授らが調査、「広瀬本万葉集」と名付けた。『校本万葉集新増補版』十七冊から十五年、「われわれは再び右の新増補版の追補のことに従事した。今回の校合の主たる対象は、非仙覚本にあって特異な位置を占める冷泉本系に属する全本で、調査の結果藤原定家ゆかりの転写本であることが判明した広瀬本万葉集である」。平成六年十二月発行の新増補版別冊三（岩波書店）はこう説明している。明治四十五年、一九一二年に信綱の着手から始まった校本作業は増補を重ね、八十年経った平成に入ってもなお続けられているわけである。

○「**衣乾有**」。底本の「**コロモサラセリ**」はどうか。

・「元暦校本」は「**ころもかはかる**」。「かはかる」の右に朱「**或本ホシタリ**」と添えている。

・「類聚古集」は「**ころもかはかぬ**」と訓み、「かはかぬ」の右に墨で「**或本ホシナ**」と添えている。「類聚古集」の画像を見ると「ホシナ」は「ホシテ」の可能性も感じるが、専門家も首をひねっている。

・「伝冷泉為頼筆本」は「**コロモカハカヌ**」だが、「**或本コロモサラセリル**」と添えている。これは「サラセリ」と「サラセル」の二つの訓みが示されているのだろう。

・「古葉略類聚鈔」は「**コロモホシタリ**」。

・「神田本」は「**コロモホシタル**」。

・「細井本」は「**コロモホステフ**」。「**サラセルィ**」を添えている。

・「温故堂本」と「大矢本」は「**ホシタル**」。

・「西本願寺本」と「金沢文庫本」は「**ホシタリ**」だが、金沢文庫本は「衣」に「コロモ」の訓みがない。

・「広瀬本」は「**コロモカハカス**」の右に「サラセリ」、「サラセリ」を消して「ホシタリ」。

広瀬本を加えた校本は「衣乾有」の訓読に「コロモサラセリ」「コロモホシタリ」「コロモホシタル」「コロモホステフ」などがあることを示している。

このように諸本の訓みを示した上で、校本は「諸説」を紹介している。

諸説

○夏来良之、ナツキニケラシ。代初、書入、「ナツハキヌラシ」。代精、「来」ノ下ニ「計」脱カ。又ハ「夏来良之」ノマヽニテ「ナツキタルラシ」カ。

○衣乾有、コロモサラセリ。代初、「コロモサラセリ」又ハ「コロモホシタリ」トス。僻、「コロモカハカス」「コロモホステフ」ヲ否トシ、「コロモサラセリ」「コロモホシタル」トス。

○天之香来山、アマノカクヤマ。考、「アメノカクヤマ」。

「代初」は契沖の『万葉代匠記』、「代精」はその精撰本、「僻」は荷田春満『万葉集僻案抄』、「考」は賀茂真淵『万葉考』のことである。

契沖は「来」の下に「計」がないと「キニケラシ」と訓むのは難しく、脱字を疑いながらそのままに「ナツキタルラシ」と訓むべきかと留保している。「衣乾有」に契沖は「コロモサラセリ」と「コロモホシタル」の両方の可能性を見ており、春満は「コロモホシタル」と訓んでいる。また、「天之香来山」を真淵が「アメノカクヤマ」と訓んだことがわかる。

持統天皇の一首にこれだけの調査をして校合する。しかもこうしたデータを万葉集全二十巻の四千五百十六首（国歌大観の歌番号による）に加える。途方もない作業である。定本万葉集を、そのために校本を、という研究者佐佐木信綱の使命感が強く印象づけられる。

校本の「諸説」及び「古書に引用せられた万葉集」を踏まえて整理しておこう。

持統天皇の歌を『新古今和歌集』や藤原定家『小倉百人一首』は「春過ぎて夏来《き》にけらし白妙の衣《ころも》干すてふ天《あま》の香具《かぐ》山」と訓読し、鎌倉時代中期の仙覚も「ナツキニケラシ」を採用、諸伝本でも踏襲された。また仙覚本である『西本願寺本』は「ホシタリ」。時代は下って、江戸初期の契沖『万葉代匠記』は「サラスハキタルラシトモヤヨムヘカラム」（読むのがよいだろう）とも「乾有ヲハ、サラセリトモ、ホシタリトモ読来レリ。同シコトナリ」と「ホシタリ」の可能性を示した。江戸中期の荷田春満『万葉集僻案抄』は「なつきたるらし」「ほしたる」と訓み、春満に学んだ賀茂真淵『万葉考』は「ナツキタルラシ」「コロモホシタル」とし「夏の来たるらし、衣をほしたりと見ますまに〳〵のたまへる御哥也」と説いている。真淵に学んだ橘千蔭『万葉集略解』は「なつきたるらし」「ころもほしたり」となった。

万葉学者の品田悦一氏からは次の教示も受けた。

「コロモサラセリ」は契沖と春満が別々に同様の見解に到達し、春満の門弟だった真淵が師説に訂正を加えたと判断されるが、真淵は契沖の説に触れていた可能性もある。いずれにせよ、現在の訓みが通説化したのは真淵の『万葉考』によると見てよい。

こういう経緯を踏まえた佐々木弘綱、佐々木信綱共編『日本歌学全書』第九巻『万葉集』（明治二十四年・博文館）は次のように示している。

春《ハル》過《スギ》而《テ》夏《ナツ》来《キタル》良《ラ》之《シ》白《シロ》妙《タヘ》能《ノ》衣《コロモ》乾《ホシ》有《タリ》天《アメ》之《ノ》香《カ》来《グ》山《ヤマ》

真淵の訓みを踏まえた形であり、今日流布している訓みでもある。『日本歌学全書』を品田悦一

『万葉集の発明』は次のように評価している。

この歌学全書版『万葉集』は、⑧（三枝注・橘千蔭『万葉集略解』）と並ぶ最初の金属活字版『万葉集』であって、あらゆる意味で画期的なテキストだった。明治期を通じもっとも売れた『万葉集』は間違いなくこの本だったし、（略）昭和初期に岩波文庫版『新訓万葉集』二冊（佐佐木信綱校訂、一九二七年）や澤瀉久孝と佐伯梅友の共著『新校万葉集』一冊（一九三六年、楽浪書院）が現れるまで、実に四十年近くにわたって『万葉集』の標準的テキストでありつづけた。標準的テキストから定本へ、そのためにまず校本へ。こうした構想のもとで信綱の作業は進められたことがわかる。

なお、『校本万葉集』は刊行後も新たな資料を追加して増補・新増補・新増補追補・別冊広瀬本万葉集と増補を重ねた。最初に示したようにここでは昭和五十四年五月発行の岩波書店「第三刷新増補版」に拠っている。

主題から離れることになるが、『新古今和歌集』が、そして藤原定家の「小倉百人一首」がなぜ「衣ほすてふ」と読んだのか。窪田空穂『完本新古今和歌集評釈』が説くところを見ておきたい。

新古今集の訓みの最もきわだった相異は、四句の「衣ほすてふ」であって、これは直接に眼に見ての感ではなく、間接に耳に聞かれた事柄である。（略）この訓みは平安期に入ってのものであるが、こうした訓みが成り立ったのは、原文が訓みがたかったというだけではなく、その時代に好まれていた歌風に引かれて、迎えて訓もうとしたからと思われる。（略）感動をありのままに直写するのは、歌として強きに過ぎることで、ある程度の婉曲さがあるべきだとしたことなどが、この訓みを成り立たせた有力な一原因で、すなわち時代の好尚が生み出したものだったと思われる。

読みが確定していない作品と向き合うときには、おのずから時代の美意識、感受性が作用する。示唆の多い指摘だと思う。改めて百人一首版を読むと意味は同じでも「来《き》にけらし」は「来たるらし」よりも調べが柔らかく、「衣《ころも》干すてふ」も実景に伝承を含ませて「来たるらし」とは別の味わいとなる。二句切れ四句切れではなく二句切れもこなれた流れとなって、なるほど定家らしい訓読と思わせる。一人の実作者の感じだけで言えば、定家の訓みの方により惹かれる私がいる。

本文の訓読はより新しい時代のものが優れているとは限らない例を佐佐木幸綱『万葉集東歌』が紹介していて、興味深い。

　　むろがやのつるのつつみのなりぬがに児《こ》ろは言へどもいまだ寝なくに

巻十四・三五四三のこの歌の「つるのつつみ」をどう読んだか。仙覚は「つるつるすべる堤の道」と考えた。契沖は『万葉代匠記』初稿では「甲斐国の都留郡」としながら、精撰本代匠記ではそれを否定、「室茅の列の堤」とした。のちの賀茂真淵『万葉考』がツルは「陸奥の地名なり」と説き、橘千蔭『万葉集略解』がこの説を受け、江戸末期の鹿持雅澄『万葉集古義』が代匠記初稿本の「甲斐国都留郡」説を復活させ、「現代の理解とほぼ同じところに至りついた」。幸綱はそう解説している。興味深い変転である。

『校本万葉集』について指摘しておくべきもう一点がある。

万葉集は全部真名書きだから一字一音の相違が一首の生命を左右することもある。だからまず万葉の校本を作成し、次の定本を作ることによって万葉集の正しい姿を示したい。かねてからこう考えていた信綱は「仙覚本ながら古鈔本の完本なる西本願寺本等が現はれもしたので、校訂に着手したい」と森鷗外に相談した。鷗外が文部省の文芸委員会に意向を伝え、「万葉集の校本・定本をつくることは、立派な事業」と数ヶ月後に鷗外経由で好意的な反応が返ってきた。そして「明治四十五年七月の初め」に文部省から嘱託の命を受けた。『ある老歌人の思ひ出』はそう記している。『校本万葉集』はまず国家の事業としてスタートしたわけである。

一歌人の願望はなぜ国家の事業となったか。そこに明治という時代の国家意志が働いている。その国家意志とはなにか。品田悦一『万葉集の発明』に立ち止まりたい。

「万葉集」は、広く読まれたために〝日本人の心のふるさと〟となったのではない。逆に、あらかじめ国民歌集としての地位を授かったからこそ、その結果として、比較的多くの読者を獲得することになった。 十五頁

万葉国民歌集観の成立時期は一八九〇（明治二三）年前後の十数年間に求められる。『万葉集』はこのとき、古代の国民の声をくまなく汲み上げた歌集として見出され、国民の古典の最高峰に押し上げられた。 十五頁

維新以来の二十年の過程は、学校や工場や軍隊によって国家の成員を近代化したものの、彼らに国民としての意識を共有させることには十分成功していなかった。この状態では国家の独立を維持することは難しいし、まして東亜に覇を唱えることなどとうてい不可能であった。今や国民

を創り出さなければならぬ。そのためにも人々に国民としての自覚を喚起しなければならぬ。こうして、日本人を日本人たらしめている根拠がさまざまな角度から探求・称揚され、もろもろの文化的「伝統」が国を挙げて喧伝されることになった。

　何よりも「必要」なのは国民の樹立だった。この必要を満たすために、一方では国民の詩歌の新たな創出が目指され、一方では過去の国民の詩歌の結集が図られた。（略）万葉以来の和歌は、もともと「国詩」として存在していたのではなく、詩歌《ポエトリー》として読み換えられた上に国民《ネーション》の財産として追認された結果、過去の「国詩」と見なされることになった。

六十二頁

七十一頁

江戸時代までこの国に国民はいなかった。いたのは今も私たちの意識の底に残っている藩単位の国衆、つまり藩民だった。それを国民に束ね直すための文化として万葉集が活用された。そのときに〈天皇から庶民まで〉という国民歌集万葉集も「発明」された。品田はこう説いているわけである。明快で大切な指摘である。

藩民から国民へ。佐佐木信綱という歌人・研究者の強い使命感には、この変化が強く作用している。その点は折々に確認してゆきたい。

一点補足しておくことがある。『校本万葉集』には明治の時代意志の体現という要請が反映している。その点は揺るがないが、信綱の意志はそれを超えるものだった。信綱にはその意志の方がより大切だった。完成までの起伏がそのことを教えている。

まず委嘱を受けた文部省の文芸委員会が廃止され、事業は東大に引き継がれた。大正五年のことである。しかし資金が不足し、作業は足尾銅山などを経営する古河財閥を頼り、その「国語研究奨学資金の補助によって継続」した。国家はやすやすと方針を変えるが、研究者の万葉集への意志はそうはいかない。国家を離れ、民間の力を借りてでも続ける。ほぼ完成した校本が関東大震災で焼失したあとも信綱は挫けなかった。与謝野晶子の「源氏物語講義」は焼失し、世に出ることはなかったが、信綱は多方面へ働きかけて完成に漕ぎつけた。そこにはもう国家はいない。信綱の研究者としての強い使命感がそれを可能にした。そこは見ておく必要がある。

こうした事態は国家と個人の間に不可避的に起こる問題でもある。思い出すのは満蒙開拓民である。二十町歩の地主になれる王道楽土。こう宣伝されて渡った開拓民は二十七万人といわれる。しかし戦争末期には男は召集され、老人と女性と子供は満蒙の曠野に置き去りにされた。関東軍と南満州鉄道の関係者には一人の残留婦人・残留孤児もいないと言われ、国家が個人を見捨てる典型例の一つである。満蒙問題と『校本万葉集』の問題はあまりにも違うが、国家と個人の相克の形は遠く響き合っている。

国は容易に転身するが、個人の夢は転身できない。『校本万葉集』完成までの信綱の経緯がそのことを教えている。

校本作業を続けながら、信綱はなおも資料の探索に奔走した。

・大正二年一月、西本願寺旧蔵の古写本が京都の書肆のもとにあるということを聞くと「直ちに京都に赴き、鎌倉末期書写の完本であるので、有志の士にはかり、喜び購うこととした。いわゆる『西本願寺本万葉集』である」。

・大正三年六月、「大阪に赴き『飛鳥井雅章本万葉集』を」見た。
・大正七年三月、近衛家を訪い蔵書を調べていると「意外にも、万葉に関する巻子本の断簡が出た」。
・大正八年十一月、「万葉に関する調査のため、奈良及京阪に赴いた」。
・大正十年七月、「万葉資料調査のため京阪に赴いた」。

『作歌八十二年』からだが、そこからは、よりよい校本を、そしてよりよい定本をという執念に近い研究者の姿が浮かんでくる。ここにも国家はいない。

まず校本、それから定本。そう定めた信綱の定本万葉集はどうなったか。信綱の説明だけを示しておこう。

かの校本万葉集の継続事業たる定本万葉集に就いては、武田博士との合編で、昭和十五年二月から二十三年六月へかけて、八年間に全五冊の刊行が完成した（『佐佐木信綱文集』所収「万葉六十年」）。

ここで研究者佐佐木信綱に関する最新の成果である鈴木健一『佐佐木信綱――本文の構築』（令和三年二月・岩波書店）の視点にも立ち止まりたい。

「ゲーテから、日本の国文学で世界的な文学はと問はれもしたならば、自分はためらはずに、万葉集と答へるであらう」（「万葉学の総合集成を喜ぶ」）。信綱のこの言葉を引用しながら鈴木は言う。

『万葉集』には、たしかに日本人の古い思想や感情が宿っており、根源的な力強さを訴えてくる。しかし、『古今集』をはじめとする王朝和歌は、その優美さゆえに、平安から江戸時代に至るまで長い期間にわたって日本人の美意識を律してきた。万葉的なものと古今的なものは、日本文化の両輪なのである。信綱とてそれは十分理解していたであろうが、心情的に『万葉集』に傾くところが大きかったのであろう。

信綱には『古今和歌集新釈』（大正十二年）、『新古今集選釈』（大正十二年）、『新訂山家集』（昭和三十二年）、『新訂新古今和歌集』（昭和三十四年）他、和歌全体への論考があるが、それらを視野に入れながらの信綱論としても意識しておくべき観点の一つである。

注・万葉集及び校本万葉集については品田悦一氏の細やかな助言を受け、その著書にも学んだ。氏には大きな反響を呼んだ『万葉集の発明』、斎藤茂吉短歌文学賞を受賞した『斎藤茂吉――あかあかと一本の道とほりたり』をはじめ刺激的な研究書がある。助言と著書を正しく生かせたかどうか覚束ない点が残るが、この章の主題は佐佐木信綱の万葉集研究に関する使命感にあり、その点は伝えることができたのではないかと思う。

## （四）『豊旗雲』の世界

『豊旗雲』に戻りたい。

豊旗雲。旗がなびくように空に伸びる雲。気象用語では秋の巻雲、または巻層雲。万葉集巻一の天智天皇〈渡津海《わたつみ》の豊旗雲に入日さし今夜《こよひ》の月夜《つくよ》清明《あきら》けくこそ〉が思い出される。この歌、原文の訓みに諸説あるが、ここでは岩波文庫版佐佐木信綱編『新訂新訓万葉集』第五十刷による。

入り日の神々しさにこの夜の月のめでたさを心に描く。晴の歌を大切にする信綱好みのこのおおらかな声調が「豊旗雲」という歌集名におそらく作用している。常盤木をタイトルに選んだ前歌集にも同じ意識は感じられる。その第四歌集『豊旗雲』は昭和四年一月五日発行、版元は実業之日本社である。歌集に序歌三首があることはこの章（一）で述べたが、その一首目と三首目をもう一度読んでおきたい。

五十《いそ》とせを歩みわがこしこの道の道のはるけきに心いためり
道の上に残らむ跡はありもあらずもわれ虔《つつし》みてわが道ゆかむ

「この道」は歌の道だろう。歌道を尊び、極める。それは幼い頃からの信綱の覚悟だった。その歌の道を歩み続けて五十年、わが足跡は残るか否か、それは見えないが、さらに歩み続けようと決意を新たにする。深刻な困難を乗り越えて果たした積年の課題『校本万葉集』刊行。そして明治の民である信綱にとって天皇崩御による大正時代の終焉も特別に大きな節目だった。『豊旗雲』の作品群からは、そうした時代が、そしてその日々に受けた栄誉の数々が、素顔に近い信綱が見えてくる。そこにこの歌集の特徴がある。いままでの歌集には見られない構成にその特徴が反映している。「序歌」「ゆききの巻」「山かづらの巻」「光の巻」「後序」と章立てがはっきりして一冊が読みやすいのである。『常盤木』には一連の題はあるが『思草』は題もなく歌が並んでいるだけ、『新月』もほぼ同じだった。晶子の『みだれ髪』は「臙脂紫」「はたち妻」など六つの題のもとにゆるく構成されており、啄木の『一握の砂』は「我を愛する歌」からはじまる五部構成だが、内容的にも各パートの主題が明確だから五つの章で構成された歌集と見るべきだろう。「仕事の後」から

「一握の砂」への変更など、タイトルを含めて入念に組み立てた、啄木らしい一冊といえる。『豊旗雲』は「ゆききの巻」のもとに「北海吟藻」「嶽麓吟」「大和国原と近つ淡海」などが展開され、読者には親切な歌集作りといえる。

## ①旅行詠と折々の歌

最初の「ゆききの巻」は旅行詠である。信綱には『旅と歌と』（大正十五年）があり、調査の旅が多く、歌ごころを刺激する旅も大切にして、忙しい中をよく出かけた。佐佐木幸綱はこの歌集の時期に「旅行詠が一挙に多く」なり「大半は調査、講演等仕事がらみの旅」（『佐佐木信綱』）と解説している。

①アイヌの神神深湯《かむくがだち》と焚きし火の千とせを絶えずもゆる山かも・登別温泉
②相思へど相よりがてに樽前《たるまへ》と恵庭《ゑには》は可愛《かな》し歎き息吹《いぶ》くも
③ここにして遠見はるかす十勝広野人住まぬ国のはろばろしけれ・狩勝峠
④山の上にたてりて久し吾もまた一本《いっぽん》の木の心地するかも・同
⑤常《とこ》をとめ神《かむ》富士が嶺《ね》はしら雲の真袖にのする五つの鏡
⑥この幾月万葉集につかれたる我が目に秋の湖《うみ》は光れり

①から④は「北海吟藻」、⑤は「嶽麓吟」、⑥は「大和国原と近つ淡海」から。初版『豊旗雲』では②に「恵庭にむかへる樽前も火山なり」、⑤には「五湖山に登る」と詞書があり、⑥は行程から琵琶湖である。

信綱の旅行詠は風景を大きな把握で捉えた作品に特色がある。①から④は昭和二年の北海道の旅。改造社主催の夏季大学が札幌で開催され、その講師として赴き、各地を回ったのである。①は訪れた土地への挨拶の歌だが、史的な由緒に重ねた火山への言祝ぎが挨拶を一歩厚みのあるものにしている。「千とせ」も信綱好みの数字である。②は相向き合う火の山を正面から大きく抱きとめている。③は狩勝峠から遠望する大地の広がりに迫力がある。④は上二句で山上に立ち、樹を愛でながらいつの間にか樹に同化した自分にもなっている。山上への感激を示した不思議な感触に魅力がある。⑤は大正十四年の富士山麓への旅。富士五湖を鏡と見てスケールの大きい富士山詠となった。古来の信仰の山という特徴を添え、「常《とこ》をとめ神《かむ》富士」と捉えたところにも信綱らしい味わいがある。⑥は万葉集写本などの探索の旅だろうか。「夜の気《け》こもる窓を開けば湖《うみ》青き近江あがたを走れるなりけり」を受けており、東奔西走を重ねる信綱を東の間癒やす琵琶湖の穏やかな光が印象的だ。

この巻の最初は「昭和三年は、天平元年より一千二百年に当れり。大阪朝日新聞社に、天平文化記念会の展観あり」と詞書のある一首である。大阪への旅は展覧会見学が目的だったわけだ。

いにしへの大き光をかへりみるは新《にひ》しき命うまれむがため
おん頬《ほほ》にかそかに匂ふほほゑみの畏《かしこ》かれどもしたしき御仏（中宮寺）

なぜ遠い文化を大切にするのか。学んで新しい文化を生むため、新しさへ広げるため。その姿勢が一首目には明確である。二首目は親しみながら尊ぶ気持ちで包みこむ中宮寺本尊の菩薩半跏思惟像。あのやわらかさがよく伝わってくる。

「山かづらの巻」は暮らしの折々の歌である。「心の花」大正十二年十一月号掲載の「大震劫火」は「山かづらの巻」にあるが初出時に見ているのでここでは除いておく。巻の最初が「心頭語」。心頭は心の中の意、つまり心の中の思いを述べた作品群である。その巻頭に次の二首を置いている。

国の命かけて戦ふ幾年《とせ》の雄々しく尊く悲しくありけり（世界戦争）
言挙《ことあげ》しさやぎふるまふ今にして静かに吾ら思ふべきなり（時事偶感）

一首目は大正三年（一九一四）から七年まで続いた第一次世界大戦と向き合っている。主戦場はヨーロッパだが日本は東アジアにおける地位拡大を意図して連合国の一員として参加、ドイツの根拠地である青島などを占領した。大戦の混乱に乗じて中国政府に突きつけたのが、あの悪名高い「対華二十一箇条要求」である。ただ日本政府は国民向けには今回の戦争は東亜解放のためと宣伝していた。信綱は日清戦争のときから軍歌を作詞、国の動向に強い関心を持っていたが、一首目は一歩距離を置いて戦争を見つめている。国の存亡を賭ける戦いの雄々しさ、尊さ。しかしおびただしい死者がでる悲惨も避けることはできない。そうした単純でない心が「悲しくありけり」である。二首目は非常時に乗ずる言動を戒めている。

からうじてわがものとなりし古き書《ふみ》の表紙つくろふ秋の夜のひえ
今宵はた眠り薬のいくつぶに任せはてたる命なりけり

「その折々」から。やっと手に入った古書がなにかはわからない。しかし表紙を繕う姿には古書へのしみじみとした愛おしみがこもる。この頃の信綱は睡眠薬に頼る暮らしになっていたことを二首目が教え、手立てのない嘆きが「任せはてたる」にこもっている。

いてふ落葉ふみのよろしさ教室にゆくとふこともふと忘れたり

公孫樹並木わか葉あかるし二時間の講義をへてゆるらに歩む

「大学の歌」二首。講義を忘れるまでの落葉を踏むこころよさ、そして講義を終えた後の充実感と安堵感。年老いてなお生き生きと若き等と学ぶ信綱の姿が見えて、好感度の高い二首である。

「山かづらの巻」の特色の一つが「子うまご」である。うまごは孫のこと。子や孫の歌を集めた一連ということになる。これまでの信綱歌集には家族詠はあまりない。詠んでも歌集収録を見送っていた。『新月』を論じたときに清綱挽歌を除いたのを私が惜しんだことを思い出したい。プライベートよりも公的な主題重視という意識が初期信綱から一貫していたからである。それだけに「子うまご」の一連があることが興味深い。

吾子《あこ》とつぎて家やや寂し緋桃の花さける庭みつつ嫁《とつ》ぎし子を思ふ

伊吹おろし寒くしあらむ寄宿舎にはじめての冬をある子おもほゆ

わが正樹しろきまんとを地にひきて芝生にもえし草むしるなり

ふすまあけて「こんちは」といふ哲郎のしばし見ぬ間に大きうなりし

嫁ぐ子、寄宿舎生活を始める子。三男五女と子だくさんで賑やかだった信綱の家族も徐々に少なくなる。その寂しさが子を恋う気持ちを刺激し、「子を思ふ」「子おもほゆ」となる。三首目はマントを引きながら草取りをする姿が可愛く、四首目の哲郎は孫だろう。家族詠を収録するところに自分の作品領域を素直に反映した編集を心がける信綱の余裕を感じる。

この時期、信綱は木下利玄と九条武子を失い、「挽歌」一連となった。武子の死去は昭和三年二月、利玄の死去は大正十四年二月である。二人とも竹柏会を支えた有力歌人だから、信綱の悼みも深かった。

鎌倉の谷戸《やと》の静処《しづど》にこもらひてただ一路《ひとみち》に歌おもひゐし
くもり空《ぞら》ゆふ山かげの道はくらし君の棺のしづかに行くも
ゐまひつつ眠れる君をうつそみの世になき人と思ふに堪へず
宿世《すくせ》よくて九品蓮台《くほんれんだい》にのぼらすもはづかしからぬ人としおもふ

前二首が「木下利玄君を悼む」、後二首が「九条武子夫人をいたみて」から。一首目は利玄の足跡を踏まえての挽歌。「思ふに堪へず」は率直だからこそ心底に響く。また、武子挽歌は大仰とも感じるが、武子の品位がよく表れて味わいがある。

「光の巻」は公《おおやけ》を意識した世界である。

ひむがしの海にかがよふ朝日の国ひかりの国のわが大君はも・奉頌明治天皇歌
秋の夜のかなしき風に日の御旗月の御旗のゆらぎつつゆく・御大葬の夜
新た代の大き正しき御代の秋足日《たるひ》今日の日天《そら》晴れにたり・奉頌大正天皇歌
新帝《にひ》にひたかしらす大やまと日高見の国に春たちにけり・奉頌昭和聖世歌
神富士は真中《み》に立たし五百重波斎垣《いがき》めぐらすうるはし日本・国寿の歌

大正時代が十四年半で終わったこともあって、こうした頌歌、挽歌が収められた。信綱が明治の誇りを強く抱いていたことがわかる作品である。日本《やまと》の象徴としての神富士《かむ》はスケールが大きく、晴れやかな歌だが、同じ富士への言祝ぎでもたとえば与謝野寛の「大地より根ざせるもののたしかさを独り信じて黙《もだ》したる富士」（『与謝野寛短歌全集』大正十二年作品「嶽影湖光」）には富士そのものの迫力はあるが国の気配はない。信綱にとって富士の尊さは日本と不可分だった。昭和の歌人には晴れ歌への意識が希薄だから富士は暮らしの中の富士で、信綱の富士からはさらに遠い。例外は佐木幸綱「恋人よ俺が弱らば告げくれよあしびきの山山ならば富士」（『直立せよ一行の詩』）だろう。

旅の歌、暮らしの折々の歌、言祝ぎの歌。『豊旗雲』は信綱の歌作領域がおのずからの形で反映し、収められた集である。そこにこの歌集の特徴がある。

② 「後序」

「後序」にも大切なことが記されている。

今茲昭和三年、今上天皇の即位礼を挙げさせたまふに当りて、万葉学の中興権律師仙覚をはじめ、富士谷成章、橘守部等、贈位の恩典にあづかりぬ。（略）わが国文学者の盛時に顕彰せらるるを喜び、天恩の枯骨に及べる忝さに、深く感泣したりき。さるに、思ひきや、うつそみの身の生ける現にも、ひとしく聖沢に潤ひまつらむとは。

大典終了後の饗宴に百人が招かれ、その中に学芸の五人、美術家の横山大観、下村観山、医学者の北島多一、そして文芸の士として坪内逍遙と信綱がいたことを報告、そのことを踏まえて次のように自身を振り返る。

わが踏み来つる道は、ただ一筋。明治の中葉以降、民間にありて、もはら歌の道に尽くしつつ。

其の間、おのづからいささかの業績のありもやしつらむ。さても擢きいでられて、この光栄をかがふれる身の畏さ、かがやかしさよ。

ここまでの信綱の業績は多々あるが、国が顕彰すべきもっとも大きな成果は『校本万葉集』の完成だろう。近代国家の文化的シンボルとしての万葉集という意識は信綱にもあっただろうが、信綱にとって万葉集の定本化は国文学者としての自身の使命であり責務だった。正岡子規、窪田空穂、斎藤茂吉、土屋文明はじめ多くの歌人が万葉集を研究し鑑賞しているが、定本づくりに道を開く信綱の仕事は他の歌人の仕事を導くものでもあった。

『豊旗雲』という歌集の命名にはこうした栄光が反映しているはずである。

参考文献

『校本万葉集』（昭和五十四年五月二十九日第三刷新増補版・岩波書店）
『校本万葉集新増補版・別冊』（平成六年十二月・岩波書店）
佐佐木信綱『万葉辞典』（昭和十六年八月・中央公論社）
神野志隆光編『万葉集を読むための基礎百科』（平成十五年五月・學燈社）
佐佐木信綱編『新訂新訓万葉集』（昭和四十六年五月第五十刷・岩波文庫）
佐々木弘綱・佐々木信綱共編『日本歌学全書』第九巻『万葉集』（明治二十四年十月・博文館）
窪田空穂『完本新古今和歌集評釈』上巻（昭和六十年十二月・東京堂出版）
長野県下伊那郡阿智村・満蒙開拓平和記念館「図録」（平成二十八年七月第三刷・満蒙開拓平和記念館）

鈴木健一『佐佐木信綱――本文の構築』（令和三年二月・岩波書店）
佐佐木幸綱『万葉集東歌』（昭和五十七年九月・東京新聞出版局）
与謝野晶子『瑠璃光』（大正十四年一月・アルス）
中村憲吉『軽雷集』（昭和六年七月・古今書院）
斎藤茂吉『遍歴』（昭和二十三年四月・岩波書店）
森朝男「佐佐木信綱博士と万葉集」（「心の花」平成十七年二月号）

# 第九章　崩壊からの出発――震災後の短歌

## （一）変貌する東京

下川耿史・家庭総合研究会編『明治・大正家庭史年表』の大正十二年九月一日に次の記述がある。

関東大震災発生。浅草の12階建の凌雲閣が8階部分で真っぷたつに折れるなど、れんが建築の多くが倒壊。以後、れんが造りから鉄骨鉄筋コンクリート造りへ転換始まる。

また同『昭和・平成家庭史年表』の昭和元年十一月二十六日には「同潤会が東京・代官山に建てた文化アパートには申込みが殺到し、正午には５００人に。人気は6畳・4.5畳に4.5畳のバルコニー付きという部屋」と記されている。

東京は四割強の地域で建物が崩壊焼失したが、震源地に近い横浜の惨状はさらにひどく、吉村昭『関東大震災』は次のように記述している。

横浜市の家屋倒壊戸数は全壊九千八百、半壊一万七百三十二、計二万五百三十二戸に達し、全戸数九万八千九百戸の二十パーセント強に及んでいる。殊に洋館は石造または煉瓦造りなので耐震性はなく、最初の強震でひとたまりもなく崩壊してしまい、内部にいた者は逃げる余裕もなく大半が圧死した。内外人に親しまれていたグランドホテル、オリエンタルホテルも轟音とともに倒壊し、外人多数が即死した。

東京横浜壊滅。この事態を受けて時の山本権兵衛内閣はすぐに復興に取り組んだ。担当大臣は後藤新平だった。後藤は大正九年十二月から十二年四月まで東京市長だった。市長時代に大規模な東京改造を計画していたから、火急の事態に最適任と白羽の矢が立ったのだろう。震災翌日の九月二日には内務大臣兼帝都復興院総裁に就任、早速約三十億円の復興原案を作った。東京大学の授業料は大正十一年が七十五円、令和四年の学部生が七一四四倍の五十三万五千八百円だから、それを基準に計算すると今日の金額でおよそ二十一兆四千億円の巨大プロジェクトだった。しかし対立する政友会の反対もあって縮小され、最終的に四億六六四四万円となった。当時皇太子として推移を見守っていた「昭和天皇は晩年の記者会見の中で、関東大震災について、後藤の計画が実現されていれば、大戦の被害もあれほど大きくならなかっただろうと語っている」（中央公論新社「日本の近代5」北岡伸一『政党から軍部へ』）。

それでも東京は大変貌を遂げた。復興事業の柱は道路の新設と大規模な土地区画整理だった。震災後に新設された大通りの主なものは昭和通り、大正通り（靖国通り）、第一京浜、晴海通り、本郷通り、日比谷通りなど。既存の道路も拡張された。

復興建築もめざましかった。三井財閥の本拠である日本橋の三井本館は震災の二倍のものが来ても壊れない建物を計画、壮麗、品位、簡素を意図して大正十五年に着工、昭和四年に地下二階、地上七階の建物が完成した。同じ日本橋の白木屋は震災で全壊したが昭和三年に新館、六年に隣接した地上八階の西館が完成した。今日の神田駿河台のニコライ堂も復興建築だった。

住宅建設の中心となったのは関東大震災後に各地から寄せられた義援金（一千万円）をもとに設立された同潤会だった。『昭和・平成家庭史年表』によると同潤会は震災後の住宅難に対処するため木造七千戸、鉄筋コンクリートのアパート一千戸の建築を計画（のち鉄筋アパートを二千戸に増加）、大正十四年から昭和初期にかけて、青山、代官山、三田、上野、横浜の山下町、平沼町など十五カ所に二五〇一戸を建築、特に鉄筋アパートの場合、耐震・耐火性が配慮された上、ガス・電気・水道のほかに水洗トイレも備えた本格的な近代アパートだった。昭和三十六年に上京して渋谷区千駄ヶ谷に住んだ高校生の私は表参道沿いの青山アパートメントを眩しく見つめたことを覚えている。

破滅と再生、関東大震災はその後の短歌に深く作用した。まず震災の衝撃、そして復興への反応である。

震災に遭遇した信綱とその作品は前の章で触れたが、『豊旗雲』の「大震劫火」には「帝都復興」五首がある。

ものみなの今し新たに生れいでむわが東京に幸あらせたまへ

大き都よみがへりたり人間の力おもふに涙こぼるる

早速復興に取り組む不屈への感動である。その「人間の力」が東京に新しい文化と景観をもたらし、昭和五年三月には帝都復興完成式典が挙行された。この変化に呼応した企画が「短歌研究」昭和八年一月号「大東京競詠」だった。

きほひ立つ大東京の西方《せいはう》に世田谷区こそ位置を取りけれ　斎藤茂吉
近代の都会道路になり済まして新宿をいでし街道《かいだう》を見よ　同
推移とは繁栄の意かわが眼もて見し野はすべて町とぞなれる　窪田空穂
モカの土人のにほひ――中村屋喫茶部少年給仕の朱いトルコ帽の春　前田夕暮
時を刻んで迫り、／省電の音響が／終日、近代色《しよく》を流動させる。　石原純
大空を直線に切り丸の内のビルヂングにてる白き太陽　茅野雅子
そのかみの露国帝政はほろぶともニコライ堂の鐘のねはなる　柳原燁子

茂吉の一首目には「新東京」、二首目には「甲州街道」と詞書がある。夕暮の新宿中村屋が喫茶部を開設したのは昭和二年、カリーライスが評判を呼んだ。純も雅子も燁子（白蓮）も、変貌した東京を眩しく見つめている。

特集は各歌人に地域を割り当てており、信綱は向島を担当、「これやこの向島の堤長命寺舗装道路を歩みつつおもふ」など十首を寄稿している。

岡山巖『思想と感情』（昭和十一年十二月）も新しい東京風物を詠っている。昭和八年の作から二首を引用してみよう。

右岸しめて空に並み立つ幾棟の同愛記念病院に月はかくれぬ
高架線は秋葉原に来てたかだかと山手線《やまのてせん》の上をよぎりつ

前者は「隅田川」、後者は「お茶の水両国間高架電車線」から。震災への米国からの義援金の一部を充てたのが、被害が甚大だった両国に建設した同愛記念病院である。国鉄の上野東京間が高架

になったのは大正十四年、さらに総武線お茶ノ水両国間が開通したのが昭和七年、クロスする秋葉原駅は三層構造の高架駅となった。空に並ぶ病棟に月が隠れ、山手線を高々とよぎる電車。それは紛れもなく震災後の東京の新しい景観だった。そしてこうした新しい都市風景が短歌におけるモダニズムにも作用した。

卵から飛行船が飛び出しました／エツケナー博士がつまらなさうに／チヨコレートをしやぶつて居ます　川崎与志夫

オーバーを着ると僕はたちまち岩丈になります／靴の音がビルデイングの窓へ飛込んで／みんな灯になつてしまひました　同　山名徹

エッケナーがツェッペリン号で霞ヶ浦上空に現れたのは昭和四年八月、三十万人が一目見ようと殺到したという。歌としての出来はともかく、辻褄が合うのか合わないのか、わからない展開はモダニズムの一つの特徴でもあった。このように震災後の短歌が多様な展開を見せた。川崎と山名の引用は木俣修『昭和短歌史』からである。

## (二) 変貌する短歌——新興短歌へ

ここで震災後の動きを年表で追ってみたい。

大正十二年九月　関東大震災により雑誌の廃休刊多し。

大正十三年四月　北原白秋・土岐善麿・前田夕暮ら「日光」創刊。

十二月　木下利玄『一路』。文壇に新感覚派おこる。
大正十四年二月　木下利玄没。五月、西村陽吉・渡辺順三ら「芸術と自由」創刊。
大正十五年一月　「芸術と自由」参加者を中心に新短歌協会創立。
三月　島木赤彦没。
昭和二年十二月　「日光」廃刊。＊無産者短歌広がる。
昭和三年　九月　坪野哲久・前川佐美雄ら新興歌人連盟結成。
十一月　大塚金之助・渡辺順三・坪野哲久ら無産者歌人連盟結成。
昭和四年　一月　佐佐木信綱『豊旗雲』。
五月　『一九二九年版プロレタリア短歌集』。
七月　プロレタリア歌人同盟結成
十一月　斎藤茂吉・前田夕暮ら朝日新聞社機に乗り「空中競詠」を行う。
＊自由律新短歌盛んになる。
昭和五年　七月　前川佐美雄『植物祭』、九月『一九三〇年版プロレタリア短歌集』。
昭和六年　一月　前川佐美雄・木俣修・石川信夫ら「短歌作品」創刊。
＊九月満州事変起こる。＊プロレタリア短歌の「詩への解消論」おこる。

三省堂『現代短歌大事典』年表の摘録だが、ここからは大正期までの短歌の世界の土台が関東大震災をきっかけに大きく軋んで、新しい動きが広がる様相が浮かび上がる。

時代は小説と現代詩の変貌を促した。そして文壇や詩壇の動きが歌壇にも波及した。小説の新感覚派と現代詩のモダニズムに注目しておきたい。

大正十三年十月に創刊された文芸同人誌「文芸時代」の作家群、横光利一や川端康成らが新感覚派と呼ばれた。明治書院『日本現代文学大事典』は「第一次世界大戦後の未来派、立体派、表現派、ダダイズムなどヨーロッパの前衛手法に学んだ新人たちの意志表示として注目された。（略）映画・演劇・絵画などの前衛手法を生かし、既成リアリズムを破壊しようとしたところに、そのモチィフがあった」と彼らの動きを解説している。

では詩壇のモダニズムはどうか。「二〇世紀初頭から一九三〇年代にかけて見られた」「文学・芸術の新しい諸運動」。三省堂『現代詩大事典』はダダイズム、超現実主義などを指してまずこう定義した上で、日本では「近代詩が現代詩へと変貌していく一九二〇年代（大9〜昭4）が中心であり、日本のモダニズムの時代はほぼこの時期に重なる。特に詩の分野を見ると、関東大震災（一九二三）を挟むこの時期の前半期には、未来主義、ダダイズム、アナーキズム、社会主義等が渾然とした、言語や社会にかかわる変革を志向した表現が目立ち、前衛詩の時代と呼べる特色がある」と整理している。

時代が文学全体に揺さぶりをかけたことがわかる。ダダイズムは第一次世界大戦を背景としてヨーロッパで起こった価値破壊や常識の転換をコンセプトとした芸術運動だったし、シュルレアリスムは第二次世界大戦に向かう時代にフランスで始まった文学芸術運動だった。リアリズムでは間に合わない。そんな時代の声がネーミングからも伝わってくる。

戦争など時代との軋轢の中で変容する文学。関東大震災もそうした力として作用し、短歌におけるその運動の渦中に「心の花」の三人がいた。木下利玄と前川佐美雄、そして石榑茂（後の五島茂）である。

## （三）「日光」創刊

「日光」が創刊されたのは震災翌年の大正十三年四月である。震災は歌誌の経営にも大打撃を与え、歌誌合同が手探りされた。それが次第に膨らんで多くの歌人への呼びかけが行われ、「日光」となった。三省堂『現代短歌大事典』が集まった主な歌人を系譜別に示しており、「日光」の立ち位置が見えやすい。

「明星」系の北原白秋と（白秋系の）筏井嘉一、「心の花」の木下利玄、川田順、「アララギ」を離れた古泉千樫、釈迢空、石原純、原阿佐緒、休刊している「詩歌」の前田夕暮、廃刊した「生活と芸術」の土岐善麿、矢代東村などなど。にぎやかな顔ぶれである。

注意したいのは「アララギ」退会メンバーが参加している点である。白秋は「『アララギ』に対抗する為の運動かの如く誤解する向きもあつたが、無論考えもしなかつた」（「日光の思ひ出」・昭和七年改造社『短歌講座第十二巻・現代結社篇』）と回想しているが、そうは見えない。大正十三年三月二十九日から読売新聞に五回にわたって「真なるものは新らしい　雑誌『日光』と予の短歌論」を掲載、「日光を仰ぎ、／日光に親しみ、／日光に浴し、／日光のごとく遍く、／日光のごとく明るく、／日光のごとく健やかに、／日光とともに新しく、／日光とともに我等在らむ」と白秋らしいリズミカルな序詩に続いて「かくて私たち——石原純、今村沙人、土岐哀果、折口信夫（釈迢空）、川田順、吉植庄亮、前田夕暮、古泉千樫、北原白秋、木下利玄……」とメンバーを挙げている。同時に「私たちはまた歌壇に於ける小党分立の弊をあまりに多く見過ぎて来た。これが為に幾多の宗匠が生じ、癡嫉排擠が生じ、自派擁護が生ずる」とも述べて、大正歌壇をリードしてきた「アララギ」への批判が覗く。

なによりも相手の「アララギ」が「日光」を反アララギの集まりと意識していた。島木赤彦はたぶん読売新聞を読んだのだろう。同年五月号の編集後記で石原純・古泉千樫・折口信夫の三人が「日光」に加わったことを告げ、「三氏を中心としてアララギにゐた会員諸氏は、この際矢張り『日光』に行くのが本当であると思ふ。遠慮なく御決めを願ふ」と少々迫力のある退会勧告を行っている。特に古泉千樫は伊藤左千夫亡き後の「アララギ」の編集発行を担当したいわば中枢的存在だったし、石原純も左千夫門下の最古参だった。彼らの「日光」参加は、赤彦が主導する「アララギ」の小分裂でもあった。

この小分裂は大正期アララギの必然でもあった。作歌に厳しい人格主義を持ち込み、「全心の集中」を必要とする「歌の道は、決して、面白をかしく歩むべきものではありません」（『歌道小見』）と説いた赤彦のそれは、いわば「アララギ」純化主義の宣言だった。千樫たちの離脱と「日光」参加は自然の推移と映る。書き下ろしの『歌道小見』が岩波書店から出たのは赤彦が千樫たちに繋がるアララギ会員に退会勧告を行った大正十三年五月だった。

来嶋靖生『大正歌壇史私稿』は「日光」創刊を次のように見ている。

背景には時代のデモクラシー志向があり、震災後の気分一新という機運があったであろう。そして歌人たちそれぞれの中に、結社意識に囚われない自由な新しい雑誌を出そうという共通の願いがあったからであろう。そのかげには「アララギ」の隆盛と中心にある島木赤彦への批判や反感がある。

「日光」の「創刊の言葉」（筆者は石原純）の一節、「徒らに他を排する狭量を避けねばなりますまい」には、その反アララギ、反赤彦の意識が表れている。

## (四)　木下利玄

「日光」創刊号の特集は「利玄と利玄の歌」である。この選択には「日光」が志向する方向が表れている。利玄の特徴として挙げられるのは口語発想と四四調だが、文語定型を緩めるその特徴は「創刊の言葉」の次のくだりとの親和性が高い。

私たちは私たちの「日光」に於てこの短歌のあらはす美の領域を追究し、之によつて絶えず新たなる人世の真をもとめたいと思ひます。私たちは固よりすぐれた短歌の心境に達することを希ふものではありますけれども、同時にまたその内容・形式・用語に関して真摯なる研究が拓かれなければなりません。

白秋の「日光の思ひ出」によると、「日光」を主導した白秋が意図したことの一つは「真の口語の発想法を研究し、文語としての完成形式に代るべき口語の短歌型、或は短唱型をも成し遂げねばならない」だった。

もう一つ指摘しておきたいことがある。前田透『評伝前田夕暮』によると、大正十二年十一月二十三日に前田夕暮が小田原の山荘に北原白秋を訪ねて新誌創刊の打ち合わせをし、翌日白秋は夕暮に手紙を書いた。そこに「僕等の立場としては結社制度が面倒で投げ出した者だし、飽き飽きした者だからまた別のさうした結社に加はる事は逆戻り」と新雑誌として構想されていた「樹海」への疑問を呈し、「で、全然三四人の同志の白樺風のものでどしどしやるのが一番いい」と記している。動き始める発端に白秋が意識したのが「白樺」だったことが興味深い。

その「白樺」ただ一人の歌人が利玄だった。利玄は学習院校友会の「輔仁会雑誌」の仲間だった志賀直哉や武者小路実篤たちと明治四十三年に「白樺」を創刊、震災前月の大正十二年八月に終刊するまで大切な発表の場としていた。

「白樺」を『日本現代文学大事典』（筆者大津山国夫）は次のように解説している。

同人、準同人たちはそれぞれの独自性のもとに、自我主義、生命主義、人間主義、愛と美の賛仰を終生の課題としており、広義の理想主義、人道主義の名でくくることができよう。（略）全一六〇冊十四年の歴史の長さだけでなく、その内実と影響力の大きさにおいて異例の同人雑誌であった。

「白樺」は終刊となっても利玄と志賀たちの友情は続いており、「日光」創刊号の利玄特集には彼らがこぞって寄稿している。利玄特集は「日光」が歌壇外にも開かれた風通しのいい雑誌という印象を強く与える効果もあった。

「七つ八つの時からの友達」の武者小路実篤は「いつも雑記帳をもつていつて何か考へてゐると思ふと、雑記帳を出しては仮名を一字位なほして」、それを繰り返す利玄を紹介しながら、かっちりとした重さのある「絵のやうな感じのものにいゝものがある」と「牡丹花は咲き定まりて静かなりはなの占めたる位置のたしかさ」を挙げている。長与善郎は利玄の歌には雄勁さや辛辣さはないが「こまやかなる愛あり、やさしき優美あり、おつたりとしたる品位あり、しとやかにふつくらしたる温みあり」と評して「真夜中に遠方の人の鳴らす汽笛たま〳〵覚めてわがきくものか」に「淋しき深き人生味」を見ている。

「二十二年前、中学の終りに私が落第し同級に」なって以来の親友志賀直哉は、短編小説に才を発揮したのに短歌の方に進んだことを惜しみながら、利玄は「話もうまかつた」「気は長かつた。約束の時間に来る事はない」「物を忘れ」が得意だった、と親友ならではの利玄の素顔を語っている。

利玄は学習院中等科時代の明治三十一年に信綱の門下となり、毎週日曜日に四谷から俥で通った。数え年十三歳の秋である。

　月にむかひ君が残しゝ書をよみて／きえし光をしのぶ夜半かな　　木下利玄

その「心の花」初掲載作品。三十三年七月号の「佐々木弘綱翁追悼歌会」、兼題は「懐旧」である。さすが学習院中等科生、題詠の基本をわきまえた作品である。信綱門下には男女ともに人材が多いが、三人に絞れば川田順、利玄、そして前川佐美雄ということになるだろう。

信綱『明治大正昭和の人々』は利玄入門の経緯を次のように語っている。

ある日小川町の自宅に「中年の篤実さうな人」がきて歌についてこまやかに問い、数日後に「学習院の制服を着た幼い人を」連れてきて「私の若い主人が歌を習ひたい」と弁解した。その若者が利玄だった。「初めての日に、君が、歌壇の名門ともいふべき木下長嘯子にちなみあること」を聞き、「歌の道にひたすら精進せられるやうにと激励した」。志賀直哉が惜しんだように散文を離れ、信綱の激励通りに歌の道を歩み続け、「心の花」をも支え続けたわけである。「大正十四年には、君もまた世を去られることになつた。それは、わが同人にとつてまことに嘆くべき極みであつた」と信綱はその死を惜しんでいる。

街《まち》をゆき子供の傍《そば》を通る時蜜柑の香《か》せり冬がまたくる　『紅玉』
たふれんたふれんとする波の丈《たけ》をひた押しに押して来る力はも　同
大きな子供遊びて居たれ小さな子供歩《あゆ》むわすれてほと〱見惚《みと》るゝ　『一路』
着脹れて歩かされゐし女の児ぱたんと倒れその儘泣くも　同
牡丹花《ぼたんくわ》は咲き定《さだ》まりて静かなりはなの占《し》めたる位置《ゐち》のたしかさ　同
曼珠沙華《まんじゆしやげ》一《ひと》むら燃えて秋陽《あきび》つよしそこ過ぎてゐるしづかなる径《みち》　『みかんの木』
舂《うすづ》ける彼岸秋陽《ひがんあきび》に狐ばな赤々そまれりここはどこのみち　同

利玄は明治四十四年に結婚、翌年生まれた長男を生後五日目に、大正三年に生まれた次男も翌年失った。大正六年に生まれた長女も半年後に他界と切ない体験を重ねた。無垢な子供の動きを見守る歌が利玄の世界の一つの特徴だが、背後には幼いまま逝った我が子の姿やしぐさが重なっている。
定型を緩めて口語も活用、幼子の温かくユーモラスな描写。これも利玄ならではの実相観入だろうが、鍛錬道とはほど遠い世界でもある。最後の二首の初出は「日光」大正十四年一月号である。

大正十一年には肺結核にかかり、病を抱えながらも作品世界を広げた利玄は大正十四年二月十五日に他界した。曼珠沙華一連は最後の渾身だった。

「心の花」は早速四月号を「木下利玄追悼号」とした。岸田劉生は「殿様らしい上品な人であつたが、又一面に中々洒脱なところがあつて」、「他人の物真似が真に迫る程上手」だったと在りし日を呼び戻しながら、最後の歌集『一路』を「装幀し得た事は、そしてそれを喜んでもらへた事はせめてもと思つてゐる」と記した。劉生が『一路』を最後の歌集としているのは、『みかんの木』は没後の大正十四年十二月刊行の歌文集『李青集』の一部として収められた、いわば遺歌集だからである。

信綱は二月十九日の夜、「純真な態度でひたふるに和歌の一路を歩みつげけ《ママ》てをる人が、現時何人あるであらうかと考へる時、木下君の死は、大正の歌壇にとつて実に惜しむべく悲しむべきことである」と始め、出会いの時などを思い出しながら七首を書き添えた（「木下君のことども」）。

　門の辺の梅はもさけり澄み心深くまもらひうたひし人なし
　名越の谷戸のおくがに魂《たま》ごもり歌おもふらしも目には見えなく

武者小路実篤、志賀直哉など白樺派のメンバーに善麿など、「日光」の充実した利玄特集は利玄の存在が大きく印象づけられるきっかけともなった。その「日光」は口語短歌、短唱、折口の研究「日本文学の発生」など自由な広がりが内容の面からも「アララギ」の対極と見られた。しかしオールスター体制だっただけに船頭が多くて持続が難しく、昭和二年に廃刊となった。

参考文献

下川耿史・家庭総合研究会編『明治・大正家庭史年表』（平成十二年三月・河出書房新社）、同『昭和・平成家庭史年表』（平成十三年四月・河出書房新社）
北岡伸一『「日本の近代5」政党から軍部へ――1924～1941』（平成十一年九月・中央公論新社）
「短歌研究」昭和八年一月号「大東京競詠」
岡山巌『思想と感情』（昭和十一年十二月・歌と観照社）
木俣修『昭和短歌史』（昭和三十九年十月・明治書院）
篠弘・馬場あき子・佐佐木幸綱監修『現代短歌大事典』（普及版・平成十六年七月・三省堂）
三好行雄等編『日本現代文学大事典』（平成六年六月・明治書院）
安藤元雄・大岡信・中村稔監修『現代詩大事典』（平成二十年二月・三省堂）
『短歌講座第十二巻・現代結社篇』（昭和七年九月・改造社）
読売新聞大正十三年（一九二四）三月二十九日
「アララギ」大正十三年五月号
「日光」大正十三年四月創刊号
前田透『評伝前田夕暮』（昭和五十四年五月・桜楓社）
『木下利玄全集・歌集篇』（昭和五十二年九月・臨川書店）
「心の花」大正十四年四月号「木下利玄追悼号」

# 第三部　昭和

# 第十章　ひろく、深く、おのがじしに——歌に対する予の信念

## (一)モダニズム短歌とプロレタリア短歌

昭和の短歌はどのような風景を描きながらはじまったか。木俣修『昭和短歌史』は次のように図式化している。

昭和初頭の歌壇情勢はまさに三派鼎立というような形を示現するのである。すなわち既成歌人(『アララギ』を主導力とする既成の写実的な立場をとるもの文語定型守持)と、それらに挑み、その勢力を打破しようとするものとして発足した口語歌運動から出たプロレタリア歌人とモダニズム歌人の三派の鼎立という形において昭和歌壇は出発するのであると認めることができるのである。

これは小説の〈既成文学・プロレタリア文学・新感覚派などのモダニズム〉に倣った区分けだが、短歌においても同じ構図を指摘することは可能だった。ただし鼎立は勢力拮抗を意味するのではない。圧倒的勢力として既成の伝統派は歌壇の中心にいた。既成短歌の打破の意識ではプロレタリア短歌とモダニズム短歌は共通しているから、一度は統一戦線を組み昭和三年九月に新興歌人連盟を結成、十月に第一回大会を開催したが、運動方針を巡って十一月に分裂、十二月に解散した。

塚本邦雄「零《ゼロ》の遺産」の一節を思い出したい。

当時先鋭分子と目された青年歌人らの、ものものしい蒼白の決意を秘めた面持を思い浮べる時、その軒昂たる十五人の青年が衝動的に相集り手を握り合った「昭和三年十月」、その木犀匂う一ヶ月にのみ、戦前短歌における前衛はわずかに胎胚し、直ちに死滅したことに気がつくのだ。

（「短歌研究」昭和三十二年三月号）

その十五人は大熊信行、大塚金之助、筏井嘉一、渡辺順三、坪野哲久など、そして「心の花」の前川佐美雄と石榑茂である。

モダニズム短歌とプロレタリア短歌はどう違うのか。既成の価値と従来の伝統短歌の否定では共通するが、表現の芸術性を重視するのがモダニズム短歌、プロレタリアという階級意識を重視するのがプロレタリア短歌と分けることができる。単純化すれば文学か政治か、そこで分かれた。モダニズム短歌は「日光」の反アララギの運動、小説の新感覚派、絵画や詩のシュルレアリスム等、大正末期からの新しい潮流の磁力を母胎にして生まれた。

## （二）前川佐美雄

大正末に世を去った木下利玄と入れ違うように歌壇に登場したのが前川佐美雄である。佐美雄は大正十年三月に「心の花」入会、四月号「報告」欄に「去月入会せられたるは左の諸氏に候」と列挙された新会員の中に「大和　前川佐美雄君」とある。

沈丁の匂へる椽のあたゝかく頭いたみて恋悶えける

その「心の花」初登場の大正十年四月号三首の一首目。上の句は春の暖かさだが下の句は意表を突くように飛躍、青春のヒリヒリを思わせて、のちの佐美雄の片鱗が窺える一首である。「心の花」という活動拠点を得た佐美雄は精力的に歌作、六月号六首、八月号九月号十一月号は同人作品巻頭格の八首と早くも頭角を現し、十二月号からは石榑千亦らと並んだ巻頭作品欄の歌人である。

この日頃絵を描ぐことも懶くて青磁のかめの冷たさを恋ふ　（八月号）

妹が化粧の鏡すみとほり葉鶏頭うつる夏の朝かも　（九月号）

この心悲しきものぞ罅入れる窓の硝子に紙張りておく　（十二月号）

青磁のかめの冷たさ、澄み透る鏡。デリケートな感受性がこの歌人の特徴と教えている。三首目は自身の心を罅の入ったガラスに形象化し、紙で繕うという応急処置をするところに、手探りするほかない青春の危うさが表れている。

佐美雄入会時の「心の花」は全国規模の結社に成長しながらも、木下利玄や新井洸の病気もあって、中核となるメンバーの若返りが求められていた。十一年四月に東洋大学に入学、上京した佐美雄は翌月には「心の花」の精鋭が集まる「曙会」（この時代は「曙会」表記が多い）に参加している。「心の花」の世代交代の時期と佐美雄の意欲とが相乗作用として働き、早くも「心の花」の有力新人に飛躍したのである。

その後の佐美雄を「心の花」で追ってみよう。

①ほがらかに笑へり我と驚けばまた寂さが身のまはりなり　　大正十三年十月号

②干草のにほひをかげばひもじきにうら〳〵秋の日はおちゆけり　　同年十一月号
③壁にかけし鏡ひとつにほこりづく室《へや》のこゝろが落ちゐるらしも　　十五年二月号

①には自分を見つめるもう一人の自分がいる。はっと気が付いて寂しさに戻る。啄木が得意だった発想だが、『植物祭』の佐美雄の特徴でもある。②は「ひもじきに」が青春の寂寥を思わせて風景を個性的な感触にしている。③は数年後の昭和に入って顕在化するモダニズムの気配があって注目させられる。この時期の佐美雄作品は繊細な美意識に特徴があり、それは生涯を通じた特徴でもあった。

それではひとたびは両者が合体した新興歌人連盟に参加した佐美雄はその後どういう軌跡を描いたか。「心の花」作品を辿りたい。

佐美雄に明確な転機が訪れたことを示すのが昭和二年四月号「暗示」十首である。

④押入の襖をはづし畳敷かば変つた恰好の室になるとおもふ
⑤四角なる室のすみずみの暗がりをおそるるやまひ丸き室をつくれ
⑥丸き家三角の家など入り交るむちやくちやの世がいまに来るべし

昭和五年の「心の花」は六月号と七月号に佐美雄版の短歌革新論というべき「真の芸術的短歌は何か」を掲載、「今日の短歌は余りにも同一方向からのみ眺められてゐる」と批判、革新のための方法が必要だと主張する。ではそれはどんな方法か。「答へはたゞ一言である。曰く『新しい角度から見る』たゞそれだけである」と単純明快である。④はその方法を先取りした歌である。六月号には「室のすみに身をにじりよせて見てをれば住みなれし室ながら変つた眺めなり」があり、同じ

「新しい角度」がもたらした風景である。⑤は過剰な神経が世間的な風景を忌避しており、⑥はそれを世の規範の否定に拡大して常識に揺さぶりをかけ、「むちやくちやの世」を引き寄せている。

三首とも『植物祭』（昭和五年）に収録され、④は「押入風景」に、⑤⑥は「四角い室」である。後者は「なにゆゑに室《へや》は四角でならぬかときちがひのやうに室を見まわす」と始まって⑤⑥となり、『植物祭』の特色の一つを代表する世界でもある。

⑦また敵だ追《お》つ払《ぱら》へ追《お》つ払《ぱら》へといつしんに気違《きちがひ》のやうになつて今日も生きてる

⑧深夜《しんや》ふと目覚《めざ》めてみたる鏡のそこにまつさをな蛇が身をうねりをる

⑨東京のをんなよ君らの銀座街をいま女工らはうたひながら行く

⑩からからと深夜にわれはわらひたりたしかにわれはまだ生きてゐる

⑪突発した大罷業の知らせがつたはつて今宵の演説会は沸きあがる騒ぎ

⑫会場にはいりきれず街頭にあふれてる群衆ははげしくうたふあり

昭和三年作品、⑦は四月号、⑧は五月号、⑨以下は十二月号から。⑦⑧⑩は『植物祭』に、⑨は昭和四年の『プロレタリア短歌集』に収録され、⑪⑫もはっきりとプロレタリア短歌である。

こうして「心の花」作品を追ってゆくと、佐美雄の初期の軌跡は次のように整理することができる。

伝統短歌→モダニズム短歌→モダニズム短歌＋プロレタリア短歌→モダニズム短歌（＝『植物祭』）。

同じ「心の花」の石榑茂は「短歌雑誌」昭和三年二月号から十二月号まで「短歌革命の進展」を

連載、その「はしがき」で「社会不安の空気は、すでに一般芸術界をひたして吾々の従来拠り来たつた現実観そのものの根本的変革を要求している」と短歌革命の必要を強く主張して注目された。佐美雄は歌を作り始めてすぐに「心の花」に入会した頃を振り返って、「そのころ私が一番信頼していたのは石榑茂氏（今の五島茂）であつた」（「短歌研究」昭和三十四年八月号「青春歌集・春の日以前」後記）と述べており、佐美雄のプロレタリア志向も石榑に刺激された可能性が高い。

こうした佐美雄の初期について、「日本歌人」平成三年七月の「前川佐美雄追悼号」で五島茂は「プロレタリア短歌からカメレオンのすばやさで芸術派にもどった」と振り返っている。プロレタリア短歌に先行して芸術派だったことを示して、軌跡としては正しい把握である。「カメレオンのすばやさで」には変わり身の速さへの皮肉も混じるが、「カメレオン」は佐美雄を中心とした同人誌の誌名でもあり、その誌名にも重ねている。昭和六年に佐美雄が石川信雄、斎藤史らと「短歌作品」を創刊、二年後の八年の奈良帰郷後に改題したのが「カメレオン」だった。その「カメレオン」の同人を率いて「日本歌人」を創刊したのはさらにその翌九年六月である。

『植物祭』を二首に代表させておこう。

　丸き家三角の家などの入りまじるむちやくちやの世が今に来るべし
　ひじやうなる白痴の僕は自転車屋にかうもり傘を修繕にやる
　　　　　　　　前川佐美雄『植物祭』（昭和五年刊・素人社書屋）

前者は世の中の画一性へのいらだちをあらわして、既成の価値に揺さぶりをかけている。後者の傘は傘屋に出さなければ修繕してもらえない。その自明を僕はやらない。世間的な常識を否定するためだ。だから白痴になる。そこには旧来の芸術は劇的に変える必要があるという意識がある。白痴は時代の有力なキーワードであって、昭和四年に出た中原中也や大岡昇平たちの同人誌が「白痴群」だった。

こうした既成の短歌を激しく揺さぶる試みを信綱は大きく見守り、三行書きなど多行表記の試みにもためらうことなく誌面を提供した。佐美雄作品は「心の花」内部に動揺も与えたが、「おのがじしに」を信念とする信綱に迷いはなかった。大正末期に小分裂を起こした「アララギ」、そのリーダー島木赤彦の鍛錬道との違いが改めて思われる。付け加えておくと、新興短歌二派は口語自由律志向だった。佐美雄も自由律にスタンスを広げたが『植物祭』では定型に戻った。佐美雄が定型重視のモダニズムという少数派の道を選んだのは、土壌としての「心の花」が磁力として働いたからである。

## (三) 歌に対する予の信念

昭和六年、信綱は大切な見解を述べている。「心の花」八月号巻頭の「歌に対する予の信念」である。

自分が竹柏会を興した明治中期の頃の歌は、題材きはめて狭く、内容も浅く、かつ限られたものであつた。それを改革する意味で、自分は、「ひろく、深く、おのがじしに」といふことを標語にしたのである。この言葉は、もとその時代の必要に応じていつたのであるが、今もなほこれを歌に対する標語といひ得ると思ふ。（略・改行）「おのがじしに」とは、個性の動くまゝにといふほどの意である。必ずしも一つの主義主張で拘束し、統一しようとするのではなく、作者各その得る所に従つて深く進むべきであると思ふ。

まずこのように自身が掲げた「おのがじしに」の意義を説いている。これは信綱が繰り返している主張でもある。「心の花」前年一月号巻頭の「昭和第五の春を迎へて」でも、「明治二十七八年以降、わが国民の国家的自覚と共に新しい歌風が勃興した時、落合氏、与謝野氏、正岡氏等、おの〳〵独自の立場から、新風を唱道せられた。予は当時から同人を指導してをつて、常にそれらの人々に、『ひろく、深く、おのがじしに』といふことを、標語として説き来つた。それは、当時の旧歌風に対して、題材は広く、内容は深く、おのがじしの個性と生活環境とを現はすことを意味する。しかもこの考は、今日の歌壇に対してもなほ持つてゐる」と同じ主張を説いていた。

なぜ信綱は二年続けて自分と「心の花」の短歌的立場を説いたのだろうか。一つは大正末期から新しい動きが広がって、短歌が大きく揺れていたからである。定型律に対する自由律、文語に対して口語、従来からの近代短歌に対してプロレタリア短歌とモダニズム短歌。このように昭和初期は短歌の基本が軋み始めた時代だった。特に「心の花」には新しい短歌の果敢な担い手である石榑茂や前川佐美雄がおり、彼らが誌面を存分に使うことを認めていて、会員たちに戸惑いも生まれていた。だから信綱は次のように念押しをする。

自分は現在及び将来の歌壇に向つても、等しく「おのがじしに」といひたいと思ふ。口語歌、定型を破る歌、新しい思想的短歌、新芸術派短歌など、それぞれに存在してよいのである。作者は素質と環境との違ひによつて、さまざまな個性を持つてゐる。それを拘束して強ひて一様にすることは出来ないし、又さうすることによつて、個性は没却され、真の詩心の芽は枯らされてしまふ。自分はあくまで「おのがじしに」といふことを信ずる。

対照的な主張として思い出すのは北原白秋「短歌と信念」である。改造社の「短歌研究」昭和七年十月創刊号の巻頭評論には斎藤茂吉、北原白秋、太田水穂、尾上柴舟と並んだその「短歌と信念」で白秋は言う。

短歌は短歌である。かの自由律短歌なるものは本質、形態、遂に如何に塗色しようとも短歌以外の、全然別種のものである。詩といふべくは自由詩の短小なるべきものである。而も自由詩人たる私らの見るところを以てすれば、あまりに自由律に迂遠である。その拙劣の度は嘗ての定型短歌に粗雑であつたそれ自身の変貌に過ぎない。

定型詩人であり、同時に自由詩の詩人であり、唱歌童謡にも実績を積んできた白秋ならではの自由律短歌否定である。だから白秋は自負を込めて、言い渡す。「自由を叫びつつ自由律に無識なる者」は「去るべきである」と。白秋のこの危機感が昭和十年の「多磨」創刊につながってゆく。

当時の論壇をリードしていた改造社がこの時期に「短歌研究」を創刊したのは、短歌のこうした混沌とした趨勢と無縁ではない。

信綱が「歌に対する予の信念」を著したもう一つの理由は、その改造社の総合雑誌「改造」が大正十五年七月号で特集「短歌は滅亡せざるか」を組んだからと私は見る。「改造」の問いに答えたのは斎藤茂吉、佐藤春夫、釈迢空、芥川龍之介、古泉千樫、北原白秋の六人である。龍之介の「又一説？」は「改造社の古木鐵太郎君の言ふには、『短歌は将来の文芸からとり残されるかどうか？』に就き、僕にも何か言へとのことである」と始めているから、六人には同じ問いが投げかけられたのだろう。龍之介は「明治大正の間のやうに偉い歌よみが沢山ゐれば、とり残したくもとり残されぬであらう」、つまり才能次第と躱すように答えている。茂吉、千樫、白秋は滅亡しないと応じてはいるが、茂吉の「気運と多力者《たりきしや》と」は「『魄力』が歌人の心に充満してゐる限りは、短歌は滅亡しない」といいながらも、「芸術本来の面目は、『多力者』の出現奈何によつて極まるのであつて、これは動かすことは出来まい」とも述べて、結論自体は龍之介と近い。

滅亡を肯定するのは佐藤春夫と迢空である。春夫は「この形式はただ万葉集にだけ生きてゐる。換言すれば万葉集以後すでに疾つくに死んでゐる、滅びてゐると言ふことさへ出来ると思ふ」と端的である。迢空の「歌の円寂する時」は歌の歴史を辿りながらの詳細な論だが、結論は春夫に近い。

その理由を迢空は三つ挙げる。一つ、「歌の享けた命数に限りがあること」、二つ、歌よみが「人間の出来て居な過ぎる点」、三つ、「真の意味の批評が一向出て来ないこと」である。その上で迢空は次のように述べる。

> 古典なるが故に、稍《やや》変造せねば、新時代の生活はとり容れ難く、宿命的に纏綿してゐる抒情の匂ひの為に、叙事詩となることが出来ない。これでは短歌の寿命も知れて居る。

叙事詩になれない短歌、「理論を含む事が出来ない」短歌、「口語歌の進むべき道は」外に在る。こう付け加えた後に迢空は言う。

三十一字形の短歌は、おほよそは円寂の時に来たしてゐる。祖先以来の久しい伴奏者を失ふ前に、我々は出来るだけ、味ひ尽くして置きたいと思ふ。

短歌の様式は抒情を本質とする。だから新しい時代にはその宿命を超えるべき様式が求められる。しかしそれは本来の歌ではない。こうした迢空の短歌理解は戦後も一貫していて、第二芸術論と向き合いながら「歌の存在の価値は、今はおほよそ工芸品としての存在と同じこと」だから、「若い方々に申し上げます。さう余地も刺激もない筈です。あなた方の生活力や、文学動機は、もつと外の方へ向けて頂きたい。もつとあなた方の世代につりあつた文学が出来るでせう。大変利己的な考へ方ですが、此が、私の結論です」（「素人のない文学」・「短歌研究」昭和二十二年八月号）と説く。

みつまたの花は咲きしか。静かなるゆふべに出でゝ　処女らは見よ

人間を深く愛する神ありて　もしもの言はゞ、われの如けむ

雪しろの　はるかに来たる川上を　見つゝおもへり。斎藤茂吉

迢空は不思議な男だ。『倭をぐな』のこれらの歌は彼独自の時空を湛えた抒情世界である。迢空から見ればこれも工芸品だろうが、十分に詩でもある。

信綱の「歌に対する予の信念」に戻りたい。「ひろく、深く、おのがじしに」の意義を説きながら、信綱は最後に加えている。

以上短歌に就いてばかり述べたが、最後に、短歌の将来はどうなるかといふ問題を一言したいと思ふ。さきに短歌滅亡論を唱へた人もあつたが、自分は社会が複雑になればなるほど、短詩型

の文学は必要を増すと考へる。現在の三十一字定型が永久に続き得るか否かは問題として、短詩型の文学は滅びる時がないであらう。

短歌の将来はどうなるか。これは「改造」の問いそのものである。問いに対する六人の反応では不十分と見たから「一言したい」となった。それだけではない。「社会が複雑になればなるほど、短詩型の文学は必要を増す」からは、〈このごろの人情を表すには三十一文字では足りない〉と短歌量的不足説を唱えた明治十年代の『新体詩抄』と『小説神髄』が浮かんでくる。さらには昭和の大戦が敗戦で終わってすぐの第二芸術論の短歌認識、「がんらい複雑な近代精神は三十一字には入りきらぬものである」（桑原武夫「短歌の運命」）をも否定する短歌論である。

「おのがじしに」。これは短歌形式への信頼がなければ出て来ない標榜である。信綱がなぜ前川佐美雄を評価し、支え続けたか。激しく伝統詩を揺さぶったモダニズム歌集『植物祭』、悪評の集中砲火を受けた戦後の「鬼百首」、信綱は常に佐美雄の世界を支えた。それは「心の花」の仲間だからだけではない。短歌という詩型の強靭な生命力への信頼からでもある。万葉集から古今集へ、古今集から新古今集へと変化し、広がった和歌の軌跡を視野に収めた奥行きのある短歌論の裏打ちがそこにはある。

新しい動きを抱きとめる詩型の力。そして短さをエキス表現にする詩型の力。だから〈複雑になればなるほど必要は増す〉。今日までの短歌の軌跡が、そして今日のネット時代の短歌が、それを証している。時代状況に流されずに歌の特色を遠望する信綱ならではの短歌論である。世が複雑になればなるほど短詩型の要は増す。肝に銘じておきたい。

参考文献

木俣修『昭和短歌史』（昭和三十九年十月・明治書院）
大岡信・塚本邦雄・中井英夫編『現代短歌大系』第十二巻「現代評論集」（昭和四十八年九月・三一書房）
「心の花」大正十年四月号「報告」、作品、同年八・九・十二月号作品、十三年十・十一月号作品、十五年二月号作品、昭和二年四月号「暗示」、三年四・五・十二月号作品、五年一月号「昭和第五の春を迎へて」、同年六・七月号歌論、六年八月号「歌に対する予の信念」
「短歌雑誌」昭和三年二月号～十二月号（石榑茂「短歌革命の進展」）
「短歌研究」昭和三十四年八月号（「青春歌集・春の日以前」後記）
「日本歌人」平成三年七月号（前川佐美雄追悼号の五島茂）
前川佐美雄『植物祭』（昭和五年七月・素人社書屋）
「短歌研究」昭和七年十月号（創刊号・北原白秋「短歌と信念」）
「改造」大正十五年七月号

# 第十一章　わが此の声低くしあれど――大戦前夜の信綱

## （一）「明年ニナレバ事情急迫」

「動き出す信綱――『新月』の時代」の最初に触れたことだが、短歌史年表を見渡すと、すぐれた歌集が集中する年のあることに気づく。代表的なのは明治四十三年と昭和十五年である。その十五年にはどんな歌集が出たか。主なものを再度列挙しておきたい。

三月／斎藤茂吉『寒雲』・『渡辺直己歌集』、五月／会津八一『鹿鳴集』、六月／川田順『鷲』・土岐善麿『六月』・斎藤茂吉『暁紅』、七月／坪野哲久『桜』・合同歌集『新風十人』、八月／北原白秋『黒檜』・筏井嘉一『荒栲』・佐佐木信綱『瀬の音』・前川佐美雄『大和』・斎藤史『魚歌』、九月／佐藤佐太郎『歩道』、十二月／太田水穂『螺鈿』。

大家から新鋭までの揃い踏みといったこの風景の中に佐佐木信綱『瀬の音』もある。リストを見ると哲久、佐美雄、史、佐太郎といった当時の若手・中堅のそれが、彼らの生涯を代表する歌集である点が注目される。明治四十三年は和歌革新運動第二世代というべき若山牧水、前田夕暮、吉井勇、石川啄木といった新鋭が歌集を出して表舞台に躍り出た年だったが、では昭和十五年は何が要因だったのか。斎藤茂吉日記昭和十五年の次の一節に注目したい。

十一月十八日　月曜　クモリ
○山口茂吉君ノ歌集発行イソグコトヲスヽム。明年ニナレバ事情急迫スベケレバナリ
来年には状況がさし迫って歌集出版どころではなくなる。こうした危機感を茂吉は強く抱き、昭和に入ってから新歌集を出していなかったのに三月に『寒雲』、六月に『暁紅』と続けて刊行したのである。そしてその危機感が愛弟子の山口茂吉への歌集出版の勧めとなった。山口茂吉の『赤土』刊行は翌年一月だった。この危機感は茂吉だけのものではなく、それがこの年の歌集出版ブームを生んだのである。茂吉日記の一節は歌人の時代に対する危機意識を示す貴重な資料となった。

## （二）「支那はどこまで行つたらばよいのか」

なぜ「明年ニナレバ事情急迫」なのか。時間を三年巻き戻して「心の花」昭和十二年十月号の佐佐木雪子「西片町より」に注目したい。

此頃は毎日〳〵心が落ちつかず、ラヂオのニユースを聞いて、あそこを占領した、どこを爆撃したと聞く度ごとに、わが皇軍の強いのに感謝すると同時に、支那はどこまで行つたらばよいのか、今更果てもない広いのがにくらしくもなる。西片町でも、毎日〳〵万歳の声が聞える。いつも来る千鳥もあづま屋も、運転手が四五人出たといふ。紺屋の主人も洗濯屋の弟も出征した。女中のたつの兄は、浅草で指物師をしてゐたのであるが、出征するので暇乞に来た。勇ましい挨拶のあとで、母と家内と小さい子とをのこして行きますから、何分にもよろしく願ひますといふの

を聞くと、自分の弱い胸は一ぱいになつた。

日中戦争が市井の暮らしにも深く入ってきたことを雪子は案じている。千鳥とあづま屋、紺屋、洗濯屋、そして佐佐木家女中の兄。身近なところからも戦場に送られる。「母と家内と小さい子とをのこして行きます」という挨拶が切ない。威勢のいい戦勝ニュースを耳にしても気がかりなのは支那の広さ、奥深さ。ここには市井の冷静な観察がある。

北京郊外の永定河《えいていが》に架かる盧溝橋《ろこうきょう》左岸で昭和十二年七月七日夜に小さな衝突が起きた。人々と短歌が長い戦時下に苦しむ日中戦争の、それが発端である。

「心の花」が日中戦争に反応するのはいつからか。

昭和十二年七月号は「竹柏園主祝賀記念号」である。十二年四月に文化勲章が制定され、信綱が最初の受章者となった。その祝賀の記念号である。八月号「消息」には「園主は六月廿六日夜、甲子園ホテル於ける前川佐美雄氏の結婚披露宴に列し」といった記事があり、九月号にも特段の動きはない。

しかし誌面は十月号から一変する。まず中扉の前に明治の日清戦争を主題にした信綱作詞の「凱旋」が楽譜付きで掲げられた。そして巻頭作品は信綱「時事」五首である。

ますらをの命つみあげ日の御旗万里長城の上にを立てつ
江南《かうなん》は蘆荻《ろてき》黄ばみて秋高き空に爆音のとよみわたるか
日の本の国つみ神の荒御魂あらぶる時にあひにけらずや

吾が飛行機南京にいたる
久方の天はせ使空がけりから人の眠さめよとし宣《の》る

明治二十七年八月「支那征伐の歌」一冊を公にせり
若き血もて支那征伐の歌を書きつ今静かにおもふ東亜のゆくすゑを

万里の長城に翻る日の丸に感激し、遠き日に訪れた揚子江流域を飛ぶ爆撃機を想像して胸を躍らせる。雪子は〈私〉に傾き、信綱は〈公〉に徹する。対照的な姿勢である。同じ十月号にはさまざまな戦時詠が掲載されている。

万歳々々と送りつつ思ふこの兵が今宵ひとりとなりし時を　鵜木保
山の家まできこえ来《く》る歓送軍歌の声は一時《いっとき》天地《てんち》を蓋《おほ》ふ心地す　五島美代子
一針も一人のいのちたもつべきねがひとおもへやかりそめならず　山川柳子
戦死せし友の写真は山のごとき花輪の奥に小さかりけり　村田邦夫

五島と山川は信綱の〈公〉に近く、鵜木と村田は雪子の〈私〉に近い。後者二人の視線には体温の温もりがあって惹かれる。巻末の「消息」は次のように始める。

日支端なく砲火を交ふるに至り連戦連勝の快報に接するは誠に欣慶に堪へざる所我が国威は今後益々発揚せらるゝ事と存じます、わが会員中応召征途に上られた方は大阪里見三男博士静岡美禰国樹の両氏であります、願はくは皇国のために愈々健在ならむことを祈つて止みませぬ。

町の暮らしも、そして歌誌の世界も戦時に入ったことを「心の花」昭和十二年十月号が教えている。

## （三）「親は人混みにもまれて行きぬ」

短歌の商業誌はどうか。「日本短歌」「短歌研究」も同じである。

「日本短歌」昭和十二年十月号

事変ニユウスのラヂオひびける道の上を足かたく踏み我は歩みぬ　福田栄一

われよりも年たけし兵召されたるうはさは妻が聞きて来ていふ　谷鼎

「短歌研究」昭和十二年十月号

九月二日めざめて聴けば払暁に○○動員令くだりたる　藤沢古実

すめろぎの御楯と死なむ兵紫風きたりて我にわかれを惜しむ　臼井大翼

遠い地の戦禍身ぢかく伝へ来る夜、虫の音をきいて睡らうとする　金子不泣

一ぴきの鼠にさへも膺懲のこの思湧くいはんやいはんや　相馬御風

戦況ニュースのラヂオの音の一しきりやめば庭には虫鳴きてゐる　同

事変おこりて客足たえし支那人床屋ニユウスの時をラジオかけ居り　日比野道男

福田は一歩一歩確かめるような歩みに事変勃発の緊張が反映している。谷はこのとき四十二歳。事態が自分に及ぶ不安を抱きはじめているわけである。金子は海の向こうの戦禍に心を痛めている。藤沢の九月二日は日本政府が「北支事変」を「支那事変」と改称した日でもある。「○○」の伏せ字が戦時の統制下に入ったことを教えている。御風の「膺懲」は成敗してこらしめること。やむなく南京政府を懲らしめるという文脈で日本政府が使った用語である。御風は鼠にさえ膺懲の気

持が湧く、いわんやいわんや、と日本の意を汲まない中国への怒りを露わにして、早くも政府の言葉に染まっている。臼井作品の紫風は歌仲間の須藤紫風。日米開戦以後の歌と読んでも不自然でないもの言いである。先行きをみんなが楽観していた日中戦争初期であっても征く者、送る者の覚悟は同じだったことが分かる。

特に注目しておきたいのは日比野の歌である。日中間の戦争が早くも市井の民族意識に作用したことを日比野は教えている。昨日までは民族意識などとは無縁の交流によって営まれていた人々の暮らしに突如裂け目が生まれ、理髪店から客足が引いた。主人は客足の途絶えた店内でニュースの時間になるとラジオをかけ、耳を澄まして事態の沈静化を願っている。スイッチを入れる行為からは、生活者のささやかで切実な願いが滲み出る。国家の意思に市井の暮らしがたちまち感染し、一つの生活が弾き出される。歌はそんな様相を浮かび上がらせる。日比野はこの時期、和歌山県海南市に住んでいた。住み慣れた町における小さな変化を見逃さず、歌に生かしたのである。

歴史の推移を知っている後の立場から見ると、暮らしを壊された「支那人床屋」の嘆きは、やがて日本の老若男女すべての嘆きになってゆくことの暗示でもあった。掲載誌から逆算すると、日比野の作歌は八月下旬から九月初め、事変が急展開した時期である。

七月七日から始まった日本の支那駐屯軍と中国国民政府第二十九軍の衝突は十一日には現地両軍の間に停戦協定が成立して小競り合いに終わるかに見えた。しかし日本政府はその十一日、中国に反省を促すための派兵を表明、中国軍も中央軍の北上を開始、十七日に蔣介石は廬山で「最後の関頭（分かれ目）」に至ったときの決意を語る。和平への努力は続けるが重大局面になれば徹底的に抗戦するという意志表明である。二十五日に北京・天津地域で衝突が起き、日本軍は二十八日から華北総攻撃を行った。衝突は八月十三日に上海に飛び火、八月十五日の日本政府による南京政府膺懲声明と続き、日中両国は全面戦争に突入した。

事態の急変を受けて信綱は慌ただしくなった。作品依頼が殺到したのである。「心の花」十一月号「時事の歌」は四十九首。「陳思十章」が二十一首、「新万葉集選歌」が二十八首である。

忍び耐《た》へ耐へ来し思ひ燃えたぎり炎の滝とさくなだり落つ
青雲の向伏す極み天つ日の浄《きよ》き心を伝ふべきなり
やまと御民きよき心の厳凝《いつこり》に覚めよから人あしき夢ゆ覚めよ

出征する同人に
ますらをの一人一人が負へる命国の命ぞつとめよ吾兄《わがせ》

上野駅にてある夜
雄々しかも尊きかも万歳のどよみのうづにゆらぐ旗波
わが此の声低くしあれど万歳のどよみの底にわが声もまじる

東京放送局より軍歌を嘱せらる即ち「正義の軍」一篇を作る
歌人われ皇御軍《すめらみくさ》をたたへうたふわが言霊にこもれ命の

（以上、中央公論所載）とある十首から。

出征する同人に
かりそめの使命《よさし》にあらずおのがじしの命は関《か》はる国の命に
戦線より帰れる陸軍将校に兵士に就きての談を聞きて
天皇陛下万歳とさけびて猶息たえずお母《かあ》さんと呼びてうつむきしとふ
軍用機資金を献納すと朝日新聞社にいたる
わが真心そへもてささぐ天がける翼のねぢの一つともなれ

○

戦は勝たざるべからず戦の後の戦に勝たざるべからず
月くもれり燈火管制の夜の町のくらきに立ちて雲の動く見る
（以上、文藝春秋所載）とある九首から。
しきしまのやまと御民の国おもふ心炎ともゆる秋なり
花と咲けからの荒野に流せるはやまと御民の清き血汐ぞ
（以上、わか草所載）とある二首。

戦争の急変を受けて信綱への作歌依頼が重なったことがわかる。後半の「新万葉集選歌」二十八首は「短歌研究」所載である。「新万葉集」の項で紹介したい。

同じ十一月号から二人の作品を引用しておこう。

戦は今やたけなはと聞くときし身近きわれの友も召されぬ　小宮良太郎
戦死将士氏名よみあげむとする処にてラデオは切りぬまたも今宵も　同

裸形にて兵士《つはもの》渡河す写真《うつしゑ》を見つゝ心に虔しみてをり　佐佐木治綱
勤務《つとめ》終へてこみ合ふバスに揺られ行く吾に雄心なしと云はなくに　同

小宮と治綱を読むと、事態はもはや事変というレベルを超えた戦争と国民は見ていたことがわかる。もう一ついうと、信綱はあくまで〈公〉を意識して作歌し、小宮と治綱は〈私〉の視点からという違いもはっきりしている。

雑誌を見ると戦争は十月号からと言ってきたが、いち早く「日本短歌」九月号に注目すべき作品がある。川田順「炎夏動員」である。

国のため戦争《いくさ》に出づるますらをの親は人混《ひとご》みにもまれて行きぬ
いづこまで拡がりて行く戦争《いくさ》かと妻の問ふかもわれも知らぬを
じつと考へ額《ひたひ》に汗が流れきぬ日露戦争よりも大きくならむ

一首目は出征兵士を送る場面。かけがえのない息子を戦地に送り出す親の痛切を自分の痛切として受け止める心が「もまれて行きぬ」に込められている。二首目は妻に問われても先行きの見えない戦争への不安である。そして三首目は黙考し、これは日露戦争よりも難しい戦争になるのではないか、と困惑まじりの思いを拭えない。

昭和十五年の合同歌集『新風十人』に「銃後百首」で参加した筏井嘉一はそのあとがきにあたる「作品のあとに」を次のように始めている。

昭和十二年七月、この未曾有の大事変勃発とともに、思想も感情もまた生活も、ひとたびはぐらついて、私はどうすればよいのかわからなくなつてしまつた。そのとり乱してゐる時に、私が、自分の在り方について大きな啓示をうけたのは、川田順氏の『炎夏動員』にはじまる『銃後私帖』『長期戦覚悟』『武漢進撃』などの諸作であつた。私は川田氏作品の見事さにまづ打たれ、事変にひた向かふ国民としての精神の据ゑ方、かかる時に於ける人間としての生き方を、それらの作品から教へられた。

川田順に刺激されたその「銃後百首」から四首引用してみる。

時わかず兵召されゆくきのふけふ事変急なるをひしひしとおもふ

兵おくる群衆《ぐんじゆ》のなかにさしあげて吾児《わこ》にも振らす日の丸の旗

動員は近隣もれず及びつつ身に迫りくる戦《いくさ》となりぬ

今日《けふ》おくり征《ゆ》かす兵士《つはもの》たたかひていくばく還《かへ》るこの道をまた

『新風十人』で論じられることの多いのは坪野哲久「ひとりうたげ」、前川佐美雄「等身」、佐藤佐太郎「黄炎抄」、斎藤史「朱天」などだが、筏井も劣らぬ世界である。

こうして見ていくと、事変がはじまって間もなく人々はこれを戦争、それも先行きの見えない戦争と感じ取っていたことがわかる。そして川田順の「日露戦争よりも大きくならむ」という危惧が、「山口茂吉君ノ歌集発行イソグコトヲス、ム。明年ニナレバ事情急迫スベケレバナリ」という斎藤茂吉日記に繋がるのである。

それでは昭和十五年はなぜ名歌集多出の年なのか。短歌や歌人たちの動向を理解するために、歴史の流れを少々みておこう。

昭和十二（一九三七）年が「おそらく戦前の生活水準のピークだった」。『政党から軍部へ』で日本政治史研究の北岡伸一はそう判断している。

同書に示された一つのデータが興味深い。昭和十二年、日中戦争が始まる直前にアメリカのGE社が調査した日本の電化情況と今後の予測である。

調査時点では電気冷蔵庫一万二二一五台、洗濯機三九一七台、掃除機六六一〇台である。この年の普及指数を一〇〇とすれば、四年後には冷蔵庫二八五、洗濯機四九〇、掃除機四七〇、と調査は急速な増加を予測している。昭和十五年には東京オリンピックが予定され、もし開催されていたら生活の洋風化はさらに進んだはず、と北岡は述べる。

楽観的なこの予測は、日中戦争開始の昭和十二年七月に一変、昭和十二年がピークという判断になるわけである。以下、日中戦争が暮らしを搦め捕ってゆく様子を示しておこう。
・十二年　十月、燃料不足のため浴場の朝湯禁止。十二月、活動写真の興行時間三時間以内に制限、皮革製品統制。
・十三年　七月、木炭自動車登場。八月、新聞紙制限。十一月、東亜新秩序声明。
・十四年　七月、国民徴用令。十月、価格等統制令。
・十五年　一月、暖房電熱器、冷蔵庫などの電気製品使用禁止。四月、米、味噌、醬油、塩などの切符制が決まる。七月、贅沢品製造禁止を定めた七七禁令。
洋風化を謳歌するはずだった暮らしは、こうして急激な耐乏生活に追いつめられてゆく。北岡は言う。「以上のような不自然なモノの流れを円滑に進めるため、様々な運動――精神運動が行われた。倹約、愛国、奉仕を合い言葉に、国民の精神を統制していった」。

「心の花」昭和十二年十月号の信綱と佐佐木雪子に戻れば、そこには〈公〉を貫こうとする信綱がいて、「支那はどこまで行つたらばよいのか」と〈私〉の不安を拭えない雪子がいる。これ以降の人々の戦争との向き合い方の振幅を二人がいち早く示していたことが興味深い。

## (四)『瀬の音』を読む

### ①神のいくさ——歌人たちの日中戦争

昭和十五年は皇紀二千六百年。この年元旦、NHKは奈良の橿原神宮から中継放送を行った。番組名は「皇紀二千六百年の黎明を告げる大太鼓」、ラジオを通じて日本の家庭に皇紀二千六百年を告げる太鼓の音が響いたのである。国民も大いなる節目の年を意識したのか、橿原神宮の三が日参拝者は前年比二十倍の百二十五万人を数えた。NHKはさらに、一月五日に「子供の時間」で「紀元二千六百年奉祝日満支児童交驩放送」を実施、東京、京城、台北、新京、南京、北京からの挨拶と唱歌を中継、紀元節の二月十一日から十七日まで紀元節奉祝特集番組を組み、米内光政首相の講演や東京音楽学校制作の「紀元二千六百年頌歌」などを放送した。紀元二千六百年奉祝はこの年のNHKの年間テーマでもあり、関連番組が年間を通して編成された。

短歌の世界でもこの年は大切な節目だった。「日本短歌」新年号は編集後記で「皇紀二千六百年の春を迎ふ。而してこの悠久なる国史を貫き、我邦文学の中枢として生成発達し来たれる短歌の歴史を思ふこころ切なるものがあります。今や肇国の皇謨に則り、大陸に興亜の歩武を進めつつ、駸々として息まざる皇国の発展と共に、我々の短歌のより一層なる進暢を期さねばならぬ」と決意を示した。「短歌新聞」新年号は「我々は如何に紀元二千六百年を迎へるか」という歌人へのアンケートを実施、当時の歌壇をリードした論客の一人岡山巖は「皇紀二千六百年と云ふことは我々の国の長い歴史、しかも精華無比の歴史を思ふに最も好都合な年であります。短歌は其のやうな国柄の最上な芸術でありますから、其の伝統の美しさ正しさを思ひ、更にそこからの発展を期する最もよき縁起であると思ひます」と答えている。

神武天皇即位の年を元年とする皇紀は明治五年に政府によって制定された。皇紀二千六百年は西暦一九四〇年に当たり、この数字は日本の国とその文化が西欧よりも遠い由緒を持っていることを人々に端的に示した。日中戦争が思わぬ長期戦となって、出口が見えない状態に陥っているとき、二千六百年という大いなる節目は国民意識の立て直しの絶好の機会として機能したわけである。信綱もその皇紀二千六百年を強く意識して『瀬の音』を編んだ。その意志は歌集「序」の結びによく表れている。

今や我が国は、有史以来の大事変に遭遇してをる。我等歌を以て立つ者は、歌を以て、皇恩国恩に報いまつり、奉公の忱《まこと》を効すべき秋である。ここに、椎の木以後の作品を一巻として、いささか愛国の微衷を披瀝せむとするのである。

昭和十五年四月

有史以来の大事変に遭遇している日本。歌人はこの事態を歌で支えねばならない。『瀬の音』は戦争という非常時の歌集だと「序」で表明したのである。

その『瀬の音』は上巻下巻の二部構成である。いくつかタイトルを抜き出すと、上巻の内容がよくわかる。なお、ここでは歌集出版当時の雰囲気がよりよく反映されている初版（昭和十五年八月十日）をテキストとしたい。

支那事変おこれる時、軍歌作成、南京入城、東京第一陸軍病院、欧州風雲急なり、讃紀元二千六百年歌。

昭和十二年から十五年、日中戦争が始まったときから紀元二千六百年まで。信綱の言葉を借りれば、上巻は日本が有史以来の大事変に遭遇している日々と向き合った〈公〉の歌で構成されている。下巻は十二年以前の日々も含めた折々の歌である。

忍び耐《た》へ耐へ来しおもひもえたぎり炎の滝とさくなだり落つ
青雲《ぐも》の向伏《むかふ》す極み天つ日の浄《きよ》き心を伝ふべきなり
大き聖道を遺《のこ》しし大き国に生れずや今、国救ふ声の
やまと御民清きこころの厳凝《いつこり》に覚めよから人悪しき夢ゆ覚めよ
日の本の国つ御神の荒御霊あらぶる時は今し来向ふ

「支那事変おこれる時」五首。「心の花」誌面と表記を少し変えているが、巻頭に据えてこの歌集の特徴を強調している。『佐佐木信綱全歌集』版の『瀬の音』は前三首だけである。

皇紀二千五百九十七年十二月皇軍入城す南京城に　「南京入城」
日の御旗あふぎてあらむ冬枯の孝陵道《みち》の石人石馬《せきじんせきば》　同
言《こと》にいひ文字に見るはやすし武漢三鎮陥落の報に涙はふれ落つ　「漢口陥落の日」

廣東漢口疾風《はやち》ゆく如《な》し攻略すわが御軍は神のいくさなり　　同
万歳のとよみの波は大宮のみ前広原、広原も狭《せ》に　　同

南京陥落は信綱の掲出歌が示すように昭和十二年十二月、武漢三鎮陥落は十三年十月である。信綱はなぜ「皇紀二千五百九十七年十二月」と年月を念押ししたのだろうか。南京は国民政府の首都、首都が日本軍の支配下に入れば戦争は終わると多くの人が考えて歓喜した。NHKは陥落翌日の十四日に臨時ニュースと「南京陥落の夕」を放送、東京では四十万人の提灯行列が行われた。歌人たちもこの報に反応、窪田空穂「南京陥落」（歌集『冬日ざし』所収）は次のように詠っている。

今日の為と陛下の赤子人の親いくそばくその命殞《おと》しけむ
この町の祝捷提灯行列は我も加はらむ老いてありとも

陛下の民、そして人々の子。そのかけがえのない命がどのくらい失われたのだろうか、今日の戦勝のために。その命が勝ち取った祝捷行列なのだから老いた私も加わらねば。空穂は痛みをこめて、そう吐露している。

「心の花」昭和十三年一月号は中扉一ページを使って「謹みて皇軍大捷の新年をことほぎ奉る」と祝意を示している。佐佐木信綱、川田順など主要歌人十一名の連名である。ここにはより明確に戦争は終わるという判断が反映している。二月号には佐佐木信綱が雑誌「青年」に寄せた朗誦文「南京陥落」が掲載されている。そこで信綱も「敵の首都南京の陥落は　吾が国史に黄金の文字もて記さるべく／世界の歴史にかがやかしき光を放つべし」と言祝ぎつつ、「陸に　海に　空に　皇軍の勇猛果敢なる奮闘と　尊き多くの犠牲とは　今日の南京陥落となりつ」と死者たちへの感謝を交え

ている。

しかし南京が陥落し、人々が感涙にむせびながら提灯行列をしても、「心の花」を挙げて祝意を示しても、戦争は終わらなかった。中国は南京陥落前に政府機関を一部漢口へ、他を重慶に移した。南京陥落は首都陥落ではなくなっていた。そこで次は武漢三鎮である。武漢三鎮は漢口・武昌・漢陽の総称で、揚子江をはさんで西岸に漢口と漢陽、東岸に武昌がある。鎮は都市を意味する。漢口は商工業の中心地、漢陽は中国最大の製鉄工場があり、大正四年の「対華二十一箇条要求」で日本政府が合弁を強要したこともある。武昌は昔からの湖北省の政治の中心、三市合わせて百五十万人の大都市だった。

その武漢三鎮占領は十三年十月。それを受けて北原白秋は「アサヒグラフ」十一月十六日号「武漢陥落特集」に「万歳漢口攻略」を寄稿した。

一　天も轟け、万歳の／凱歌よあがれ、けふこの日、／我が事成れり大包囲、／武漢三鎮、今潰《つひ》ゆ。

五　来たれ和光よ、大陸の／黎明《しののめ》近し、けふこの日、／東亜の世紀ここにして／我が日本ぞ今呼ばむ。

全六番までの一と五。武漢三鎮は敵の心臓部、それを潰したのだから戦争終結と大陸の黎明は近い。だから天にも届く万歳となる。

しかしそれでも戦争は終わらなかった。日本軍による武漢三鎮占領二日前の十月二十五日、蔣介石は「国民に告ぐる書」を発表し、「敵は泥沼に深く沈んでますます増大する困難に遭遇し、ついに破滅するであろう」と述べた。また中国共産党は十一月六日、「抗日戦争日本軍の進攻と中国側の防御の第一段階から両軍が対峙する第二段階への移転期にはいったこと」を確認した。江口圭一『二つの大戦』は、「武漢・広東戦争で、日本軍は動員の限界にたっした。日本陸軍は中国大陸に二四個師団、満州・朝鮮に九個師団を配置し、内地には近衛師団一個を残すのみであった」と解説している。

「心の花」昭和十二年十月号の佐佐木雪子「西片町より」を思い出したい。

「ラヂオのニュースを聞いて、あそこを占領した、どこを爆撃したと聞く度ごとに、わが皇軍の強いのに感謝すると同時に、支那はどこまで行つたらばよいのか、今更果てもない広いのがにくらしくもなる。西片町でも、毎日〳〵万歳の声が聞える」。動員の限界に達するかも知れない果てもない広さ。雪子のこの感じ方こそ、市井の感覚だった。多分毎日聞こえる万歳を悲鳴まじりと雪子は聴いただろう。

戦争期文学の考察に多くの成果を残した高崎隆治は『戦時下文学の周辺』所収の「動員令」で次のように言っている。

「日本人は、上は天皇から下は一介の庶民に至るまで、侵略戦争を賛美した。あの南京陥落、漢口陥落の大祝賀行列の熱狂ぶりを見よ」と言って、タダの市民やタダの兵隊まで、そのことごとくをひとしなみに非難する見解がある。しかしそれはいささか皮相にすぎる見方ではないだろうか。「南京」さえ陥せば、「漢口」まで進めば、戦争は終わるはずだし故郷へ帰れるはずだという兵士や家族の希望的な観測が、庶民一般——とりわけ兵士やその家族を必死にさせたのだし熱狂的な歓喜にみちびいたのだというのが私の見解である。
高崎のこの見解は、当時の短歌作品を視野に入れながらのものであり、直接には、昭和十三年十二月に詠まれた芝田すみれの「令下り未だ帰郷せぬ弟に警察電話頻りにかかる」を受けている。こうした見取り図の中に置いてみると、白秋の「万歳漢口攻略」は、なにやら悲鳴まじりの喜びであるようにも感じられる。「南京」さえ陥せば、「漢口」まで進めば、故郷へ帰れるはず。それは「支那はどこまで行つたらばよいのか」という雪子の困惑でもある。

②傷痍軍人歌集

昭和十五年の初版『瀬の音』上巻に「東京陸軍臨時第一病院に、毎月二回和歌を講ず」と詞書付きの四首がある。

会場の壁によせかけし松葉杖かずおほかるに心はいたむ
みとりめに手ひかれ歩みく戦盲のおも朗かに曇れる色なし
秋晴の窓によりつつ已が身ゆぬき出でし弾丸《たま》を弄ぶ兵
国の為うけし誉の傷の痛み憂へず斯くて帰りしをかこつ

日中戦争が始まると傷痍軍人のための病院が日本各地に設けられた。その一つの臨時東京第一陸軍病院で療養中の杉谷清一上等兵から佐佐木信綱のもとに一通の手紙が届いた。傷病兵たちに歌を教えて欲しいという要請だった。戦争開始から一年後の十三年七月末のことである。信綱は「諸氏が歌の話を聞きたいとのことならば、自分及び同人の中より病院にいつてもよい」と書き送り、隔週の月曜日ごとに講話を行なうことになった。「心の花」の伊藤嘉夫を伴って、牛込にある第一陸軍病院を最初に訪ねたのは九月五日の午後だった。

会場では両脚を失った兵士、両眼を失明して看護婦に介添えされた兵士など、七十人あまりが信綱を待っていた。壇に立った信綱は「まづ、戦線に奮闘せられた奉公の至誠に対する感謝を述べようとしつつ、はふれ落つる涙をとどめあへなかつた」（『傷痍軍人聖戦歌集』第一輯序）。

信綱の四首は病院で目にした光景をそのまま詠った、いわば備忘録に近い作品だが、三首目の自分の体内から抜いた弾丸をもてあそぶ姿には傷病兵ならではの現場が写し出されている。四首目の「かこつ」は不本意な帰国を嘆いたのだろう。こうして信綱と伊藤による傷痍軍人の作歌指導が始まった。その成果が『傷痍軍人聖戦歌集』第一輯（昭和十四年一月）である。出征途上篇、現地前線篇、野戦病院篇、還送療養篇などで構成され、巻末に作者略歴がある。その中から目にとまった池内勇の作品をまず見ておこう。各篇を出、現、病、療で示しておく。

忘れても家を見向かず出発《た》てといへる老父《ちち》は門べに旗ふりてをり　出
如何にして突き入りたるか一人仆し我にかへれば戦友も突けり　現
擬装せる木の葉も枯れてあらはなる病舎の屋根の霜の真白さ　病
胸ぬちのこのあまたなる弾丸はとりがてなくに肉としなるか　療
鑷子などふれ合ふ音のするどさよ包帯交換の部屋の静けさ　療
花活くる技を学べる兵ゐればわが病室《へや》の鉢は常にすがしも　療
いくそたび汗流しいくたび血汐染めてああ遂に陥ちぬ漢口は陥ちぬ　療

巻末略歴によると池内は高知県生まれの公吏、歩兵上等兵として上海戦線で負傷して還送された。この時三十五歳である。
　一首目は、家を忘れてもいいから国のために戦えと老父が言い、子はそれに従ってまっすぐに遠ざかり、多分角を曲がるときに振り返った。「振り返るな」と命じながら自分はいつまでも旗を振り続ける。老いた父のその姿が切ない。二首目は無我夢中で敵を倒し、自分に返ったときに傍らの戦友の突く姿が見えた。必死の戦闘場面における内面がよく表れている。三首目は野戦病院の嘱目を結句がリアルにしている。そしてそこには前線から退かざるを得なかった安堵と空虚がこめられている。還送療養篇も〈もの〉の把握が確かで、七首目の「ああ遂に」には兵士ならではの深い感慨がこめられている。

令状を神前に供へ拝みゐる母の後《うしろ》姿老いませるかな　松尾榮郎
我が身には今日を限りの山村のこの静けさのひしひとし沁む　早川八重子
民船に息殺しつつ乗りにけり敵陣内にこれよりぞ入る　青木治男
敵襲のとだえてしばし草にすだく虫の音聞けば堪へがたきかな　大塚嘉六
見えるかと出されし物のほの白く手なりといふことを知れるうれしさ　大場養孝
今ははや前線に帰るのぞみ無し口惜しく折れて動かぬ我が脚　森田勇
みとせ振り大君坐ます武蔵野に白衣となりて吾は来りぬ　今井文一
今日こそは右手もて食むときほひしに執れば音立ててまろびぬ食器　岡田好一

出征途上篇、現地前線篇、野戦病院篇、還送療養篇から二首ずつ。どの歌にもその場その場の切実が生きており、身近な詩型ならではの短歌の力を思わせる。『傷痍軍人聖戦歌集』第一輯の反響は大きく、十四年一月一日に初版が出た後、五日再版、六日三版、七日四版と続き、一月十八日には十四版となった。

この時期、佐佐木信綱が関わった兵士たちの合同歌集は多い。鈴鹿市教育委員会編『佐佐木信綱先生とふるさと鈴鹿』収録の佐佐木信綱著作目録から抜き出してみる。

昭和十四年　『傷痍軍人聖戦歌集』第一輯（伊藤嘉夫共編・人文書院）
昭和十八年　『大東亜戦争傷痍軍人歌集　御楯』（伊藤嘉夫共編・千歳書房）
　　　　　　『大東亜戦争失明軍人歌集　戦盲』（伊藤嘉夫共編・新大衆社）
昭和二十年　『海軍産業戦士歌集』（天ヶ瀬行雄共編・有朋堂）
　　　　　　『大東亜戦争失明軍人歌集　心眼』（伊藤嘉夫共編・大雅堂）

無名兵士の歌には心を打つものが多い。日中戦争開始から敗戦まで、信綱は兵士たち、特に傷痍軍人をよく支えた。それは信綱なりの戦争の支え方だった。歌作で支えること、指導と選歌で支えること、そしてそれを作品集にして人々に伝えること。歌人の、特に信綱の戦争は多岐にわたっていた。それは『瀬の音』の序で示した、歌人は歌を以て国を支えるべき、という〈公〉の意識の発露でもあった。

### ③新万葉集

改造社は短歌の大型企画に積極的で、昭和六年に『短歌講座』全十二巻の刊行を開始、翌年完結するとその月報「短歌研究」を月刊誌として出発させた。そして昭和十二年十二月から十四年六月まで刊行したのが『新万葉集』全十一巻。社長の山本実彦が企画した一大アンソロジーで、佐佐木信綱、斎藤茂吉、窪田空穂、北原白秋、与謝野晶子など当代を代表する歌人十人が一般応募四万首の選に当たった。選ばれて収められたのは作者別五十音順に六千六百七十五人の二万六千七百八十三首。しかも各選者は分担ではなく、全作品に目を通した。膨大なその選歌作業に没頭する信綱の日々が『瀬の音』下巻には詠われている。

「新万葉集選歌」、初出は短歌が戦時下に入ったことを示した「短歌研究」昭和十二年十月号である。

①明治大正昭和三代《さんだい》の歌を伝ふべき歌書《ふみ》なり心つゝしみて選る
②ひたぶるに新万葉集にささげたる吾が此頃の朝夕なりけり
③亡き父の志しことの片はしをつぐ斯の業と歌選る日々に
④吾がはらから海の外《と》にして戦へり吾は戦ふ歌選《え》るわざに
⑤まなこ疲れ心つかれつ今日も一日暑き一日を歌選り選ると
⑥選りいでむ歌あらざるは吾が目のいたらざるならじかと心さびしむ
⑦今の歌の命いくばくぞ千年なほ万葉人《びと》の歌、命あり

これに先立つ「短歌研究」同年五月号に信綱の「新万葉集の盛観に就いて」がある。歌の鑑賞のためにこれを見ておきたい。信綱は先ず言う。

この度、改造社が、明治以来の新歌壇に於ける、有名無名の作家を広く蒐めて、新万葉集を撰

ぶこととなつた。これは、国初以来民族と倶にあるわが国風を、国風たる真の意義に於いて振起するものであることは固より、埋もれたる故人の芸術を蘇らせる意味に於いても、明治大正昭和三昭代の歌を永久に伝ふる上に於いても、多年斯の道におり立つてゐる自分として、まことに喜に堪へぬ次第である。

「喜に堪へぬ」のは『新続古今集』を最後に五百数十年勅撰集が絶え、「私撰集すら見るべきは乏しい」ままだったからであり、時代を代表する秀歌集刊行は「自分の年来の希望であつた」からだと「喜に堪へぬ」理由を述べ、更に加える。「実はそれは自分の発意ではなくて、亡父の遺志であつたのである」。弘綱は新しい時代の勅撰集を念願し、提起しても果たせなかった。だから勅撰集に近い大撰集が成ることに「自分としては殊に感慨が深い」のだった。

校本万葉集から定本万葉集へ、さらには埋もれていた大隈言道などの発掘に努めた信綱ならではの感慨である。「自分に歳月が与へらるるならば、自分の晩年の事業として専心従事したい」。新万葉集の企画の前に改造社主山本実彦にこう語っていたこともあり、信綱のその思いが山本を動かす一因になった可能性が高い。

①と②には年来の希望が実現した気負いが窺える。④は七月七日から始まった日中戦争を視野に入れており、選歌を始めた時期がわかる。③は「亡父の遺志」が実現することへの感慨である。⑤から⑦は選歌に集中しながらの歌の現在への危惧、「暑き一日を」と嘆いて選歌の場は軽井沢の万平ホテルに移る。

暑さにわびて軽井沢にいたる

⑧高原の落葉《から》松道もあゆまずて歌えりくらす朝昼夕《あしたひるゆふべ》

⑨わが飛行機南京の空を襲へりとふ心地よく進む今朝の選歌の

選歌半を過ぐ

⑩樅《もみ》が枝《え》に落葉松《からまつ》が枝《え》に音《おと》たて降るこころよきかも山雨《さんう》の音

⑪浅宵を沢の水《み》の音《と》きこゆ苦しみし選歌かつがつ終へなむとせり

帰京せむとする朝

⑫山国《ぐに》の此の朝明《あけ》の澄み深き空を別れて帰りかゆかむ

「短歌研究」十一月号に信綱の「新万葉集の選歌を了へて」があり、それによるとホテルの部屋にこもって「朝霧の深い室に燈をともし、四更の月をあふいで選歌にいそしみ」部屋を出るのは食事の時だけ、ボーイが「日本の人にはめずらしく」と驚いたという。⑧は選歌に没頭する日々、⑨は戦争の戦果に活力をもらっている。「北支の事変が進展して、軽井沢からも出征するやうになった」とも「新万葉集の選歌を了へて」が伝えている。⑩と⑪は選歌に目途が付いた安堵感を山の雨と沢の音に託している。⑫は選歌終了の感慨である。渾身の選歌だったことを歌とエッセイが教えるが、そこには歌人の使命感だけでなく、和歌史短歌史研究者佐佐木信綱の使命感が重なっている。

同じ「短歌研究」十一月号には相馬御風の「燈火管制」があり、「夜の空はまさに秋なり燈火管制の間闇の底に子等と眺めぬ」と詠っている。戦争は暮らしにも及んでいたのである。

参考文献

『斎藤茂吉全集』第三十一巻（昭和四十九年十月・岩波書店）
北岡伸一『「日本の近代5」政党から軍部へ――1924～1941』（平成十一年九月・中央公論新社）
佐佐木信綱・伊藤嘉夫共編『傷痍軍人聖戦歌集』第一輯（昭和十四年一月・人文書院）
「日本短歌」（昭和十二年九月号・十月号）「短歌研究」（昭和十二年十月号・十一月号）
合同歌集『新風十人』（昭和十五年七月・八雲書林）
NHK放送文化研究所20世紀放送史編集室（部内資料）『20世紀放送史年表』（平成九年五月・NHK放送文化研究所）
『窪田空穂全歌集』（昭和五十六年十二月・短歌新聞社）

# 第十二章　海は山は昨日のままの海山なるを――信綱の敗戦

## （一）開戦へ

### ①世界きしらふ

昭和十六年、信綱は数え年七十歳、「人生七十古来稀」の古稀となったが、変わることのない忙しい日々を送っていた。「心の花」一月号「消息」には「園主は東京日々新聞、報知新聞、国民新聞、読売新聞、中外商業新聞、其他地方の新聞に新年の短歌を寄稿せられた。／園主は逓信協会雑誌、家庭生活、汲泉に文詞を、サンデー毎日、グラフイツク、財政、女学史、モダン日本、生活に短歌を寄せられた」とある。

二月には川田順、伊藤嘉夫、久曾神昇との共編『西行全集』を出した。「心の花」四月号「西片町より」に佐佐木雪子は西行上人七百五十年の記念で、「人麿、業平、西行、それから芭蕉が、日本の最も大きな詩人であるとよくいつてをる夫は、この全集の出たことを此上なく喜んでをる」と記している。

八月には『万葉辞典』を出した。版元は中央公論社。「余や若くして学に万葉に従ひ、夙く万葉辞書の成るを希ひき。（略）予亦万葉語彙を企てつることを語れりしより、物換り星移り、已に三十年を経たり」と、緒言に積年の課題を成し遂げた感慨を込めている。「心の花」十月号では島崎藤村が「万葉辞典成る」を寄稿、「何よりも先づか丶る信頼すべき万葉解釈の集大成を見て、この辞典を座右にそなへ得る今日の読者の幸福を思ふ」と祝福している。

他方、別の事態の中にもいた。三月号の「西片町より」は「お国の為にはどんなにも辛抱するのであるが、夫の胃腸の為には白米がなくてはと、山川先生をおわづらはしして、富山の柴さんにおたのみした。岡山の佐藤さんにも、手紙をさしあげた」と生活の不如意が佐佐木家にも及んでいることを教えている。

さらに五月号「西片町より」からは素顔の信綱が浮かんできて楽しい。「ほとんどひたやごもりで机に向つて、さりがたい用ならでは外出せぬ主人は、たまたま散歩に出る時は、古本屋にゆく時のみである。昨日の午後も古本屋から包を持つて帰つて来て、すぐ書斎に入つた。夕食の時に、今日はめづらしく万葉の本が二いろと、言道の手紙が数通あつて、かなりたかくはあつたが買つて来たと、喜んで話す。食卓についても、何をいつても聞いてはをつても返事さへもせずもくもくとたべてゐる習であるに、よくよくよい本であらうと思つて、今朝来た由幾子に話をすると、又たかい散歩代でございませうねと笑つてをつた」。手紙を入手した大隈言道は明治三十一年に信綱が見出して世に認められるようになった。信綱編『大隈言道集』が出たのは十七年六月、改造社からである。

この年最後の「心の花」十二月号には信綱の次の一首がある。

地軸ゆるぎ世界きしらふこの秋ぞ日本民族《うから》の雄力《おちから》を今ぞ

地軸が揺れうごき、世界が音を立てて軋み、争う。信綱の危機感がひしひしと伝わってくる一首である。民族に「うから」と振り、雄力と続けるところにも緊迫する世界情勢への覚悟が表れる。

②国難来《きた》る

昭和の大戦が始まる二日前の十六年十二月六日、佐佐木信綱のもとを読売新聞記者が訪ねた。『作歌八十二年』によると「近く重大なる発表あるべく、その日の新聞に載すべき歌を」との依頼である。『ある老歌人の思ひ出』では「いよいよ戦争が起らうとしてゐるから歌を詠んで欲しい」と依頼はより具体的である。後者で信綱は「自分は驚きつゝも、歌はその時の感情から自然に生まれるものゆゑ、予《あらかじ》め詠むのはと辞退したが、きいてくれぬ」と回想している。まず辞退し、そして依頼を受け入れた信綱は、翌日四首を記者に渡した。読売新聞九日朝刊三面トップにその四首が掲載された。信綱の写真付き、黒地白抜きの見出し風に大きく「国難来る、国難は来る」と掲げられている。

元寇の後《のち》六百六十年大いなる国難来る国難は来る

皇《すめら》御民皇《すめら》御国に一億の命ささげむ時今し来る

神の剣醜草《しこくさ》なぎつまつろはぬ敵《あた》の盡《ことごと》なぎてしやまむ

空の、海の、陸《くが》のはてまで皇《すめら》御軍撃ちてしやまむ敵《あた》てふ敵《あた》を

わが国はついに決断した。それは元寇以来の国難に立ち向かうための大いなる決断、一億の国民

が命を捧げて支えるべき決断である。一首目二首目はそう覚悟を決めている。それを受けた後の二首は、敵という敵を打ち砕こう、と呼びかけている。日本国語大辞典第二版によると「あだ」は古くは「あた」、外敵。万葉集巻二十大伴家持の長歌の一節「しらぬひ筑紫の国は安多《アタ》守る押さへの城《き》そと」を例として挙げている。その「安多」、信綱の岩波文庫『新訓万葉集』では「賊守《あた》る」、中西進『万葉集』（昭和五十九年九月・講談社）では「敵守《あた》る」である。

読売新聞は十三日に北原白秋「天兵」五首、二十三日に窪田空穂「相継ぐ捷報」五首と続いた。

天皇《すめらぎ》の 戦《たゝかひの》 宣らす時おかず奮《ふる》ひ飛び立つ荒鷲が伴《とも》　北原白秋
神と征《ゆ》く天つみいくさ玄《はる》かなりことごとの海ぞ今しとどろく　同

開戦を受けて突然古層に戻る。これは歌人たちに共通の特徴でもあったことが白秋作品からも窺える。しかし醜草《しこくさ》、敵《あた》と信綱の古層返りは白秋よりも一歩濃く、今の感覚では違和感はより強い。それでも読売紙面の信綱歌の見出しと一首目を受けとめた十二月九日の人々の胸に湧いてくるのは粛然とした高揚感だったと思う。八日正午のラジオを通じて流れた宣戦の詔書とは質の違う呪力を歌に感じた読者も少なくなかったはずである。読者を引き込むその呪力、常に公を意識してきた信綱らしい開戦歌である。

### ③霜の朝

昭和十六年十二月八日、東京はよく晴れた寒い朝だった。ラジオからいつも六時半に流れる天気予報がこの日は放送されず、音楽が流れた。七時の時報とともに臨時ニュースのチャイムが鳴り、

NHKラジオは次のように告げた。

「臨時ニュースを申し上げます。臨時ニュースを申し上げます。大本営陸海軍部午前六時発表。帝国海軍部隊は本八日未明、西太平洋においてアメリカ、イギリス軍と戦闘状態に入れり」

アナウンサーは二度繰り返し、「きょうは重大ニュースがあるかもしれませんから、ラジオのスイッチは切らないでください」と結んだ。十一時三十分になると、軍艦行進曲の前奏でハワイ奇襲作戦の成功が報告された。この日以降ラジオの気象通報は中止された。

その朝の臨時ニュースを松田常憲は次のように受け止めている。

開戦のニュース短くをはりたり大地きびしく霜おりにけり

ニュースの短さと霜の厳しさ。二つの事実だけを重ねた端的な表現が〈その朝〉の緊張をよく再現している。常憲の娘の春日真木子は「確かにその朝は冷えこみきびしく、霜が立っていた」(『野方ノオト』)とこの日をふり返っている。後からの目には、大地を包む厳しい霜は、戦争の先行きを暗示しているようにも見える。歌は常憲の大東亜戦争歌集『涌天』の巻頭歌である。

開戦の報を受けて、斎藤茂吉はその日の日記に「老生ノ紅血躍動!」と記している。日記によるとこの日茂吉は、学士会館で「佐々木博士」と会い、神田一橋図書館に回ってのち鰻を食べた。午後四時十五分に明治神宮に参拝し、東條首相や海軍大臣とも出会った。神宮から渋谷道玄坂に出て、また鰻を食べた。九日も十日も捷報に心落ち着かず、道玄坂に出て鰻を食べた。

伊藤嘉夫「日記抄」(「心の花」昭和十七年二月)にはその日の伊藤と伊藤の目に映った人々の反応が歌われている。

①ひしひしと身に近きもの感ずなりけさの省線に人らわらはず
②千五百の少女粛として今し降る大みことのり待ち虔しめり
③すがすがと晴れたる面に少女らが涙ぬぐへる美しさ見よ
④管制の省線に人ら戦果言へり忝なき国に吾ら生れたり

①には「十二月八日、本未明、西太平洋上に於て、英米と戦争状態に入れりと報ぜらる」と詞書がある。その報を受けての出勤途上の電車風景、「人らわらはず」に歴史の大きな転換点にいる者の緊張と不安が感じられる。②③は詞書「午前十一時、宣戦の大詔喚発あらせらる。ラジオに奉読を放送す。職員生徒全員講堂に集合、放送を待つ」を受けている。伊藤が講師をしていた跡見女学校での場面と思われる。女学生たちは天皇の言葉をつつしんで待ち、決断を受けて感激の涙を流している。④は詞書「有楽町に至り省線電車にて帰る。車中も燈火管制なり」を受けている。戦果が報じられ、緊張が喜びに変わったのである。同じ車中の風景ながら、①とは空気に大きな変化がある。淡々と事実に沿っているから、一連には国民の感じ方とその変化がよく表れている。

公を強く意識して事態を正面から受けた佐佐木信綱の「国難来る」、暮らしの中で異変への緊張をしめした松田常憲の「霜おりにけり」、そして学校と街なかの反応を受け止めた伊藤嘉夫の「人らわらはず」。昭和の大戦への最初の反応として記憶しておきたい三首である。

④堪へたへて今日《けふ》に及べる

「短歌研究」は開戦を受けて緊急特集を組んだ。十七年一月号「宣戦の詔勅を拝して」である。八日の段階では一月号の原稿依頼は終わっていたが、追加企画に歌人たちもすぐに応じた。『山口茂吉日記』の十二月三十日は〈受信「短歌研究」〉と記している。北原白秋から佐佐木信綱まで、与謝野晶子も窪田空穂も加わり、当時の歌壇を代表する二十名の人特集である。

天《あめ》にして雲うちひらく朝日かげ真澄晴れたるこの朗ら見よ　北原白秋
勝たむ勝たむかならず勝たむかくおもひ微臣のわれも拳握るも　吉井勇
大御稜威《おほみいつ》かしこくもあるか戦争は必《かならず》勝つにさだまりにけり　岡麓
天地《あめつち》に寒さの浄く凝る時し大東亜戦宣らせ給へり　川田順
横暴《わうぼう》アメリカ老獪《ろうくわい》イギリスあはれあはれ生耻《いきはぢ》さらす時《とき》は来向《きむか》ふ　土岐善麿
あじあの敵人類の敵米英を今こそうてと神宣らしたり　相馬御風
み戦《いくさ》の詔書の前に涙落つ代《よ》は酷寒に入る師走にて　与謝野晶子
水軍の大尉となりて我が四郎み軍《いくさ》にゆくたけく戦へ　同
太平洋の波天をうつとも踏み破る日本男児の鋭心ぞこれ　石榑千亦
将兵にこの魂《たましひ》をあらしむる言に絶えたる大御稜威はも　窪田空穂
絶待に勇猛捨身《ゆうまうしやしん》の攻撃を感謝するときにわれはひれ伏《ふ》す　斎藤茂吉
えんえん燃ゆる巨大な日の、十二月八日のこのひと時を今を　前田夕暮
堪へたへて今日《けふ》に及べる日本《につぽん》を何とかも見る亜米利加よ英吉利よ　半田良平
とこしへの平和のための戦ひを詔らす御言葉は神の御言葉　武島羽衣
大勅《おほみこと》のまにまに挙《こぞ》る一億を今日こそ知らめアメリカイギリスども　土屋文明

大君のみことのまにま臣民《みたみ》皆が国に殉ふ時し来れり　佐佐木信綱

前田夕暮は「大詔渙発の日」と題した文を受けての、反歌に近い一首、こうして並べると、自由律を保ちながらのその高揚ぶりが新鮮ではある。自由律はまだ健在だったことも確認できる。

与謝野晶子は十五年五月に二回目の脳出血に襲われ、療養が続いていたが、開戦の十二月は言葉も明瞭、比較的元気だった。しかし十七年一月には容態悪化、最後の詠草は「冬柏」十七年一月号の「峰の雲」とされている。そこには「短歌研究」特集号作品も含まれており、掲出歌は晶子最後の作品でもある。「四郎」は四男の意、名は昱《いく》である。「冬柏」からも一首引用しておこう。

戦《いくさ》ある太平洋の西南を思ひてわれは寒き夜を泣く　与謝野晶子

ここには子の無事をひたすら念じて泣く母の姿がある。「我が四郎み軍《いくさ》にゆくたけく戦へ」は建前でこちらが本音と読みたい人も多いだろうが、晶子の真情はどちらにもある。「短歌研究」では「強きかな天を恐れず地に恥じぬ戦をすなるますらたけをは」「子が船の黒潮越えて戦はん日もかひなしや病する母」とも歌っており、そこには正義の戦いに赴く若者たちへの鼓舞と共感があり、そうした雄々しさを支えられない病身のおのれの非力への嘆きがある。そのどれもが表向きの建前だと読むのは無理である。このとき晶子には、国の戦いを支えようとする意志があり、子の無事をひたすら願う母の心があった。歌はそうしたごく自然な心の分裂を反映している。

特集に示された心を一言でいえば、半田良平の上二句「堪へたへて今日《けふ》に及べる」であり、堪えた末の決断、〈やった！〉である。茂吉や善麿にそれがもっとも濃い形で表れている。もう少していねいにまとめれば、米英への憤りと宣戦の詔への感涙、そして初戦の成果への喝采である。近代創作歌唱の「夏は来ぬ」で「さみだれのそそぐ山田に早乙女が裳裾ぬらして玉苗うう る」と涙が出るほどうるわしい季節の風物を歌った佐佐木信綱も、「花」で春の隅田川のうららかさを歌った武島羽衣も、足並みを揃えて同じように反応した。

なぜみんなそのように足並みを揃えたのだろうか。時局便乗とか判断停止といった批判が占領期になされ、今も変わっていないが、それが昭和十六年十二月八日の正述心緒だったという観点は持っていなければならない。

いくつかのデータを示しておこう。

開戦を伝える朝日新聞特別版一面には「西太平洋に早くも凱歌」「我海鷲、真珠湾爆撃」、二面には「我生存を脅威・権威冒瀆/平和の希望遂に空し」と見出しが躍っている。「暴戻米英に対して宣戦布告」「最後の勝利を確信/見よ二千六百年不敗の史実」は読売新聞一面である。

多くの人々も同じ反応をした。山田風太郎『同日同刻』が教えている。

東京帝国大学医学部の学生加藤周一は学生が大学構内で新聞の号外を読むのを聞き、「周囲の世界が、にわかに、見たこともない風景に変わるのを感じた」。

日中戦争に報道部員として従軍、その体験を綴った小説『麦と兵隊』がベストセラーになった三十五歳の火野葦平は「ラジオの前で、或る幻想に囚われた。これは誇張でもなんでもない。神々が東亜の空へ進軍してゆく姿がまざまざと頭の中に浮かんで来た。その足音が聞える思いであった。新しい神話の創造が始まった。昔高天原を降り給うた神々が、まつろわぬ者共を平定して、祖国日本の基礎をきずいたように、その神話が、今より大なる規模をもって、ふたたび始められた。私はラジオの前で涙ぐんで、しばらく動くことも出来なかった」。

三十九歳の島木健作は「妖雲を排して天日を仰ぐ、というのは実にこの日この時のことであった」と感激した。

四十八歳の漫談家徳川夢声は神戸のホテルで東條首相の全国民への放送を聴き、「身体がキューッとなる感じで、隣りに立っている若坊（女優若原春江）が抱きしめたくなる。／表へ出る。昨日までの神戸と別物のような感じだ。途から見える温室のシクラメンや西洋館まで違って見え」た。

五十九歳の詩人高村光太郎は、昼近くのラジオで開戦を知った。「ゆっくり、しかし強くこの宣戦布告のみことのりを頭の中で繰りかえした。頭の中が透きとおるような気がした。／世界は一新せられた。時代はたった今大きく区切られた。昨日は遠い昔のようである。現在そのものは高められ確然たる軌道に乗り、純一深遠な意味を帯び、光を発し、いくらでもゆけるものとなった」。

昭和十三年に「人民戦線」に関係して検挙された経験を持つ五十二歳の青野季吉は「いよいよ来るべきものが来たのだ。みたみわれとして一死報国の時が来たのだ。飽まで落付いて、この時を生き抜かん。」と日記に記した。

何故歌人たちは、そして人々は口をそろえて、堪えに堪えた末に喝采を挙げたのか。「心の花」昭和十二年十月号の「西片町より」で佐佐木雪子が嘆いた「支那はどこまで行つたらばよいのか」という中国の見え難いまでの奥深さ、日中戦争を泥沼化させた要因の一つである開戦当時から続いた米英による蔣介石を援助するための援蔣ルート、米国・英国・中国・オランダによるＡＢＣＤ包囲網、そして日本に対する米国の経済封鎖。追い詰められて日本の苦境を人々もひしひしと感じていたからである。

連合艦隊司令長官の山本五十六はこの夜、戦艦長門の自室でひとり静かに述志を書いた。文人たちとは違い、敵味方の戦力をよく知るものの冷静な覚悟がそこには滲む。曲折多い未曾有の大戦だから「私心ありてはとても此大任は成し遂げ得まじとよくよく覚悟せり」と結び、歌を一首添えた。

大君の御楯とたたに思う《ママ》身は名をも命も惜しまさらなむ　山本五十六

惜しむものはなにもない、全力を挙げて戦うだけだ、と文字通りの述志である。日米開戦を避けることに心を砕きながらも、開戦やむなしとなればハワイを奇襲攻撃し、米国艦隊の西太平洋進攻を当分の間不可能にさせる必要ありと計画、提案したのが他ならぬ山本だった。山本の行動の中に置くと、歌からは奇襲成功のあとの困難を見据えての自覚がひしひしと伝わってくる。

このとき十八歳だった吉本隆明は開戦時の感想を問われて次のように答えている。

ものすごい開放感でしたね。／それまで、日本は〝ＡＢＣＤ包囲網〟で経済封鎖をされ、いざというときのために、僕らは町内会の通達で防空頭巾をつくったり、防空演習をしたり、縁の下に防空壕を掘ったりして、国内ではものすごく重苦しい緊張感が高まっていましたから。これ以上、この重苦しい緊張感が続いたら、ちょっとかなわないなというところがありました。開戦の知らせは、そういう重苦しい緊張感から僕らを開放してくれたんです。

（『私の「戦争論」』）

開戦時のこうした緊張からの開放感が短歌においては土岐善麿「横暴《わうぼう》アメリカ老獪《ろうくわい》イギリスあはれあはれ生恥《いきはぢ》さらす時《とき》は来向《きむか》ふ」となり、斎藤茂吉「絶待に勇猛捨身《ゆうまうしやしん》の攻撃を感謝するときにわれはひれ伏《ふ》す」、前田夕暮「えんえん燃ゆる巨大な日の、十二月八日のこのひと時を今を」、半田良平「堪へたへて今日《けふ》に及べる日本《にっぽん》を何とかも見る亜米利加よ英吉利よ」となったのである。そしてその開放感は、「大いなる国難来《きた》る国難は来《きた》る」という危機感の裏返しでもあった。戦争期・占領期の考察における近年の成果である五百旗頭《いおきべ》真『戦争・占領・講和』から、この間のアメリカの動きを示しておきたい。

　日本が北部仏印進駐を行い、三国同盟を締結した一九四〇年の九月にアメリカ政府は対日経済制裁を発動した。屑鉄の対日全面禁輸である。しかしいきなり石油まで禁輸にすれば、日本を暴発させる危険が高くなるので、注意深く除外した。すなわちアメリカは対日経済制裁によって重大なメッセージを発し、もし日本政府に合理的判断力があれば戦争政策を断念するよう促す。それもできない日本政府であるなら、制裁をエスカレートさせ経済資源の蛇口を閉めることにより物理的に日本の戦争遂行を不可能にする。戦争することなく日本を屈服させる方策として対日禁輸が発動され、段階をおって強化され続けた。（略）一九四一年七月の南部仏印進駐に対する石油の全面禁止と在米日本資産の凍結によって、ルーズベルト政権は対日経済制裁を完了した。（略）問題は、日本が資源の蛇口を閉められて戦わずして屈する（日本側の表現の「ジリ貧」）か、その前に絶望的事態（日本側でいう「ＡＢＣＤ包囲網」）に追い込まれて窮鼠《きゅうそ》猫を嚙《か》む暴発をやらかすかであった。グルー大使は日本が『民族的ハラキリ』としての開戦に訴えることもありうるとワシントンに警告した。（略）ルーズベルトは日本による開戦がありうると考えていたし、しかもそれは、彼の厭うところではなかった。（略）開戦の場合にアメリカが勝利することを微塵《みじん》も疑っていなかった。

## ⑤熱海西山

信綱は十八年四月に重い肺炎にかかり、「死生の間を彷徨すること数日、仰臥数十日、読むなかれ、聞くなかれ、考えるなかれとの医禁」（『作歌八十二年』）の中で過ごした。回復後には静養と著作のバランスをとることが切実になり、東京への空襲が始まると戦火を避ける必要も加わった。十九年十一月二十四日にマリアナ諸島を飛び立ったB29が東京を襲ったのである。この初空襲の目標は武蔵野市の中島飛行機武蔵製作所、八十八機が参加したと言われる。以来、東京は百回を超える空襲を受けた。戦後の中島の後身が富士重工業（今のSUBARU）である。

こうした時局を受けて、十九年十二月十八日、信綱は熱海に移った。『作歌八十二年』は「時局もきびしくなり、昨年の大病後とて、山川博士、下村博士の勧誘によってであった」と説明している。「心の花」二十年一月号「消息」には「園主は著作に専念せらるべく四月六日まで熱海市西山立石第十隣組西原方に移転せられ候」とあり、当初は温暖なところで冬を乗り越えるための一時的な転居だったようだ。山川は信綱の主治医山川一郎、下村海南はこのとき日本放送協会会長下村宏でもあり、昭和二十年四月の鈴木貫太郎内閣で国務大臣（内閣情報局総裁）に就任、八月十四日の玉音放送録音に立ち会った。

転地先として信綱の心に浮かんだのは、「心の花」の西原民平が熱海西山に所有している山荘だった。一度訪ねたことがあり、広くはないが庭の情趣も深く、好印象が残っていた。打診を受けて西原は快諾、信綱を迎えるに当たって伊豆山の徳富蘇峰に凌寒荘と命名してもらい、準備を整えた。

〈園主は四月六日まで熱海〉。しかし予定通りにはならなかった。軍需工場を目標とした米軍の空襲は、昭和二十年に入ると戦意喪失を狙って一般住民の殺傷に転換されたからである。

東京への大規模なそれの第一弾が三月十日午前零時過ぎから二時間二十分にわたる空襲である。三百二十五機のＢ29爆撃機が本所・深川・城東・浅草など下町一帯に高性能焼夷弾を大量に投下した。関東大震災の時に米国は積極的な援助を行ったが、同時に被害状況を綿密に調査した。それを大空襲の計画に生かし、まず木造家屋が密集している下町を標的にした。折からの強風で火災はたちまち広がり、死者十万人、負傷者十一万人、家を失った者百万人と大打撃を受けた。川崎展宏句集『秋』の「南無《なむ》八万三千三月火の十日」はデータ活用が異様な迫力を生みだして忘れがたい。これには「東京大空襲による死者の数は諸説あって不明。いま〝米国戦略爆撃調査団報告〟による」と詞書がある。「東京空襲を記録する会」は死者十万と推定、これが今日ではもっとも流布している。

三月十日のそれが東京大空襲と呼ばれるが、東京はその後も繰り返し空襲を受けた。「東京空襲を記録する会」の資料によるとその後の主な空襲は現在の区名で述べると、四月十三日から十四日にかけて豊島、文京、北、荒川、新宿、港など、四月十五日が大田、目黒、港、品川、世田谷など、五月二十四日が目黒、大田、杉並、渋谷、品川など、五月二十五日が中野、千代田、新宿、渋谷、目黒などである。重なる空襲が歌人たちを四散させ、東京を中心とした歌壇も機能しなくなった。窪田空穂は東京大空襲で疎開を決意、三月十七日に故郷の長野県和田村（今の松本市和田）に向かった。斎藤茂吉は四月十日に山形県堀田村金瓶に、前田夕暮は四月二十七日に埼玉県奥秩父入川谷（今の秩父市）に向かい、会津八一は四月三十日に故郷新潟に、土屋文明は六月三日に群馬県吾妻郡川戸に疎開した。熱海西山には谷崎潤一郎の別荘もあったが、谷崎は五月には疎開のため岡山県津山に去った。

歌人たちが四散した東京に帰ることはもはや不可能だった。信綱は熱海西山に留まり、終戦を迎えた。後に西原から譲り受け、凌寒荘は信綱終の棲家となった。「きびしい終戦前後の時局下に、心静かな老学生の生活をなし得た」（『明治大正昭和の人々』）と信綱は述懐している。

山黙《もだ》し水かたらひて我に教へ我をみちびくこの山と水と
西山の傾斜《なぞへ》杉むら光あせぬ今日の一日も暮れむとするか
世を思ひ人を思ひはた我を思ひ涙はこぼるさ夜のくだちに
ひと巻の書《ふみ》かきをへつ夕庭の木蘭の花にしづかに対《むか》ふ

『山と水と』の「熱海西山作」から。「十二月、熱海西山なる凌寒荘に仮寓す」と詞書がある。一首目には一変した環境、豊かな自然に抱かれて山河に身を委ねようとしている。歌人たちの疎開詠には山河に抱かれながら悲嘆交じりの安堵感を洩らすところに共通項があり、そうした疎開詠の信綱版として記憶しておきたい。二首目は単純な一日の推移を見つめている。社会の喧騒はどこにも感じられない。自然に包まれた時間のなかにいる者だけが持つ感懐が歌からはにじみ出る。信綱は熱海に来る二日前、情報局の依頼で第二回愛国行進歌の選定をしていた。そうした世のさまざまから離れた者の感慨が三首目を生んでいる。

この昭和二十年一月に信綱は「熱海だより」を書き、「熱海西山に移つて来た。しかし日課としての著述は怠らず、いさゝかながら参考に携へ来た書籍は、西片町の書斎と同じく机辺に散らばつてをる」と記している。信綱は若いときから、困難なさまざまな宿題をみずからに課し、それをやり遂げてきた。四首目にはなおも仕事を手放さない、いや手放せない信綱がいる。

しかし「熱海だより」の掲載は「心の花」第四十九巻第二・三・四月合併号である。発行日時は示されていない。度重なる空襲で定期刊行は不可能になっていたのである。

二月には空襲で「組版の成れる『国学先賢書簡』、『橘曙覧全集』は東京にて」、「『野村望東尼全集』は大阪にて湮滅《いんめつ》」、『作歌八十二年』は「遺憾の至である」と記している。その佐佐木信綱編『野村望東尼全集』は昭和三十三年に同刊行会から改めて発行された。

⑥百方配意――「心の花」の昭和二十年

ここで「心の花」の昭和二十年の状況を確認しておきたい。この年の発行は一月号、二月号、二・三・四月合併号、五・六・七月合併号の四冊である。各号の「緊急会告」などによってその動きを整理したい。

昭和二十年当時、「心の花」の編集兼発行人は石榑正だった。彼は石榑千亦の娘婿で、深川区平野町に住んでいた。「心の花」はすでに遅刊が始まっていたが、三月十日には二月号と三月号の編集を終えて、原稿は石榑の手を離れていた。その三月十日、東京大空襲があり、石榑は夫人、次男、長女とともに焼死、長男だけは千葉の祖母のところにいて無事だった。

石榑の死を確認後、角利一が編集兼発行人となり、雑誌発行へ体制を立て直したが、五月二十五日の東京空襲が「心の花」に追い打ちをかけた。このとき発送段階まで漕ぎつけた二月号と三月号が焼失、四月号は印刷直前の組版が焼失した。「爾来之が再刷に関し百方配意致候へども、印刷部面の恢復容易ならず、茲に漸く二・三・四月合併号を御送致す運びと相成候」と二・三・四月合併号の「緊急会告」が告げている。

「心の花」復刻版には焼失したはずの二月号も収録されている。発送段階にあったから、何冊かは編集部に残ったのだろう。コンパクトに再編集してはいるが、多くの会員が目にしていない幻の二月号はこうして復刻版の中で陽の目を見たことになる。なんとか歌誌を会員に届けたい、発行したい、という涙ぐましい姿勢がそこにはある。

月刊はすでに困難になっていたので五月、六月、七月も合併号となった。その五・六・七月合併号緊急会告は「本年は本五・六・七月合併号を以て終刊と致し、次号は昭和二十一年改巻第一号として発行、以下毎月続刊の見込に候」と告げる。雑誌発行を断念するより選択肢がないところに社会も歌壇も追い込まれていた。その最後の号となった五・六・七月合併号で佐佐木信綱は「み国のためささげまつらむ老の身にのこる血汐の一しづくをも」と、痛ましいまでの決意を示している。

しかしその五・六・七月合併号は年を越しても出なかった。昭和二十一年一月号には「発行の手配を致しましたが、印刷所の関係で、発送が本号と或は前後するかも知れません」とあり、二月号も「配本は早くとも本号と相前後するやうの成行です」、三月号も「昨年の第二合併号と前月の二月号とが遅れて居りますが、不日出来次第配本致します。重々の失態で申訳ありません」と詫びている。

なぜ二十一年一月号よりも二十年五・六・七月合併号の方が遅れたのだろうか。一日も早い刊行を目指す努力がより打撃の少ない印刷所探しとなって、結果的に刊行順が逆になった。「心の花」の印刷は昭和二十年二・三・四月合併号が東京の東京新聞社別館、五・六・七月合併号が仙台の仙台印刷株式会社、昭和二十一年一月号と二月号が長野市の信濃毎日新聞社印刷部、三月号から東京に戻って細川活版所と移った。発行可能な場を全国に求めたことが分かる。その苦心が結果的に逐次発行を不可能にした。では五・六・七月合併号はいつ出たのか。お詫び掲載が載らなくなるのは六月号だから、およそ一年後に会員に届けられた。歌誌発行のために「百方配意」を続けた、涙ぐましい軌跡である。

## （二）海山の嘆き

①八月十五日

昭和二十年八月十四日の夜、早くから閉ざした凌寒荘の門を激しく叩く者がいた。名刺を見ると中部日本新聞の記者、いよいよ明日は大変なラジオ放送があるから歌を詠んで欲しい、との依頼だった。「断つてもきかれぬので、思ふまゝの情を抒べた作をわたした」（『ある老歌人の思ひ出』）とあるから、このとき信綱はあまり時間を置かずに歌を作った。翌日の中部日本新聞二面に大きく

「胸を永遠に」七首が載った。

昭和二十年八月十五日此の日永久《とは》に日本臣民《みたみ》の胸《むね》に永遠《とこしへ》に
胸せまり涙は湧きく然れども涙流《なが》さむ時にしあらず
新草は焦土《せうど》にし萌ゆ焼かるとも焼かれざる吾が日本精神《やまとごゝろ》あり

後半の三首である。その日に先立って即詠を強いられた敗戦詠だが、未曾有の困難を正面から大きく受け止めて、「涙流《なが》さむ時にしあらず」と心を固め、「焼かれざる吾が日本精神《やまとごゝろ》あり」とみずからを奮い立たせる。信綱らしい気丈な決意である。

朝日、毎日、読売報知をはじめとする十八社の「その日」の新聞には敗戦歌は掲載されておらず、紙面に敗戦歌があるのは中部日本新聞だけである。信綱の七首には「大詔《おほみこと》かしこみまつり九重の御門の方にぬかづきまつる」もあり、おそらく最初の玉音放送歌、それも前の夜に作られた玉音放送歌という珍しい例でもある。

人々はいつ敗戦を知ったのだろうか。

毎日新聞森正蔵記者の日記（『毎日新聞』平成七年八月十五日）によると、毎日新聞は十日未明に「ポツダム宣言受諾、降伏」の情報を入手した。どのようにして入手したのか。

東京有楽町の毎日新聞社に秘密部屋があり、海外放送を傍受するCA短波ラジオ三台が設置されていた。開戦と同時に設けられたこの部屋で傍受した終戦情報が「リスボン特電」「チューリッヒ特電」「ストックホルム特電」として新聞紙面に掲載された。日本政府がポツダム宣言受諾の斡旋をスイス、スウェーデンの中立国に依頼し、この事実を伝える外電放送を毎日新聞の秘密部屋が傍受したのである。

昭和二十年四月七日に発足した鈴木貫太郎内閣の国務大臣兼情報局総裁に就任した下村宏は「心の花」の歌人下村海南でもあった。佐佐木信綱門下となったのは大正四年である。下村の『終戦記』によると、ソ連参戦の通告を受けて八月九日十時半から最高戦争指導会議が二回、臨時閣議が三回開かれた。三回目の閣議が開かれたのは十日午前三時である。この会議で聖断によるポツダム宣言受諾を確認、米国へはスイス、英国へはスウェーデン政府を経由して返事を求めることになった。こうした動きが毎日新聞秘密部屋の傍受となった。

柳田国男は八月十一日に戦争終結間近と聞かされた。十一日の『炭焼日記』は「早朝長岡氏を訪う、不在。後向うから来て時局の迫れる話をきかせらる。夕方又電話あり、いよいよ働かねばならぬ世になりぬ」とある。柳田に終結を伝えた長岡隆一郎は内務官僚として警視総監や貴族院議員を務めた。「いよいよ働かねばならぬ世」は未曾有の困難に陥ることが必至のこの国をなんとか支えねばという覚悟である。

十日十四時、閣議でポツダム宣言受諾をいつどのように国民に知らせるかが話し合われた。議論の末、情報局総裁談と陸軍大臣布告をあわせて発表することになった。プレス発表は十六時四十分、翌八月十一日の新聞に掲載された。下村による情報局総裁談はソ連参戦という新たな事態を踏まえ、「今や真に最悪の状態に立ち至つたことを認めざるを得ない」と言い切っている。陸軍大臣布告は「断乎神州護持の聖戦を戦ひ抜かんのみ」と戦いの続行を呼びかけたが、下村の談話を読んだ山形の斎藤茂吉は、「深刻ナル新聞ヲ読ム。下村情報局総裁モ『最悪ノ状態』ダト云フコトヲ云ツテヰタ」と強い動揺を日記に記した。

作家の大佛次郎は十一日の夕方、知り合いの朝日新聞記者からポツダム宣言受諾を聞いており、メディア関係者から情報を得たケースが少なくない。

## ②信綱と海南

戦争終結の具体的な日時と方法は見えないながらも、歌人の中で早くから敗戦間近と覚悟したのは佐佐木信綱だろう。

信綱を歌の師と仰ぐ情報局総裁下村宏（海南）は、米軍による宮城爆撃があった翌日の五月二十六日、鈴木貫太郎首相に遺書代わりの手紙を書いた。

剣を抜くのは易しいが収めるのは難しい。しかしその時期を誤れば日本は再起不能になる。天皇が英断を下すことになるから、それに備えて世界に対して「高遠なる理念を宣明」する詔勅を用意してほしい。下村はそう進言している。下村にはこのとき、聖断による戦争終結という形が見えていたことになる。

下村海南『終戦記』によると、六月二十二日に「何等かの方法により戦争を終結するやう考慮あるべし」との天皇の意向を受け、ソ連へ特使を派遣して仲介の斡旋を依頼することになった。その後の紆余曲折はあったが、政府中枢もこの時には戦いを収める覚悟を決めたことになる。

一ヶ月後の七月二十一日午後、下村は熱海の信綱を訪ねるため、大阪行きの列車に乗った。車内はすし詰めとなり、下車するときは老若男女の別なく座った下村の膝を踏み台にして窓からすべり出た。下村の熱海行きは歌稿を点検してもらうのが目的である。「日本決戦歌集」と銘打った十二冊のシリーズ企画があり、下村もその中に入っていた。歌稿は「蘇鉄」と名付けられた。この日は水口旅館に泊まり、翌二十二日に西山へ上った。

「恩師への今生の別れとなる事」も覚悟した下村はこの日を「師の前に積る話はそれからそれとつくるところを知らず」と振り返っている。その師弟交流の場で下村が六首を作って師に捧げ、信綱が五首を返した。

これの世に名残の一と目惜しまんと／師の君をとふ熱海のまちに　海南
来の宮の大樟もいつか眼の下に／なづみつゝのぼる真夏日の昼を
西山のはざまの空を飛行機の／つぎ〳〵に見えつぎ〳〵にかくる
歌語いつしかそれていかし世を／かたらひかはす時のいくとき
これやこのとはの別れとなりもすべき／否あらず〳〵あふ時あらむ
山を下りかへり見すれば夏霞／はや立てこめつ凌寒荘よいづこ
筆とりゐし歌稿をおきて物がたり／又もみ国の運命にうつる　信綱
飛機の音はろかに聞ゆ友も我も／ゆくていづかと縁にいで見る
友黙し我ももだして丘の上／三もと老樟の夕ばえ仰ぐ
友を送り門の外に出で丶共に聴く／紫川の清き瀬の音を

坂路を下る友の姿を見まもりぬ／又逢はむ日はいつの日ならむ

下村の『終戦記』第十四章「熱海立石」からである。信綱『山と水と』には「七月、海南下村博士来訪」と詞書付きの「友もだし我はた黙《もだ》し丘の上の三もと老樟の夕ばえ仰ぐ」だけが収められている。

海南は熱海の街から凌寒荘へ上る道程を一つ一つ確かめるようにたどる。来宮の大樟、照りつける夏の陽、さし迫る時局を示すように西山の狭い空を飛ぶ飛行機。深く期する心がそこに表れている。歌稿の点検が目的ではあるが、話題はおのずから困難な国の先行きに移ってゆく。それも一度ならず幾度も。信綱の「又もみ国の運命にうつる」がそう教えている。下村がこのときどんな形で戦局を伝えたかはわからない。しかし鈴木首相にしたためた聖断の予測を含め、自分に見える終戦の形を下村は信綱に告げたのではないか。避けがたい事態を伝えた者と伝えられた者の重苦しさ。「友黙し我もだして」の沈黙がそれを示唆している。早くからのその心構えが八月十四日夜の一日早い悲歌に繋がったのではないか。〈とはの別れとなりもすべき、否、あふ時あらむ〉、そして「又逢はむ日はいつの日ならむ」。今生の別れを覚悟して歌を交わす二人からは、『平家物語』など戦記文学の一場面のような切なさが感じられる。

### ③新日本歌集叢書『黎明』

日本決戦歌集シリーズは八雲書店が企画したものである。昭和二十年に入ると絶え間ない空襲のため組み上がった版が焼けたり、製本段階で灰となるという事態が続いた。「短歌研究」は四月号の発行が八月に延び、「アララギ」は十九年十二月号を二十年三月に出して休刊、「国民文学」は四月号の発行がやっとだった。そうした中で日本決戦歌集はどのように企画されたか。当時の八雲書店社員で歌人でもある飯田莫哀が「心の花」佐佐木信綱追悼号（昭和三十九年四月）の「〈黎明〉覚書」で次のように説明している。

空襲下の出版を可能にするために、八雲書店は大判ザラ紙一枚で六十四頁のレクラム版（今の文庫版）歌集を短期間に製作する案を立てた。その企画の第一弾が日本決戦歌集シリーズだった。六月に依頼する歌人を選び、全員の快諾を得た。佐佐木信綱、川田順、吉井勇、土岐善麿、吉植庄亮、斎藤茂吉、釈迢空、岡麓、斎藤瀏、下村海南、土屋文明、結城哀草果の十二名である。

斎藤茂吉日記を見ると七月二十日に「決戦歌集（八雲書店）ヲ編センコトヲ急ニオモヒ選ビナガラ書簡巻紙ニ書イテ行キ百二十首アマリヲ選ンデタニ至ツタ」と記されている。このときの茂吉歌集が『万軍』である。「原稿は諸先生から次々に届けられてきたが、折しも広島と長崎への原子爆弾投下で、ついに八月十五日かなしい終戦を迎えてしまつた」と飯田は振り返っている。しかしこれは、全巻が未完のままだったということを意味しているのではない。昭和六十三年に刊行された歌集『万軍』跋文で柴生田稔は「このたび思ひがけなく、俳人上村占魚氏を自宅にお迎へしておどろきました。上村氏は、私の恩師斎藤茂吉先生とお知り合ひで、茂吉先生の『万軍』と言ふ歌集をお持ちでいらつしやつたのでした」と語っている。「アララギ」の高弟も知らないのだから公刊とまではいえないが、少なくとも見本刷りまでは出来て、それをなんらかの形で製本、上村の手に渡ったのだと思われる。

敗戦後、八雲書店はこの文庫版歌集の出版を継続するべく、新日本歌集叢書と切り換えて歌人たちに作品選択の変更を依頼した。佐佐木信綱『黎明』、川田順『夕陽居歌抄』、下村海南『蘇鉄』、土岐善麿『秋晴』などが昭和二十年十一月二十日付で一斉に刊行され、茂吉歌集は判型を四六判に変更、『浅流』となって二十一年四月二十日に出た。

その『夕陽居歌抄』、『蘇鉄』、『秋晴』、『浅流』が私の手元にある。

『秋晴』は「郭公よけふこそわれは来つれどもいかに去り難き都なりしぞ」と二十年六月の埼玉県三俣への疎開から始まり、終戦に際しては「おほみわざ今はた遂に成らずともあじあは起れ相睦みつつ」と深く他日を期している。

『夕陽居歌抄』は「乙酉元旦」、昭和二十年元旦の「三千年《みちとせ》の我が史《ふみ》の上にたぐひなく厳《きび》しき年の初日昇りぬ」と固い覚悟を示した歌から始まり、玉音放送を「日の本の国民《くにたみ》として言はむすべせむすべ知らぬ今日の日に逢ふ」と「微臣悲涙滂沱」の心を詠っている。『蘇鉄』は海南自身の軌跡を辿りながら「戦はまさに敗れたり彼を知らずおのれすら知らず敗れたりまさに」と深い挫折に沈んでいる。『浅流』では「詔書拝誦」の「聖断はくだりたまひてかしこくも畏くもあるか涙しながる」がよく知られている。

信綱の『黎明』原本は探せなかった。『佐佐木信綱全歌集』を見ておこう。

序は八月十四日の詔書を受けて「吾が臣民は、大詔ヲ畏みまつりて、新たしき日の本の国ヲ築き成さむ為に、道は険《さか》しくとも、遠くとも、ひたすらに邁進すべき時なり」と覚悟を新たにしている。「昭和二十年九月」と執筆時が示されている。

道の前途《ゆくて》はろけくとも直《ただ》に進み行かな天《あめ》は広し高し日は明《あか》し浄《きよ》し

「若人に示す」十首の一首目。決戦歌集が新日本歌集に変更されて、まず新しい世を託すべき若者へ呼びかけたのである。そのすぐ後に「昭和十六年十二月作」の「元寇の後六百六十年大いなる国難来《きた》る国難は来《きた》る」を置いている。

「大学の歌」「北海道にて」「足尾銅山」「洞庭湖上作」など、『黎明』は旧作の抄出集である。その巻末に「をさな児と顔」三首があり、信綱のジジバカぶりが見えて楽しい。一首だけ紹介しておこう。

どつちにある、こつちといへば片頬笑《かたほゑ》みひらく掌《たなそこ》の赤きさくらんぼ

④わが心くもらひ暗《くら》し

信綱の敗戦歌は八月十四日にあらかじめ詠み、中部日本新聞に渡した「胸を永遠に」七首ではなく、やはり、玉音放送を聴いたあとの衝撃の深さからも十五日からの四首である。

八月十五日、信綱は正午が近づくとラジオの前に謹座し、「御放送を承つた」（『ある老歌人の思ひ出』）。時報が鳴り、アナウンサーが全国聴取者の起立を求めたあと、歌の弟子でもある下村宏情報局総裁の声が「天皇陛下におかせられましては、全国民に対し、畏くも御自ら大詔を宣らせ給う事になりました。これよりつつしみて玉音をお送り申します」と告げた。放送が終わると、ぬぐってもぬぐっても涙があふれた。

天《あめ》を仰ぎ地《つち》にひれふし歎けどもなげけどもつきむ涙にあらず
わが心くもらひ暗《くら》し海は山は昨日のままの海山なるを
なげきあまり熱にたふれし耳の辺に人間ならぬ嗚咽《をえつ》の声す

一首目が十五日、二首目が十六日、三首目が十七日の作である。十七日、信綱は「めづらしく発熱した」(『ある老歌人の思ひ出』)。深い嘆きが発熱を呼び、人間としての制御を失いかけた。「人間ならぬ嗚咽の声す」からはその動揺が立ち上がってくる。

涙は止まらず、自分を失うまでに動揺した信綱。開戦時も敗戦時も信綱作品には信綱ならではの丈高さが生きている。特に注目したいのは二首目である。「くもらひ」は濃淡の変化なしに全面曇っている状態である。〈私の心は曇りに曇って暗く閉ざされてしまった。それなのに海は山は昨日のままの海であり山である〉と歌は語っている。端的に意訳すれば、国は敗れたのになぜ山は裂け、海は涸れないのかという嘆き、これが歌の心である。

この表現には万葉集巻十六の「鯨魚取《いさなと》り海や死《しに》する山や死《しに》する死ぬれこそ海は潮干《しほひ》て山は枯《か》れすれ」が遠く作用している。信綱の『評釈万葉集』に従えば、世の無常を嘆いたこの古歌は〈海や山は死ぬだろうか、そんなことはない。いややはり死ぬのだ。だから海は潮が干るし、山は枯れるのだ〉といった意味になる。万葉集古歌と信綱の敗戦歌は、わが嘆きの深さに海山は感応するはずのもの、という心において共通している。しかも嘆きはおのれ一人の嘆きではない。海山と心を一つにしているはずの国の滅びに直面しての嘆きである。それなのに昨日の姿のままに海は青く静まり、山は沈黙して動かない。その無窮の姿に向かって、なぜ海山は国の滅びに感応しないのか、と信綱は嘆く。その丈高さと嘆きの深さにおいて、これは敗戦歌の白眉である。

注・情報局総裁でもあった海南下村宏は、人々が敗戦を知った八月十五日よりも、聖断が下り、玉音放送録音のあった八月十四日を重要と考え、『終戦記』に「昭和二十年八月十四日は日本の歴史に又世界の歴史に、逸しられない画期的の記念日である」と記している。斎藤茂吉が八月十五日の日記に記した「八月十四日ヲ忘ル、ナカレ、悲痛ノ日」と併せて記憶しておきたい。

### ⑤戦争は終わらなかった

敗戦後の九月、日本で占領軍検閲が始まったが、その最初の打撃を受けた歌人が佐佐木信綱だった。前後の状況からそう判断することができる。

日本に進駐軍第一陣が着いたのは八月二十八日である。連合国最高司令官マッカーサーがコーンパイプをくわえて同じ厚木基地に着いたのは八月三十日。この日、横浜のホテルニューグランドに連合国総司令部（ＧＨＱ）が置かれた。九月二日に戦艦ミズーリでの降伏文書調印、翌日には治安維持や占領政策の円滑な実施を目的として民間検閲支隊（ＣＣＤ）にマスメディアを含む検閲命令が出た。ＣＣＤ内部にメディア専門の検閲組織新聞映画放送課（ＰＰＢ）が設置され、九月十一日から活動を開始、この日から占領軍による言論統制が始まった。十四日には同盟通信社が一日業務停止処分を受けた。同盟通信社の海外向け放送が米兵非行を報道したからである。九月十九日には

「プレスコード」が発表され、その基準に基づいて雑誌の検閲も始まった。

出版物の事前検閲は十月八日からとされているが、山本武利『占領期メディア分析』によると「雑誌はすでに四十五年九月の時点で六十七誌が事前検閲を受けていた」。

戦中戦後の歌壇には商業誌が二誌あった。「短歌研究」と「日本短歌」である。両誌は同じ昭和七年十月に創刊されたが、「短歌研究」の版元は大手出版社の改造社、「日本短歌」は雑誌経営のない実業家木村捨録、「覇王樹」の歌人でもあった。ライバルと呼ぶには経営力に差がありすぎるから、木村は「日本短歌」を投稿中心の雑誌にして「短歌研究」との差別化を図った。ところが横浜事件に関係したとされて改造社が廃業に追い込まれ、当時の出版統制機関である日本出版会から木村に「短歌研究」の権利購入の打診があった。昭和十九年五月末、譲渡価格十万円位、改造社所有の用紙現物約百連付き、と木村は「私の中の昭和短歌史（十）」で振り返っている。

空襲下でも木村は雑誌発行を諦めず、「短歌研究」昭和二十年四月号を敗戦直前の八月に発行した。五月から八月は休刊を余儀なくされたが、九月号はゲラ段階で八月十五日を迎えた。戦中最終号というべきその「短歌研究」九月号巻頭が佐佐木信綱作品八首。その中に奇妙な二首がある。

いのちもて齋垣きづき成し大御民めぐらひ守る　の御国ぞ
み国おもふ雄心は燃ゆ形こそやせさらぼへる老い歌人も
国の命かけていきほふ今の秋をわたくしの嘆なげくにしあらず
若人ら命を国にさゝげまつる命こめし書《ふみ》を　火にゆだねつ

一首目は天皇の民たちが守りを固めるこの国よと述べ、二首目は老いても国に尽くす心の強さは変わらないと気持ちを新たにしている。あとの二首には長い詞書がある。「数回の空襲に、此の三年間の苦心より成りし愛国歌集、訂正上代文学史、国学先賢書簡、野村望東尼全集、同人と共編の海軍産業戦士歌集の五種、解説をものせし古文献の複製四種全焼し、父子草の料の紙、万葉年表大成の組版、また戦災に罹りぬ」。それを受けて三首目では、国の命運を賭けた非常時に自分個人の嘆きを洩らしているときではないがと断りながらも、四首目からは、書くことによって国と若者たちを支えようとした老国文学者の深い嘆きが伝わってくる。一連の主題は決意よりもむしろ悲鳴である。しかし一読して分かるように、不自然な個所を持つ二首がある。「守る　の御国ぞ」、そして「書《ふみ》を　火にゆだねつ」の一字分の空白である。後者は一字あけの場所がいかにも不自然であり、前者はそのままでは表現として成立できない。不自然な巻頭作品を持った九月号の編集後記には次のようなお詫びがある。

　本誌は三月四月ともに充実したものを出したが、本号はたまたま時局転換の際に校正したため種々の関連上快心のものにならなかつた。次号以降は捲土重来を期して重厚な編集を続けるつもりである。尚ほ本号の原稿及び作品はその筋の御注意もあつて八月十五日以前の色調を拭消するため削減訂補するの已むなきものもあつた。執筆諸家並に読者各位にお詫び申上ぐる。

「その筋の御注意」という間接的な形で示された「その筋」は、翌十月号で次のように明確になる。

「短歌研究」九月号は連合軍司令部より一部削除の懇篤なる勧告を受けた。そのため印刷をやり直すといふやうな事になり、約三十日おくれた。又「日本歌人」九月号は発禁でした。近頃は歌もなかなか難しくなりました。

「近頃は歌もなかなか難しくなりました」。これが歌人兼日本短歌社社長木村捨録の、誌面にあらわれた敗戦後最初の嘆きである。
篠弘『現代短歌史I』は信綱作品の伏せ字を〈神〉と〈敵〉と読んでいる。「守る神の御国ぞ」、「書《ふみ》を敵火にゆだねつ」。的確な読みである。そうであれば、信綱作品の前者は神国日本の擁護、後者は占領軍への批判に当たる。当然に削除・修正の対象となるべき表現だった。

しかし、占領軍検閲が伏せ字を許さなかったことはよく知られている。占領軍が出版社に示した通達（「雑誌及ビ定期刊行物ノ事前検閲ニ関スル手続」）には「訂正ハ常ニ必ズ製作ノ組直シヲ以テナスベク、絶対ニ削除個所ヲインキニテ抹消シ、余白トシテ残シ、或ハソノ他ノ方法ヲ以テナスベカラズ」という一節がある。それにもかかわらず信綱作品には伏せ字が残ったままだった。

占領軍検閲はその後拡大してゆく。国会図書館所蔵「プランゲ文庫」の検閲文書を見ると、「短歌研究」十一月号では次の作品の傍線部分が削除命令を受けている。

七十度《ななたび》かちしいくさを恃みすぎ一《たび》たびにして大きく敗る　川田順
無頼漢盗人《ならずものぬすびと》どもは剣研ぎ世のみだるるを片待ちけらし　谷鼎
すがやかに翔《と》ぶあめりか機頭《づ》に響きあまり間近き時は憎悪《ぞうを》す　服部直人
戦ひをここに終へしむ見えがたき原子破壊の大き意志あはれ　塚田菁紀
一億の心いみじく衡たれつつ如何なりけむ彼の日ひととき　川上小夜子
たとへば思ふ強者一人をよりたかり袋叩きにするに似たりと

命令を受けて日本短歌社は指定部分を削除した修正ゲラを作成したが、当該部分は空白のままだった。さらに不思議なのは「短歌研究」は削除命令を受けた部分を含めたすべての作品が原形のまま流布している。こうした経緯の理由はわからず、検閲不徹底の例という他ない。検閲で削除命令を受けたことに信綱と川田順がどう反応したか、調べた範囲では見当たらない。戦いに負けるとはこういうことだ、と沈黙を守る他なかったのだろう。

占領軍検閲で興味深いのは終戦直後の八月二十日に朝日新聞と山形新聞に掲載された斎藤茂吉「詔書拝誦」五首の中の二首目の推移である。

万世ノタメニ太平ヲ開カムと宣らせたまふ現神《あきつかみ》わが大君《おほきみ》

この歌は八月二十日の初出段階ではそのまま掲載された。占領軍検閲はまだ始まっていないから当然といえる。次に、「アララギ」昭和二十年十一月号に「転載歌」として載ったとき「万世ノタメニ太平ヲ開カムと宣らせたまふ　　わが大君」となった。「現神」が消えて伏せ字のまま残ったのである。

さらに続きがある。平成十二年の『プランゲ文庫展記念図録』を見ると、「詔書拝誦」五首が新聞掲載時の表記のまま歌集『浅流』のゲラに存在している。『浅流』は山形の茂吉に代わって佐藤佐太郎を中心に編集、昭和二十一年四月に刊行された新日本歌集シリーズの一冊である。しかし図録の写真では、ゲラに赤線が引かれ、「トル」と指示がある。つまり「現神」の語句修正ではなく、作品そのものの削除である。刊行された『浅流』からは「現神」の一首は消えている。

検閲開始前に作られた「現神」の一首は、八月段階ではそのまま存在し、年末には「現神」という言葉が許されなくなり、年を越して歌そのものが不許可となったわけである。しかしながらそれは「現神」という言葉が敗戦とともに雑誌から消えたということではない。少なくとも年末段階では「現神」はまだ歌誌に載っている。

現つ神吾が大君の畏しや大御声もて宣らさせたまふ
現つ神吾が大君の爾等と侶にしありと宣はします

「短歌研究」昭和二十年十一月号の窪田空穂「終戦の大詔下る」からである。茂吉作品と同じ主題であり、歌の内容からは扱いを区別する理由はどこにもない。検閲不徹底の一例と思われる。『プランゲ文庫展記念図録』には削除命令を受けた部分を黒く塗って刊行したために検閲が一目瞭然という例、検閲の跡と間違えられそうな空白箇所を咎められて謝罪文を提出した例などもあって、細心でありながら、検閲の実態はルーズでもあった。

「アララギ」には伏せ字で存在した「現神」の歌は、『浅流』ではなぜ不掲載となったのだろうか。視野に入れておくべきは昭和二十一年元日の、「天皇ヲ以テ現御神ト」するのは架空の観念だとする、いわゆる天皇の人間宣言である。占領軍検閲に関する木村捨録の次のような回想が示唆的である。

天皇神格が否定され、かつ軍国主義者の追放がはじまると同時に、きびしさに拍車がかかり、持参するゲラ刷りは毎号幾十行かを棄却されるに至った。たとえば、「大君の」とか「すめらぎは」とか「おほみあへ」とか言ったことばは、すべて天皇神格を意図するものとして校閲されたのである。そのときGHQの係官に向ってどんなに説明しても、一端こうと思い込まれた先入観を変えることはできなかった。何が難しいといって、短歌の特殊なことばを英訳して、その意味やニュアンスを伝えることほど至難の過程はなかった。たとえば「ぬばたまの」という枕詞が黒いものへの枕詞であると説明すれば、たちまち、お前たちは黒人を甜めるつもりか、という途方もない誤解が帰ってくる始末であった。

「戦後歌壇の出発（上）」（「短歌」昭和四十九年一月）

「短歌研究」十月号が洩らした『日本歌人』九月号は発禁でした」にも立ち止まっておこう。専門雑誌「短歌研究」が一部削除で発行を許されたのに、なぜ投稿雑誌「日本短歌」が発禁になったのか。

この号は巻頭作品金子薫園「上つ毛野より」十五首、巻頭論文矢代東村「歌の中心となる感動」、編集局選の「日本短歌詠草」、堀内通孝「戦線短歌鑑賞（十六）」という構成である。その中の「日本短歌詠草」だけにチェックが入っている。それも夥しい数である。

梅雨明けて絨毯爆撃始まると思ひし夜半や早も襲ひき　　山中隼人（別府）
空襲は日々に激しくなりまさり山の寮舎にも焼夷弾を降らす　　小泉保太郎（千葉）
三ケ日数機が来たりふるさとのわれを育ぐみし家を焼きたり　　小野秀造（大阪）

その一部である。ここには空襲下の庶民の暮らしがありのままに表現されており、その悲惨は全国に及んでいたことを教えている。米軍の空襲による戦時下の悲惨を反映したこれらの作品に占領軍は皇国思想ではなく、短歌のドキュメンタリー性を読んだのだろう。それは米軍の非人道性を証すものとして検閲指針に抵触し、しかも一部削除では間に合わないほどの数にのぼるから、一冊丸ごと発禁処分にする以外になかったと考えられる。

木村が言うように「短歌研究」昭和二十年四月号が充実していたかどうか疑問だが、敗戦直前の八月発行のこの号には戦中最後の検閲が刻印されている。その点では注目すべき号といえる。

　焼原となりし街区《がいく》は灰《はい》燼ごしに×代橋も×大橋も見ゆ　　山脇一人「焦土合掌」

×印が検閲で伏せ字となった部分である。東京大空襲の甚大な被害が詠われている点を当局は危惧したのだろう。しかし伏せ字からは「永代橋」と原形も見えるから、検閲を露出させて威圧するところに戦中までの検閲の特徴があったことがわかる。木村の雑誌は二号続けて誌面に検閲が刻印され、しかも前者が大日本帝国の内務省、後者が占領軍という珍しい事例となった。「近頃は歌もなかなか難しくなりました」という木村の嘆きには、検閲には切れ目がないのに、尺度は正反対という現実への戸惑いが含まれている。

敗戦前後の短歌雑誌は何時発行されたのか。一つの参考例として歌人山口茂吉の日記で確認しておこう。山口茂吉は斎藤茂吉の直弟子、日記にはその日に何を受信したかを記している点が貴重なのである。

八月二十四日　　短歌研究五月号
九月四日　　短歌研究四月号
九月十日　　日本短歌四月号
十月二十四日　　日本短歌九月号
十一月十六日　　日本短歌十月号

十二月二日　　　短歌研究十月号
十二月二十五日　アララギ九月号
十二月三十日　　短歌研究、日本短歌（著者注：号数の掲載なし）

山口茂吉日記には「短歌研究」九月号受信は記されていない。また、斎藤茂吉日記の十一月十五日には「アララギ九月号著二冊」とある。諸事情を重ねると「アララギ」九月号は十一月十日頃に発行、土屋文明はすぐに山形県金瓶の茂吉に郵送した。

昭和二十七年四月二十八日、前年九月八日に調印されたサンフランシスコ平和条約が発効し、連合国の日本占領が終了、ＧＨＱ検閲も終わった。七十六歳を一ヶ月後に控えた窪田空穂は昭和三十年の『卓上の灯』収録の「講和条約発効の日に」四首で、このときの感慨を次のように詠っている。

我らみな俘虜と思ふに現れてさむざむとかこむ鉄の壁見し
独立を報じてラジオ鳴り渡れ主都東京に起る声なし
独立の時きたれりと告ぐる聞きおのづと出づる重き息はや
よろこびを云はむに遠し恥忍び口とづる日の過ごすに永く

「かこむ鉄の壁」には、俘虜として占領軍と向き合った日々の閉塞感がこめられている。ラジオは独立を告げるのに東京には喜びの声がない。自分も重い吐息をつく。喜びたいのに言えないのは、口を閉ざしたままの時間が余りに長かったからだ、と四首目は言っている。

## 参考文献


山田風太郎『同日同刻』（昭和六十一年十二月・文春文庫）
桶谷秀昭『昭和精神史』（平成四年六月・文藝春秋）
吉本隆明『私の「戦争論」』（平成十一年九月・ぶんか社）
産経新聞社編『あの戦争』上中下（平成十三年八月・九月・十月・集英社）
江口圭一『大系日本の歴史⑭二つの大戦』（平成五年八月・小学館）
五百旗頭真『「日本の近代6」戦争・占領・講和』（平成十三年四月・中央公論新社）
『三好達治全集』巻二（昭和四十年二月・筑摩書房）
『近藤芳美集』巻八（平成十二年九月・岩波書店）
冷水茂太『評伝土岐善麿』（昭和三十九年三月・橋短歌会）
猪瀬直樹『昭和16年夏の敗戦』（昭和五十八年八月・世界文化社）
「短歌」臨時増刊号「現代短歌のすべて」（昭和五十二年七月・角川書店）
佐佐木信綱『万葉辞典』（昭和十六年八月・中央公論社）
『松田常憲全歌集』（昭和六十一年十一月・短歌新聞社）
ＣＤ－ＲＯＭ版『山口茂吉日記』（平成十四年三月・翻刻の会）
「冬柏」（昭和十七年一月号）
『太平洋戦争海戦の日・終戦の日』（平成三年七月・大空社）
「毎日新聞」平成七年八月十五日朝刊

『柳田国男全集32』「炭焼日記」（平成三年二月・ちくま文庫）
江藤淳『閉された言語空間』（平成六年一月・文春文庫）
山本武利『占領期メディア分析』（平成八年三月・法政大学出版局）
藤原彰・粟屋憲太郎・吉田裕編『昭和20年／1945年』（平成七年六月・小学館）
産経新聞社編『あの戦争』上中下（平成十三年八月・九月・十月・集英社）
篠弘『現代短歌史Ⅰ』（昭和五十八年七月・短歌研究社）
川端弘『詩歌のほとり』（平成七年六月・短歌新聞社）
木俣修『昭和短歌史』（昭和三十九年十月・明治書院）
渡辺順三『定本近代短歌史』下巻（昭和三十九年六月・春秋社）
内野光子『短歌と天皇制』（昭和六十三年十月・風媒社）
臼井吉見『蛙のうた――ある編集者の回想』（昭和四十七年四月・筑摩叢書）
木村捨録「戦後歌壇の出発」（「短歌」昭和四十八年十二月号～四十九年三月号）、「私の中の昭和短歌史」（「林間」昭和五十二年一月号～昭和五十三年七月号）
三枝昻之「木村捨録の昭和史」（平成十二年三月・日本現代詩歌文学館編「日本現代詩歌研究」第4号）
三枝昻之『昭和短歌の精神史』角川ソフィア文庫版（平成二十四年三月・角川学芸出版）
「朝日新聞」昭和二十年復刻版
国会図書館所蔵「プランゲ文庫」
『メリーランド大学所蔵プランゲ文庫展記念図録』（平成十二年八月・ニチマイ）

# 第十三章　山河草木みな光あり
## ――『山と水と』の世界　付『秋の声』を読む

### （一）晴の歌

第九歌集『山と水と』は昭和二十六年一月、敗戦から五年五ヶ月後の刊行である。短歌の世界は敗戦翌年の二十一年から活発に動き、また大きく揺れた。

・昭和二十一年　二月・「人民短歌」創刊、五月・臼井吉見「短歌への訣別」、十一月・宮柊二『群鶏』、桑原武夫「第二芸術」、十二月・近藤芳美ら「新歌人集団」結成。

・二十二年　五月・桑原武夫「短歌の運命」、六月・近藤芳美「新しき短歌の規定」。

・二十三年　一月・小野十三郎「奴隷の韻律」、二月・近藤芳美『埃吹く街』。

急な展開だったことがわかる。二十三年六月に雑誌「余情」が「佐佐木信綱研究」号を出し、九月に日本歌人クラブが佐佐木信綱、窪田空穂、斎藤茂吉、前田夕暮、尾上柴舟など百八十三名を発起人として設立されたことも加えておこう。斎藤茂吉が『小園』と『白き山』の二冊を出し、塚本邦雄らが同人誌「メトード」を創刊した二十四年も注目される。

臼井吉見からはじまる第二芸術論による昭和の大戦を支えた短歌への厳しい否定、そしてその逆風から立ち直ろうとする多くのトライが続く中から『山と水と』も刊行された。

歌集自序で信綱は「いま仮寓してをる熱海西山は」とめぐりの風景を「かたちのよい緑の和田山」、「門前の道を隔てて流れる渓流は、名をむらさき川」と説明、「この数年、老の身の全力を傾けて、全集刊行のためにひねもす机によりつづけてをる自分の心を、慰めもし励ましもしてくれるのは、この山と水とである」と、歌集名の由来を語っている。なお、竹柏会版『佐佐木信綱歌集』とながらみ書房版『佐佐木信綱全歌集』ではこの自序は省かれている。全力を傾けているのは昭和二十三年に刊行が始まった全十巻の『佐佐木信綱全集』だろう。

初版『山と水と』は巻頭に「雪の小田原海岸」七首を置き、次の一連が「をりをりぐさ」。折々の歌を集めたその最初が「新春の歌」二首である。

春ここに生るる朝の日をうけて山河草木《さんかさうもく》みな光あり
はつ春の真すみの空にましろなる曙の富士を仰ぎけるかも

新春にふさわしい晴れやかな歌である。特に一首目はいかにも信綱らしい晴の歌で、私は繰り返しこの歌に言及している。詩歌鑑賞本『夏は来ぬ』、エッセイ集『こころの歳時記』、そして新潮社の「新潮45」で連載が始まり、今は「波」に移って継続中の「掌のうた」第一回など。なぜか、どんな魅力なのか。

今日は昨日の続きで明日は今日の続き。時間はのっぺらぼうのはずだが、折々の節目が入ると暮らしに改まった感触が生まれる。その一番大きな節目が大つごもりから元日への変化。短歌は万葉集の時代から新年の訪れをさまざまに詠んできたが、はれやかな新年詠となると大伴家持「新《あらた》しき年の初《はじめ》の初春の今日降る雪のいや重け吉事《よごと》」、そして信綱の「春ここに……」だろう。家持は万葉集を結ぶ歌でもあり、新年への言祝ぎに万葉集への祝福を重ねたくなる晴れやかさが魅力である。では信綱はどうか。

新しい春、山も河も草も木も、万象すべてが新しい光を受けて耀いている。風景が光り輝くのは折々のことだが、山河草木なべてが新年の光に包まれた姿はやはり格別。そう愛でてスケールの大きい賀歌である。ここで石川啄木『悲しき玩具』の一首を思い出してみよう。

何となく、／今年はよい事あるごとし。／元日の朝、晴れて風無し。

新年を愛でるという主題は変わらないが、この歌からは啄木の息遣いと暮らしの匂いが漂ってくる。信綱の歌にはこうした気配はない。あるのは新年という節日を正面から受け止めて祝福しようという意識である。一首を朗詠するとして、さて、どんな場がふさわしいか。啄木はやはり自宅の縁側だろう。信綱は思いきって、NHKホールかサントリーホール大ホールでの独唱。丈高い歌柄と大らかな朗唱性がそう思わせる。

短歌には「晴《はれ》の歌」と「褻《け》の歌」がある。公の場を意識したのが晴の歌、プライベートな日常性が褻の歌。近代以降は「明星」の「自我の詩」に表れるように褻の歌、生活の歌の時代となった。歌を読むと作者の暮らしぶりがほのかに見えてくるのはそのためである。それも大切な領域だが、しかし信綱は歌によってもろもろを愛でる領域を大切にした。その晴の意識がこの歌ののびやかな声調に反映している。

実は佐佐木幸綱が繰り返しこの歌を論じている。『佐佐木信綱』、『うた歳彩』、『三省堂　名歌名句辞典』などなど。幸綱の鑑賞と評価がこの歌への私の関心に作用している。

ところでこの歌、二句目の「生るる朝の」をどう読むか二説ある。「うまるるあさの」か「あるるあしたの」か。歌のリズムに関わるだけに悩ましい問題だ。『三省堂　名歌名句辞典』では幸綱が次のように鑑賞している。

「新春の歌」二首中の作。立春の歌ともとれるが、新年の歌ととっていいだろう。晴れやかなことばの響きで、明るく新年を祝賀した典型的な「晴の歌」である。第二句は「うまるるあさの」と普通に読みたい。ただし「あるるあしたの」と読む説もある。作者は読みについて言及していない。

典型的な「晴の歌」。ここが肝心だろう。私は姿勢を正す感じが口調としても広がる「あるるあしたの」に傾くが、どちらに読んでも、この一首は、愛でる歌、晴の歌の歌人佐佐木信綱ならではの作という点は変わらない。

この歌、幸綱は晴の歌と読み、私も幸綱に倣っているが、二人はこの歌への時代の作用を考慮していない。時代を超えた歌と読んでいるからだ。だからいつ発表された歌か、その点も重視していない。しかし初出を踏まえた鑑賞がある。『現代短歌鑑賞』第一巻（昭和二十五年九月・第二書房）の佐佐木治綱「佐佐木信綱鑑賞」である。治綱は言う。

一読して構想の大きな、格調の高い感じを受けると同時に、箇々の対象を具象的に写生する手法ではなく、観念的な作風であることがわかる。この作品は、偶時の感受によつて詠みいだされたものではなく、敗戦後の悲惨な祖国にあつて、やがての再建を祈る更生日本のための詩人としての切なる悲願が、反発的に現実の具象をうたわず、観念としてかくうたいいだされたのである。（略）世を憂え嘆く心は時に、「高つ空に日はかがやけり悲しびて歎きてあらむ時にしあらず」との精神となり、「春ここに」の作品は、これと同じ心持の上に自然を素材として観念的にうたつたものである。

偶時の感受ではなく、新年の山河を愛でることを通して日本の再生を念ずる歌。私には見えなかった時代の磁力を生かした読みである。治綱はこの歌の初出を「『心の花』昭和二十三・一〇」と示している。この号は「心の花・第六百号記念自選歌集」号である。天象歌、生活歌、挽歌など十の部立にわけた四季歌の巻頭に「春ここに」が置かれている。治綱が示した通りだとすると、信綱は六百号という節目を正面から抱きとめて新たに大きく詠ったことになる。その昭和二十三年は短歌が戦犯の詩型だった時代、奴隷の韻律と批判され、忌避された苦しい時代だった。その時代に敢えてこのはれやかな歌を置く。信綱の使命感をこめた「社会が複雑になればなるほど、短詩型の文学は必要を増す」が思い出される。それにならって言えば、この歌からは〈困難になればなるほど短詩型文学の必要は増す〉という信綱の覚悟の声が聞こえてくる。

時代を超越した歌、時代を受け止めた歌。どちらに読んでもこの歌のおおらかな包容力は変わらない。

## (二)　わが目しぶるも

『山と水と』巻頭の「雪の小田原海岸」は「心の花」昭和十五年四月号掲載作品、巻末一つ前の「鈴鹿行」は二十六年二月号から四回連載。『山と水と』はこの間に詠われた作品で構成されている。熊野や信濃など各地での旅の歌、十八年の闘病の日々、熱海へ移っての日々、二十年夏の慟哭、評釈万葉集の脱稿などなど、八十歳に至るまでの信綱が歌集からは見えてくる。その折々の姿から三点に注目しておきたい。一つは書物と向き合う信綱である。

何をなししぞ我をかへりみ今日の日のいのち思ひてスタンドを消す
書《ふみ》とぢてしづかにおもふ世のさまを丘の上の家に燈《ひ》はともりたり
西山の老学生が友とし見る向つ和田山のあしたあしたの色
夜に入れば秋らしき冷《ひえ》校正のインク薄きにわが目しぶるも
校正に日のひねもすをつかれたる目に夕ばえの石南花をめづ
万葉《よろづは》の歌の意《こころ》解《と》くとあしたゆふべ筆おく間《ま》なし老《おい》歌人吾《われ》

歌からは熱海西山での信綱の折々が見えてくる。文献に没頭しながらも「何をなししぞ」と自問する信綱。老いてもなお学生であり続けながら目の衰えをなげく信綱。その日々が貴重な成果も生んだ。一つが昭和二十三年の『評釈万葉集』だった。六首目は「評釈万葉集」と題する二首から。下の句が生な表現過ぎるとも思うが、修辞を表立てると老いの渾身が消えてしまう、と判断したのだろう。後の世の若者たちの学問を支えるために信綱は老いの日々をひたすら研究に没頭した。和田山をはじめとする西山の豊かな自然に支えられたその真摯な生き方が、今なお、私たちを励ましている。

## （三）遠山彦――雪子挽歌

『山と水と』で逸することのできないのは「秋風の家」である。一連に「二十三年十月十九日、雪子うせぬ」と詞書があり、雪子夫人挽歌である。

七十七歳、喜寿となった昭和二十三年は信綱にとって晴れやかな年として終わるはずだった。二月に『上代文学史』新訂版を出し、六月には喜寿祝賀会が盛大に開かれ、「心の花」喜寿祝賀記念号が五月号、七月号、九月号と続いた。十月号は第六百号記念自選歌集号だった。六月には千日書房『余情・佐佐木信綱研究』が、十一月には『佐佐木信綱全集』第一巻『評釈万葉集』巻一が出た。まだ困難が続く時代ではあるが、充実した一年というべきだろう。

しかし十月十日夕、夫人の雪子が脳溢血で倒れ、十九日朝に他界した。享年七十五だった。雪子は藤島正健の長女として明治七年に生まれた。藤島がリヨン領事となると一緒に渡仏、リヨンで小学教育を受け、帰国後明治女学校を卒業し、明治二十九年に信綱と結婚した。二人の恋愛を徳富蘇峰が支えたといわれる。もともと書くことが好きだったから小川町時代には「心の花」に「ともし火のもと」を連載、その後も「西片町より」「熱海だより」と続いた。信綱の喜寿祝賀の「心の花」五月号で雪子は「諸共に歩み来し道かへりみつつ喜びの今日を神に謝しまつる」と詠んでいる。

「心の花」十一月号には特集「佐佐木雪子追悼録」があり、信綱の「さびしき秋」が雪子の最期を次のように伝えている。

熱海では不自由な身体とて書く文字がまがつてゐたが、ノートブツクに絶えず何かかきつけてをつた。その何冊めかが一ぱいになつたから、自分が十二日に上京する日に、新しいノートブツクを持つて来てほしいといふてゐたに、その十日の夕方にたふれたのであつた。

雪子挽歌「秋風の家」は初版『山と水と』では一連二十首だが、『佐佐木信綱全歌集』では二十六首。ここでは後者をテキストにしたい。番号は一連の中の位置を示している。

①山の上にただよふ雲の白雲の色もかなしきあしたなりけり
③人いづら吾がかげ一つのこりをりこの山峡の秋かぜの家
④呼べど呼べど遠山彦のかそかなる声はこたへて人かへりこず
⑤山かひのさ霧が中に入りけらしさぎりよ晴れよ妹が姿見む
⑦からうじてつかまりあゆみ廊下ゆくと音たてては行きし此の幾月を
⑨虫の音もかれがれにして山住《ずみ》は秋ひと日ひと日深みもてゆく
⑫うつそみの心うらぶれ行き行けど夕山道は鳥の声もせず
⑬雲に問へば雲ただに黙《もだ》す水に問へど水流れ去るいづら吾妹は
⑰あはれとのみ思ひて読みきエマニエルをうしなひし後のジイドが日記
⑱うつそみの人の一人が悲しみてあふぐにただに青き空なり

㉔幼な日のリオンの写真色あせしをとうでながめつ幾年《とせ》ぶりに
幼時父に伴はれて仏国リオンにありき。幼な日の歌、故に及ぶ

①は山の上の白雲も悲しみを刺激して、序歌のおもむきである。③は「この山峡の秋かぜの家」が傍らの人を喪った孤独の深さを際立たせている。⑦は身体の不如意が顕著になった雪子の日々。⑨⑫⑬からは彷徨うように西山のもろもろに立ち止まる信綱の姿が見える。

⑰はフランスの小説家アンドレ・ジイドの喪失感を自身に重ねた切ない歌だが戸惑いが一つある。ジイドの妻はマドレーヌであって、エマニエルではない。そこで歌誌「りとむ」の仲間でもある高山鉄男氏にご教授いただいた。高山氏はモーパッサンやバルザックなど多くの訳書があり、ル・クレジオ『発熱』の翻訳でクローデル賞を受賞したフランス文学者、慶應義塾大学名誉教授。氏によると「ジイドの日記の中では妻はエマニュエル（原文では略してEmm。）と呼ばれている」。ジイドの第一作『アンドレ・ワルテルの手記』の中でもマドレーヌはエマニュエルの名で呼ばれており、マドレーヌについての回想記『今や彼女は汝のうちにあり』の次の一節を「拙訳」と付しながら教えて下さった。

私がこの名を作品中で用いてきたのは、あの人のつつましい性格を尊重してのことだった。あの人の実名は、少年の頃以来、あの人が私に見せてくれたあらゆる優雅さ、優しさ、知性、善意などを思い出させるものだった。マドレーヌという名を私が好んだのは、もっぱらこうした事情によるものに違いなく、それがほかの誰かの名になっているのを知ると、なにか横取りされたような気持になったものだ。

自分だけのマドレーヌを大切にするための修辞としてのエマニュエルということになるようだ。高山氏は手紙に「エマニュエルはマドレーヌの文学的呼称とでも言うべきものでしょうか」とも記している。こうした事実を踏まえると信綱の「あはれとのみ思ひて読みき」の「あはれ」がさらに一歩心に沁みてくる。

この歌については「佐佐木信綱研究」第10號の清水あかねの一首鑑賞も参考になる。初句の「のみ」に注目して清水は言う。信綱と雪子は多くの子に恵まれてジッド夫妻とは異なるが、「長年連れ添った妻を失うという喪失感に信綱は強い共感を持ったのであろう。『のみ』という一語はその気持ちの表れである」と。一語に注目した、歌人らしい鑑賞だろう。

「秋風の家」で特に注目したいのが④と⑤である。山に向かって何度も呼ぶが、遠くから返ってくるのは山彦だけ。帰ってこない妹《いも》は山峡の霧に迷ってしまったらしい。逢いたいのだから、狭霧よ晴れよ。二首はそう嘆いている。

多分ここには、柿本人麻呂の「秋山のもみちを茂み迷《まど》ひぬる妹を求めむ山道《ぢ》知らずも」（『万葉集』巻二・二〇八）が作用している。佐佐木幸綱『佐佐木信綱』は④を次のように鑑賞している。

万葉集中の挽歌には、死者は山中に迷い込んだ者だ、とする歌が散見する。すでに火葬が行われていた時代のこと、彼らが実際に死者、あるいは死を、そのように捉えていたはずはないと私は考える。彼らは死者への哀悼をこめて、死と生とは地続きなのだとする観念を文学表現の中にとどめようとしたのだ。掲出歌および引用歌は、そこを踏まえていよう。妻は、生と地続きの山中にいるのである。だから、山に向かって叫ぶのである。

行き届いた解説であり、鑑賞である。山中他界観を思わせる窪田空穂『万葉集評釈』第一巻から人麻呂の当該歌鑑賞を添えておきたい。

当時の信仰として、死者は幽《かく》り身とはなるが、異つた状態において依然存在してゐるものと思つたので、山に葬られたのを、自身の心を持つて山に入つたものとし、また帰らうとすればそれもできると信じたのである。この歌はそれが根本になつてゐるのである。

敗戦二日目の慟哭の歌「わが心くもらひ暗《くら》し海は山は昨日のままの海山なるを」を思い出せば、何かに深く心を動かされたときには万葉集の古歌を呼び寄せてわが想いを重ねる行為に信綱の特徴の一つがあることがわかる。万葉学者であり歌人でもある信綱ならではの特色である。

## (四)佐佐木家の暮らし

「心の花」昭和二十四年一月号掲載の「追憶」は信綱にしては珍しく、佐佐木家の生活を打ち明けており、貴重な一文である。

「この一文は、児孫に示す為に書いた私的な記録であるが、心の花に掲げることを読者の寛容を請ひたい――」とまず断りを入れ、昭和二十三年は「同人諸君が盛大に催してくれられた六月六日の喜寿祝賀会」という幸福の一面と、「その会をあれほど喜んで上京し、共に会場に列なつた雪子が、十月十日の夕方に脳溢血でたふれ、人事不省のまま十九日朝世を去つた」という悲しい一面の、二つの面を見せられた年だった。こう述べて幼いときからの雪子夫人の足跡をたどり、その歳月の自身の生活を振り返る。そこには私生活の一端が覗いて、信綱のデータとしても大切である。

「歌を教へるのは道を教へるのである。師たる者は、親しみと共に厳然とした矜持がなくてはならぬ。たとへば金銭を借りるといふことは、そのことだけで相手に負ひ目を意識するやうになるから、道を伝ふる弟子からは決して金を借りるな」とは、亡父の遺訓であつたので、自分は五十年来その言葉を守りつづけて来た。同人の好意をうけたことはありはするが、金子を借りるといふことはなかつた。学者生活の苦しさは、今も昔も変りはない。自分は二十歳と二十二歳とで父母に別れ、遺産とては蔵書以外に殆どなく、同人からの謝儀と著書の収入とが全収入であつた。東大の講師は二十六年の長きにわたつたが、名誉講師とて、最初の数年は無給であり、やめても恩給もない。子女が多く、その養育、教育、ことに病気等、家計は実に苦しかつた。それに堪へて自分が学問と芸術とに専心することの出来たのは、雪子の内助の力によるのである。（略・改行）東京に於けるくさぐさのことを終へて、かけすの鋭声が紅葉した樹間にひびく西山に帰つて来てみると、心身ともに労れきつてゐるのに気づく。しかし、故人のおもかげを児孫に伝へたいと、あへて此の追憶の一文を草したのである。（昭和二十三年十一月）

心に沁みる追憶である。「心の花」十一月号は特集「佐佐木雪子追悼録」だった。多分それを読みながら雪子夫人への思いを新たにし、感謝を記しておきたかったのだろう。そのために常に公を意識してきた信綱には珍しく私的な文章となった。

二十歳過ぎに両親を喪い、収入は会員からの指導料と著作の稿料、そして明治三十八年からの東大講師も最初は無給、しかも三十四歳のこの年には四女の富士子が生まれ、早世した一人を除いても男子三人、女子五人の子だくさん。実感を込めた「家計は実に苦しかった」と了解したくなる。

この述懐に刺激されて、しばし佐佐木信綱家の家計に立ち止まりたい。

まず明治四十一年五月二日の観潮楼歌会で初めて会った信綱の印象を石川啄木が日記に「温厚な風采、女弟子が千人近くもあるのも無理が無い」と記したことを思い出したい。和歌短歌が基礎教養だったこの時代、良家の子女の多くが信綱の門を叩いた。初期の主な人を挙げると、大塚楠緒子の父は東京控訴院長、夫は東大教授。藤島雪子、後の佐佐木雪子の父はフランス領事を務めた外交官。柳原燁子（白蓮）は伯爵家次女。片山廣子の父はアメリカ総領事を務めた外交官。九条武子は京都西本願寺法主の次女。木下利玄は旧足守藩主で子爵の養嗣子、まず利玄の養育係が見学に訪れての入門だった。川田順の父は宮中顧問官。俥が列なす門前風景が浮かんできて、啄木の「女弟子が千人近く」が誇張ではないと思わせる。

村岡花子は東洋英和女学校の友人柳原白蓮に誘われて毎週火曜日の放課後、西片町に通い、信綱の短歌の指導と古典の講義を受けた。しかし花子は東洋英和の給費生、事情を知った信綱は花子の英語力に注目、謝礼の代わりに娘に英語を教えることを提案している。こういうケースもあるにはあるが例外だろう。花子を東洋英和の先輩片山廣子に紹介、『赤毛のアン』など花子を翻訳家に導いたのも信綱である。

一つの資料が東京大学文書館に残っている。昭和六年三月の講師解嘱の際の文書である。そこにはこれまでの履歴が記載されているのである。

右〔佐佐木信綱〕は明治三十八年七月無給講師を嘱託し大正二年六月鴻池善右衛門より国文学

上和歌の歴史に関する研究奨励費の寄附あるに及ひて有給講師として毎月手当五十円を右奨学金より支給し今日に及ひ候。今回三月三十一日を以て講師解嘱の見込に有之候に就ては明治三十八年以来今日に至るまで廿有五年の勤労に対し前記〔金八百円〕の手当を委任経理鴻池和歌研究奨励費より支出相成度此段申添候　也

昭和六年二月二十七日

東京帝国大学文学部長　瀧精一

東京帝国大学総長　小野塚喜平次殿

資料提供は東大文書館の秋山淳子助教である。東大における信綱の待遇について調査が可能かどうかを東大教授で附属図書館長でもある坂井修一氏に打診、坂井氏の依頼を受けた秋山氏が調査して下さったのである。鴻池善右衛門は鴻池財閥の十一代目、彼が和歌研究奨励費を寄附したことによって、信綱は無給講師から月五十円の有給講師となったわけである。それにしても、明治三十八年七月から大正二年五月まで無給とは東京帝国大学も人使いが荒すぎる。

週刊朝日編『続値段の明治大正昭和風俗史』（朝日新聞社）を見ると、大正九年の小学校教員の初任給が「四十～五十五円」、高等文官試験に合格した公務員の大正七年の初任給が七十円である。『校本万葉集』という大事業を完結させた後も、信綱は小学校教員の初任給並みだったことになる。

ただ、秋山助教は次のように補足している。

上記は「講師嘱託」と鴻池和歌研究奨励費との関連で手当が説明されていますが当館所蔵の「職員進退」（参照コード S0018）各巻を見ると大正５・７年には「万葉集校訂嘱託」としての給

与支給の記述もあり大正7年には同嘱託の「手当」として150円が「古河奨学費」から支出されています。それ以外に、大正10年に「公開講義」の嘱託慰労手当があるほか複数年にわたり慰労手当支出の記載がみられます。俸給額は職務により増減があり、慰労金は200円が多いようです。その点、上記最終回は総括として増額されていることがわかります。

以上からすると、各種手当を総合した正確な合計俸給額はやや確定が困難ですが、後半期は年額600円と勉励手当（200円など）が主として鴻池和歌研究奨励費から支出されていたようです。

年額八百円。『続続値段の明治大正昭和風俗史』（朝日新聞社）には大正九年の国会議員の年額報酬三千円とある。それに見合った仕事をしていたかどうか。秋山助教は年八百円は「今のお金にして17万円～18万円ぐらいの給料、つまり、公務員の初任給よりも安い俸給で長年働いたこととなります」と加えて下さった。「東大の講師は二十六年の長きにわたつたが、名誉講師とて、最初の数年は無給であり、やめても恩給もない。子女が多く、その養育、教育、ことに病気等、家計は実に苦しかつた。それに堪へて自分が学問と芸術とに専心することの出来たのは、雪子の内助の力によるのである」という信綱の吐露を裏付ける資料である。

しかし右の収入は東大に関するものだけであり、信綱には門前列をなす弟子への指導料やメディアへの稿料、講演の謝礼、そして歌人の安定的な収入の一つである新聞雑誌の選歌料を加えると、収入総計は堅く見積もっても国会議員と同額かそれ以上だったと思われる。信綱は明治三十一年に「時事新報」の歌壇選者となってから新聞雑誌の選者を一生続けた。子だくさんの家計、そして研究者としての高価な文献購入などを考えても、「追憶」が示す暮らしの苦しさをそのまま受け取るのは難しい。雪子の内助の力を強調するのが主意だろう。

参考のために、『新訂佐佐木信綱先生とふるさと鈴鹿』の「佐佐木信綱先生略年譜」に記載されている信綱の父弘綱のデータを引用しておこう。

明治一五年／父は八月、東京帝国大学文学部講師を拝命し、翌年は大学編集方を兼務する。俸給、月額一三円。

明治一七年／五月、父は東京高等師範学校の御用掛に転勤し俸給月額二五円。

『続値段の明治大正昭和風俗史』を見ると、明治十九年の小学校教員の初任給五円とあるから、二十五円は悪くない俸給である。

## （五）父とありし日

昭和二十五年十月、信綱は父弘綱の六十年祭のために鈴鹿に戻った。同行した村田邦夫が「心の花」二十六年二月号「鈴鹿嶺」で「苔むせば文字わきがたき墓石へめがね近づけてかたぶきいます」と墓前の信綱を詠っている。信綱はこの旅の感慨を一月号「月の富田浜」、二月号から五月号までの「鈴鹿行」として連載、『佐佐木信綱全歌集』では「鈴鹿行」四十三首となった。ここではより整理された全歌集から。

十月、村田邦夫君同行す。車中作

①揖斐《いび》長良二つの大河《たいが》相より入る海のあたりかも靄流らへり

旧宅の趾は、小学校の敷地の一部となれり

②目とづればここに家ありき奥の間の机のもとに常よりし父

小学校にて

③ふるさとのひびきやさしき伊勢言葉いたはりかこむ老いにたる吾を

④日本語《やまとことば》いく千万《ちよろづ》の中にしてなつかしきかも「ふるさと」といふは

⑤又とひ来て語らはむ日のありやなしやわが言葉のこれ幼らの胸に

先人六十年祭兼題　秋懐旧

⑥ふるさとの鈴鹿の嶺呂《ねろ》の秋の雲あふぎつつ思ふ父とありし日を

月の富田浜

⑦さざら波さざらさざ波一つ一つ月のくだけをかかげもちゆらぐ

⑧月よ海よ世に執着の猶ありて人間の家に帰るかも我は

①の二つの大河は桑名で合流して伊勢湾に注ぐ。遠望しても見えない馴染みの風景を懐かしんでいる。②は石薬師の旧居を眼裏に再現している。奥の間の机に向かう父という具体的な姿が懐かしさに確かな手触りを与え、「常よりし」には父に重ねる自身の生き方を読みたい気もする。

この旅で信綱は石薬師小学校講堂で児童たちに講話した。③と⑤はそのときの場面。また幼らとの機会はあるだろうかと洩らすところに、自分の年齢を見つめながらの感激がある。⑥の嶺呂《ねろ》の

「ろ」は接尾語、嶺に同じと日本国語大辞典にはある。故郷の山を仰ぎ、雲を見つめても思い出すのは父弘綱と過ごした遠い日々。故郷に立った者ならではの懐旧の情である。

石薬師文庫は旧居の土蔵を修理して村に寄贈した建物である。その玄関前に信綱の⑤と孫の幸綱の歌「傾けてバイクを駆れる群が行く鈴鹿の山は父祖のふるさと」を刻んだ歌碑がある。また語る日はありやと感慨に沈む信綱。そして鈴鹿サーキットだろうか、疾走する若さを愛でる幸綱。世代交代を印象づける対比だ。⑦⑧は伊勢の浜に立ったときの感慨。昔は白砂青松の浜だったようだ。さざら波と言い、さらに「さざらさざ波」と細かく重ねるところに浜への格別の心寄せがある。⑧は「月の富田浜」一連を閉じる歌。故郷を存分に楽しみ、その感慨を新たな活力として現実に戻ろうとする信綱がここには居る。

信綱はこの年七十九歳、結局これが故郷への最後の旅となった。なお、④は初出にはなく、『佐佐木信綱全歌集』で加えられた。

日本語《やまとことば》いく千万《ちよろづ》の中にしてなつかしきかも「ふるさと」といふは

大きく詠って信綱らしいふるさと論、言葉論である。

## （六）『秋の声』の世界

①後の世にもあらむ

信綱の生前に刊行された歌集は『山と水と』が最後だが、歌作は続いた。第十歌集となる『秋の声』を少し読んでおこう。この歌集は昭和二十六年一月から二十九年十二月までの、信綱八十歳から八十三歳までの作品集である。昭和三十一年一月十五日刊行の『佐佐木信綱歌集』の巻末に収録、単独歌集としては刊行されていない。歌集「緒言」には『山と水と』の後の「数年は、評釈万葉集の完成の為と、新訂新訓万葉集の校正、万葉集事典の編纂等に没頭して、ほとんど山ごもりをしてをつたので、作品も少なかつた」とある。

万葉の一首《うた》の意《こころ》解きなづみほけてしばしを夕雲に倚る

今の世に友あり、後の世にもあらむたのしみてとる校正の筆を

悲願あり明日の命をいたはるとスタンドつけて眠剤をのむ

三首は万葉集評釈の現場を思わせる。どう読むか。若き日から研究を続けてもなお見えない。浮かぶのは『評釈万葉集』の「緒言」である。

「万葉集には難解な歌が少なくないので、誤字説を唱へる学者がある」。信綱はまずこう述べて、出来るかぎり古鈔本の正しい本文に拠ることを心がけ、「止むを得ざる場合のほか、文字を改めないこととした。全巻必ずしも精撰ではなく、即吟の作もあり、語り伝へられた野人の作もある。従つて、いまだしい歌の交つてをるのも当然と考へられるのであり、すべてを秀歌としようとして文字を改めなどするのは、慎むべきであらうとおもふ」。

後世の判断ではなく、信頼できる鈔本に従う。それがこれからのちの研究を促す行為にもなるという厳しい選択である。「後の世にもあらむたのしみてとる校正の筆を」にその姿勢がよく表れて

いる。「眠剤をのむ」には悲願を断念することのできない信綱がいる。

浅草龍泉寺町一葉公園のたけくらべ記念碑に

紫の古《ふ》りし光にたぐへつべし君ここに住みてそめし筆のあや

そのかみの美登利信如らも此の園に来あそぶらむか月白き夜を

東京都台東区竜泉の一葉記念公園に「一葉女史たけくらべ記念碑」があり、信綱の二首が刻まれている。月の光の中で遊ぶ少年少女の信如と美登利の姿が見えてきて、「たけくらべ」の淡い初恋がなつかしく蘇る。昭和二十六年十一月の記念碑除幕式には信綱も参列した。

六月三日作

八十歳《やそとせ》を今日し迎ふる老《おい》歌人すむ山庭に竹柏《なぎ》の花さけり

斎藤瀏君を悼む

君を知りて五十年《いそとせ》に近し老いて友に別るることのさびしさに堪へず

源実朝を偲ぶ名月歌会に十国峠にいたる

歌びとの征夷大将軍がながめ見けむ沖の小嶋みつつ月の升《のぼ》るまつ

月のぼれり山の上の空に月のぼれり光おびたる穂薄ゆらぐ

切味よきゾーリンゲンのこの鋏机上におきて二十年《はたとせ》を過ぎし

評釈万葉集巻七成りし日

七巻《ななまき》の書ここに成れる喜びをまづ礼《ゐや》述べむこの山と水に

原爆とふ死の灰といふ歎くべき詞消えざらむわが国語辞書に

歳ここに暮れむとす幾千同胞《いくちはらから》のいまだ帰らず十年《ととせ》にちかし

源実朝が「箱根路をわれ越えくれば伊豆の海や沖の小島に波の寄る見ゆ」と詠んだとされる十国峠で実朝を偲ぶ名月歌会が開かれたのは二十八年九月。記念すべきその最初の歌会を信綱が支えた。この日の十国峠の夕映えの富士はかがやかしく、やがて「中秋の明月は高く澄みのぼった」と『作歌八十二年』にある。名月歌会はその後伊豆山神社に移り、毎年の行事となって今日に及んでいる。

ゾーリンゲンの鋏は折々の暮らしの歌。身近でささやかな道具だからこそ、それに小さく支えられた二十年に及ぶ自分の仕事への感慨もまた生きる。

『評釈万葉集』は昭和二十三年から始まり、二十九年に完結した。巻七は七年越しのその大著の最後の巻。「まづ礼《ゐや》述べむこの山と水に」から深い感慨が伝わってくる。

原爆、そして死の灰。「心の花」の竹山広は「一分の黙禱はまこと一分かよしなきことを深くうふがふ」と八月九日の慰霊式典に連なりながらも慰霊の儀式化を危惧する当事者ならではの目線で詠っている。信綱は〈国語辞書から消えることはない〉と反応して、文献学者として言葉に命を賭けてきた歌人研究者らしい戦時への痛恨であり、アプローチである。

最後の歌は巻末歌二首から。年の終わりに改めて振り返る歳月、そして帰ることのない人々。「幾千同胞《いくちはらから》のいまだ帰らず」に当事者としての痛みがこもる。

振り返る歌が多い『秋の声』だが、それは年齢がおのずから引き寄せる世界であり、そこにも老いの日々ならではの味わいがある。

## ②信綱晩年――口述筆記の日々

八十歳を超えても衰えない信綱の学究への意欲を歌集が示しているが、ではその日々を信綱はどのような文筆生活を送ったのか。村田邦夫「竹柏園先生机辺随時」(『短歌研究』昭和三十六年六月号)が伝えている。

「月に一度か二度、熱海西山の先生の書斎をお訪ねするのは、主に口述筆記をとりにゆくためである」。村田はこう始めている。米寿の祝いが済んだ頃までは、大船発下り一番列車に乗って、朝七時半過ぎに信綱の机辺に侍していたが、その後は信綱の早起きが難しくなって筆記開始も遅くなった。

「では、お願いしましょうか」。雑談雑事のあと、信綱はこう改まって口述が始まる。ゆっくり句切って、文段の更り目まで指摘。はじめは軽いもの、そしてだんだん重量感のあるものに進む。「平均一日に四篇、多い時は六篇以上にもなる」。一編ごとに玄関兼用の応接間で村田が清書、信綱が句読を正しながら一読したのち、「では、次を」とまた口述をはじめる。二編くらいで昼食となり、一緒に摂る。ご飯は軽く一膳、柔らかい鶏肉やハンバーグのようなものがごく少量、それに野菜。「好物だった鰻もすこし油が強すぎるらしい」。三時過ぎには日によってマッサージ師がきて施術。目が覚めると薄茶を一椀、そして仕事、自作短歌の批評を求めるときもある。夕方には入浴。出てから小量の葡萄酒を飲む。そして「昔風なかんじよりの耳綴ぢ」にして、村田の口述筆記は終わる。「かんじより」はこよりのことである。

長短はあるだろうが、一日四編、多いときで六編。原稿依頼が後を絶たないこともあるのだろうが、老いてなお衰えることのない創作の日々である。

参考文献

佐佐木幸綱・復本一郎編『三省堂 名歌名句辞典』（平成十六年九月・三省堂）
『現代短歌鑑賞』第一巻（昭和二十五年九月・第二書房）
『石川啄木全集』第五巻初版第八刷（平成五年五月・筑摩書房）
窪田空穂『万葉集評釈』第一巻新訂三版（平成元年七月・東京堂出版）
週刊朝日編『続値段の明治大正昭和風俗史』（昭和五十六年十月・朝日新聞社）
週刊朝日編『続続値段の明治大正昭和風俗史』（昭和五十七年十一月・朝日新聞社）
『新訂佐佐木信綱先生とふるさと鈴鹿』（平成六年八月・鈴鹿市教育委員会）

# 第十四章　ふるさとは鈴鹿やまなみ――最晩年の信綱

## （一）怒り持つゆゑに――治綱

昭和三十六年、信綱は九十歳となった。「心の花」一月号巻頭には「九十の新春を迎へて」と米寿をも越えて新たな年代に入ったことを報告、六月号「竹柏園先生九十賀記念号」の「踏みこし跡をかへりみて」では明治大正昭和三代を生きた感慨を次のように振り返っている。

この時代の進展に遭遇し得た自分の感慨はまことに無量であり、公私ともに慟哭を超えた悲しみもありはしたが、やはり良き時代に生れ合せた幸を感謝せずにはをられぬのである。

四年前、三十二年の「心の花」七百号記念号にも巻頭に「踏みこし道をかへりみて」があり、信綱は振り返る人となっていた。遭遇した「公私ともに慟哭を超えた悲しみ」の〈公〉は昭和の大戦に敗れたこと、〈私〉は三男治綱が三十四年十月に急逝したことだろう。五十一歳だった。治綱は東大国文科を卒業後に白百合短期大学の教授となった中世和歌研究者だった。歌人でもあり昭和二十六年に『秋を聴く』を刊行、「心の花」を編集発行人として支え、没後に遺歌集『続秋を聴く』が編まれた。歌の家である佐佐木家を継いだ存在だったから、信綱の喪失感は深かった。

信綱の遺歌集『老松』の昭和三十四年作品に長い詞書を添えた「治綱君世を去りぬ」二首があ

る。詞書は「治綱君　病みてとみに世を去りぬ　夢としいはむか世にも悲しき夢なりけり」と始まり、次のように結ばれる。

治綱君　しづかなる土《くに》にありて　あとにのこれる由幾子君幸綱君二人の上を守り給へ　竹柏会のためにつくさるる心の花編集部の君たちの上をも守りゐたまへ　去年より病みゐていやはての対面にも上京しがたき身の涙をはらひつつこの一文を草し　最後の別れを告ぐといふ

世にのこるわぎもわが子の上をしも心しづかに守りいまさね

人の世はなげき多きも老いて子に別るゝにまさる歎はもあらじ

さまざまな嘆きの中でも子に先立たれる嘆きより深いものはない。「歎はもあらじ」の「はも」に慟哭が籠もっている。一首目には妻子に先立つ治綱の心残りを鎮めるような親心がある。

その二年前から信綱には病いに苦しむ歌が多くなっている。

夜の薬のみをへて今日の事了んぬ長く長かりき今日も一日は（病床吟1）

わが机によらず書斎の一隅に仰臥す既に四十余日を

古への憶良の臣の歎きの歌われはた病みて歎きを共にす（病床吟2）

病みて

我に何の過ちありて此のいたみ此の苦しみにあふべきものか

万葉のうた人の中にわが好める憶良の臣のくるしみを今

西山六章

一年を一足だにも歩みえぬ此足のいたみ何の因果ぞ

一日生きば一日の命のこさまく足《あ》なやみしのび筆とる今夜《こよひ》も

「病床吟」の1と2は昭和三十二年、「病みて」二首は三十三年、「西山六章」の二首は三十四年の作である。鈴鹿市教育委員会の新訂版「佐佐木信綱先生とふるさと鈴鹿」の年譜昭和三十三年には「この年の夏ごろから、小康を保っていた膝関節炎が再燃し、ついに不治の病となって終焉までベッドの上だけの生活となる」とある。「何の過ちありて」と自問し、「此の苦しみ」と訴え、「何の因果ぞ」と嘆く。もう歩くことの叶わぬ、厳しい痛みが伴う闘病の日々が見えてくる。そのために最愛の息子であり、同志でもあった治綱との最後の別れも果たすこともできないままだった。痛切な「上京しがたき身の涙をはらひつつ」である。

昭和三十五年の遺歌集となった治綱の『続秋を聴く』を少し読んでおこう。

①冬の空さえざえと邃し仰ぎつつ怒り持つゆゑに生くると知るも　昭和二十七

②老いし父と離《さか》り住み勤《つとめ》の帰り路にたまたま神田の本屋にて会ふ　二十九

③怒りなき勤めはあらじ歎きなき生活《たつき》もあらじしづかなる宵

④蟋蟀のかげ黝々と畳に這ひいづこにも去らぬわが思ひあり　三十三

⑤歎異抄浅き理会を意識しつつ一章を説きやや疲れたり　三十四

⑥目とづれば眼前に痴呆の童子居て吾を嘲り時に吾なり

①は澄み切った冬空、「邃し」はその青さ深さ遠さ。感応して心身もキーンと澄んでもいいはずなのに「怒り持つゆゑに生くる」と予想外の自問自答となる。③の内省にも治綱の抑制された激しさが覗く。②では信綱と思いがけず出会ったのが神田の書店、いかにも研究者親子らしい偶然が楽

しい。④は行きどころのなさそうな蟋蟀に自分を重ねた静謐な観察が好ましく、私の好きな一首である。⑥は亡くなる九時間ほど前に自分で原稿用紙にしたためたもの、と歌集あとがきで妻の佐佐木由幾が明かしている。文字通り最後の歌と言っていい。遺詠を意識したものではないが、それにしては異様な歌である。痴呆の童子がいて私を罵る。そしてその童子はときに私自身となる。穏やかそうなこの歌人の深部の葛藤が見えてくるようだ。

こうした歌に通じる治綱の信綱論がある。「短歌」昭和三十年十月号の「現代短歌鑑賞――佐佐木信綱の作品」である。

ちりひぢの中にいくとせまみれたるわがたましひの聲たてて泣く

をのこはも悲しくもあるか身をきざむこの苦しびに堪へざるべからず

信綱の七十余年の歌歴のなかで「私の最も好きな作の一部」と治綱が挙げた八首の中の二首である。前者の初句は塵泥《ちりひぢ》、ちりあくたのこと。「塵ひぢ」と表記を変えて『常盤木』に、後者は『鶯』に収められている。「之等の作が信綱の作品の性質の本質的なものであると思う」、「多くの書は、信綱の作品は、柔軟な表現を以て、極端に陥らず、徐々に新風をすすめる作風であると論じている」が、「私見によれば、信綱は諸家の見解と異つて非常に個性の強い作家である」と断じ、引用歌には「人間として、生きる苦闘を赤裸々に表わしているのを感取せられる」と説いている。

こうした特徴はどこから来ているか。信綱の来歴から、と治綱は見る。

二十歳にて父と、二十三歳にて母と別れ、以後病弱な弟昌綱とただ二人、こうした境遇の中に、民間にあつて歌学史の体系的研究と、作歌を志した信綱のは、うちに激しい悲願をこめ、一面、その性格が右のような作となつたものと思う。

利のやつこ位のやつこ多き世に我は我身のあるじなりけり
泪なき血なき世人にまじらひていつまで我は笑ひつつあらむ

初期作品と言うべき『思草』のこうした歌に「内在する強い自意識と、自主的精神を見のがしてはならない」とも指摘している。「利のやつこ……」のようなヒリヒリした自意識はたしかに信綱の一面であり、ヒリヒリが表に表れなくなっても〈自分はこれでいいのか〉という自問を終生手放せなかった。柿本人麻呂の渾身、西行の渾身、そして芭蕉の渾身が視野にあったから、と私には映る。そこには強い自負が伴っていた。それゆえの自問だろう。

治綱の信綱論は信綱を内から見てきた者だからこそ可能な信綱論として貴重だ。

## (二) 東京の若者達——幸綱

文机に向ふよろこび嬉しもよ清くしづけきこの歌心
来宮の祭の太鼓よひ空にひびかひ鳴るを幼びきくも

「心の花」昭和三十八年九月号作品。身体はもう不如意で意のままにならない。しかし机に向かえば研究に没頭する自分、歌を詠む自分に戻った気がしてやはりうれしい。一首目は信綱らしい喜びであり、嘆きでもある。熱海で一番盛大な催しといわれる来宮神社の例大祭は七月十五、十六日。二首目はその太鼓の音が西山にも届くのだろう。耳を傾けて幼い日に戻る信綱はこのとき九十二歳になっていた。
この号には孫の佐佐木幸綱「東京の若者達」があり、注目される。
吾の焼くパン食う奴らに栄光あれ！　吾はパンのみに生くるにあらず（パン屋職人）
茄子色にみるみる腫れて来しあたり眼をねらえ眼を俺は熱くなる（ボクサー）
明けない夜　夜は無頼にあこがれて一点突破の夢守りゆく
さまざまな若者たちを描いたこの群作の初出は早稲田短歌会の運動誌「27号室通信」に昭和三十八年二月から五回にわたって連載された実験作。短歌を始めて間もない私は翌年早稲田大学に入学、すぐ入会した早稲田短歌会で読んだ。そして戸惑いながらも惹かれた。そこには従来の短歌が持たない猥雑なエネルギーが溢れていた。三首目は『群黎』の「東京の若者達」から。幸綱は同じ九月、運動誌「律」三号の塚本邦雄構成演出の共同制作「ハムレット」に主人公のハムレット役で参加しており、春季シンポジウム作品「俺の子供が欲しいなんていってたくせに、馬鹿野郎！」も掲載されている。破天荒のタイトル、そして「しっとりとしめる唇の呼ぶ名前ああいつからかかわいてきたずら」、「なめらかな肌だったたっけ若草の妻ときめてたかもしれぬ掌は」などの作品は〈あんちゃん短歌〉と評判になった。
老いの嘆きを含んだ信綱の「文机に向ふよろこび」と幸綱の行動する青春の「眼をねらえ眼を……」。世代の受け継ぎが強く印象づけられた「心の花」昭和三十八年九月号である。
佐佐木幸綱は満十歳の昭和二十三年の「心の花」十月号に「しと〳〵と雨がふるなり山吹はきれいな花をちらしはせぬか」、十一月号の佐佐木雪子挽歌に「僕の頭をなでて下さつたおばあちやま今はなんにもおつしやらない」など、折々に歌を詠んでいた。しかし本格的に始めた歌は従来の世界からはかなり離れている。信綱はそのことを頼もしく思いながら心配もしていた。

そのことに関わるエピソード二つを紹介しておきたい。佐佐木幸綱「佐佐木信綱の人と仕事」（「佐佐木信綱研究」第8號・平成二十九年六月）と今野寿美「〈やんちゃ〉の範囲」（「心の花」創刊120年記念号・平成三十年七月）である。

佐佐木幸綱は間接的に聞いた話として紹介している。大学生のときに歌を作り始めて幸綱が雑誌などに作品を発表し始めたころ、信綱が気にかけて前川佐美雄に尋ねた。そのときの佐美雄の返答が「大丈夫です、大丈夫です、あれはいいです」。疾風怒濤のモダニズム短歌を疾走した佐美雄ならではの反応であり、信綱の安堵と満足の表情が浮かんでくる。大歌人が見せた世間並みの孫可愛さがほほえましいが、幸綱はつづけて述べる。「信綱は前川さんの若いころのやんちゃなところを大切にした。最愛の弟子だった」。

今野はそれを「だから佐美雄も幸綱氏をかわいがった」と受けて、さらに言う。「わたし自身の記憶でも佐美雄氏は、『佐佐木の坊《ぼん》』と呼んで幸綱氏を語っていた。佐美雄にとっても、幸綱はじゅうぶんやんちゃだったといえるだろう。破天荒な個性と映ったということであり、それを丸ごと受け容れたということでもある」。今野は晩年の前川佐美雄と接触することが多かった。

信綱と佐美雄、そして幸綱。歌の家をめぐる興味深いエピソードである。

前川佐美雄が佐佐木信綱を深く敬愛していた一端は佐美雄没後の最終歌集『天上紅葉』にもある。

①竹柏園《なぎその》の信綱の弟子のひとりなれば庭に常葉の竹柏《なぎ》を植ゑゐき
②つと立ちて睾丸火鉢したまへば弟子のをみならくすくす笑みぬ
③十二月二日はわが師の信綱忌香を薫き染めつつしみてゐる

①は昭和四十九年の作。率直な歌だが、竹柏を「常葉」と形容するところに、変わることのない師への敬愛が含まれている。②は昭和五十二年の作、「昭和二年冬、本郷西片町」と詞書がある。信綱はこの年数えの五十六歳、二月に作歌指導書『和歌に志す婦人の為に』を、九月に『新訓万葉集』上巻、十月に下巻を刊行。八月には北海道を旅行、その成果が大作「北海吟藻」となった。その他の成果も多く、精力的な一年である。しかし当時としてはもう立派に老人、寒さには弱かったのか、なんと女性会員の前で股火鉢。同席していた佐美雄がそれに「睾丸火鉢」をあてるから、卑近な信綱先生となり、結句の「くすくす笑みぬ」が楽しい場面となる。佐美雄ならではの近しさと親愛感だろう。

同じ年の「師走某日」には「老師ふいに睾丸火鉢《きんたまひばち》す女弟子くすみ笑ふもわれ寒かりき」があり、一連では今東光、司馬遼太郎とそれぞれのえにしを引き寄せた後に「老師ふいに……」とくる。歌は②のバリエーションだから老師は信綱と読んで支障はないが、私は②を睾丸火鉢《こうがんひばち》と読んだが、こちらでは睾丸火鉢《きんたまひばち》とルビを振る。するとさらに品が落ちて俗となり、親愛感も一歩近くなる。老いてなおやんちゃぶりを発揮する佐美雄が見えてきて楽しい。

③は五十八年の作。佐美雄は満八十歳、それでも師の命日には心を正して師と向き合う。余計ごとだが、この年の「短歌研究」八月号に私は「前川佐美雄——〈喪神〉と〈捜神〉の二重性」を執

筆している。佐美雄と向き合うことは信綱への道でもあったのである。

## (三) 最初の国民

### ①わが歌をかたる

「東京の若者達」掲載の翌月、「心の花」昭和三十八年十月号巻頭に信綱の歌が一首だけ掲載されている。題は「八月十五日」。

玉音をラジオの前に承りはふれおつる涙とどめ得ざりき

あの日から十八年経っても八月十五日は特別の日だった。七十八年後の今日でもそのことは変わらないが、信綱にとってそれは過ぎ去った日ではなく、今に続く〈その日〉でもあった。だから溢れて止まらない涙が昨日のように蘇るのである。

信綱は昭和の大戦を、総力戦の国を、ためらうことなく支えた。力の及ぶ限り、と加えてもいい。掲出歌の二年前の発言にその気持ちがよく表れている。

わが此の声低くしあれど万歳のとよみの底にわが声もまじる（瀬の音）

〈問〉「ある停車場にて」と詞書のある二首のうちから抜きました。これは、今度の大戦の時のお歌でございますね。駅は――

〈先生〉上野駅でせう。私は、心から国につくしたいと思ひました。雪子がずゐぶん大切に保存してゐたフランス時代の思ひ出の品で、かなり良質のダイヤモンドがありました、それも献納せずにはゐられなかつたのです。献納せねば、国に済まぬと思ひました。その心に偽りはなかつたと、今も固く信じています。

「心の花」の門人たちとの座談会「わが歌をかたる―先生を囲んで―」の一節である。「心の花」昭和三十九年四月佐佐木信綱追悼号からの引用、座談会には次のメモがある。

時　昭和三十六年四月九日、日曜日の午後。
所　熱海西山凌寒荘。
問ふ人　林大　村田邦夫　遠山光榮　愛川悦子　遠藤五郎　石川一成

引用部分は誰の問いかはわからない。雪子は信綱夫人、大蔵省の官僚だった父の藤島正健のフランス領事赴任にともない、リヨンに学んだ。ダイヤモンドはそのフランス時代の大切な思い出の品だった。戦時下の資源回収は寺院の梵鐘や銅像など金属類がまず思われるが、資産価値の高い貴金属も対象だった。しかし信綱の言葉からは、強制的な回収ではなく、自主的献納だったことが窺える。そこまでしなくてもと感じるが、なぜ雪子夫人の掛け替えのない品までも「献納せねば、国に済まぬ」と思ったのか。非常時の国家を全力で支えようとする信綱のその強い意志はどこから来ているのか。

端的に言えば、佐佐木信綱は最初の日本国民だったからである。そのことを手探りするために、時代を大きく遡りたい。

## ②自覚の第一歩

早稲田大学歴史館の大隈重信のコーナーに次の一文が掲げられている。

明治維新後の日本における最大の国家的な課題は、欧米諸国との間に結ばれた不平等条約を改正することにあった。10年にわたって改正交渉が難航するなか、政府は、明治十四年の政変の後、野にあった大隈の外交手腕に期待を寄せた。大隈は第一次伊藤博文内閣と、続く黒田清隆内閣の外務大臣を務め、各国と条約改正交渉を進めた。(以下略)

明治十四年の政変とは、大隈の国会開設意見書に伊藤博文が反対、大隈の参議免官となったことを指すが、そのことは今回の主題ではない。

説明文には一枚の複製画が添えられている。題して「ノルマントン号沈没事件」、作者は四代目歌川国政。原画は早稲田大学中央図書館が所蔵している。よく知られているのはフランス人画家ビゴーの風刺画だろう。「イギリスの船長曰く――助けてもらいたいなら何ドル出すか？　早く言え、時は金なり」とキャプション付きのビゴーのそれには、海に浮かぶ日本人乗客と救命ボートで腕組みして素知らぬ顔の船員やパイプを吹かしている船員が描かれている。掲載は明治二十年刊の時局諷刺雑誌「トバエ」。きつい風刺が事件の本質を摑んでいるが、歌川国政のそれは荒れ狂う大波に揉まれて傾き、まさに沈没しようとする構図がリアル、ビゴーとは別の迫力である。

明治十九年十月二十三日午後三時、日本人乗客を乗せた英国船ノルマントン号が横浜を出発した。目的地は神戸。しかし天候が荒れて座礁、紀州大島沖で沈没、イギリス人乗組員はボートで脱出したが、日本人乗客二十三名は全員溺死するという事件が起こった。ビゴーも風刺したように英国船の責任が問われたが、当時は日本に裁判権がなく、神戸英国領事による海難審判で船長を無罪としたため国民が憤激、兵庫県知事が船長を殺人罪で告訴、公判が横浜に変更され、横浜領事が船長を禁固三ヶ月にした。しかし世論は収まらず、外国人の裁判権も関税自主権もない不平等条約の実態を国民に強く実感させた。

図式化すれば、このとき人々は藩に帰属する〈藩民〉から国を意識する〈国民〉となった。今も藩の意識は残っている。山口県の周防と長門、静岡県の駿河と遠江、福井県の越前と若狭などなど。私には甲斐の民という意識がやはり潜在している。この意識は平時にはまだ健在だ。しかし国単位の非常時には違う。ノルマントン号事件は対英国という関心から、日本という国家意識を人々に植え付け、顕在化させた。だから早稲田大学歴史館の条約改正に関わる外務大臣大隈重信のコーナーには歌川国政の「ノルマントン号沈没事件」が添えられているのである。

この明治十九年、信綱は数え年十五歳だった。信綱の『作歌八十二年』はこの年を次のように記している。

二年前に入学した東大古典科に通いながら「四月から国民英学会に」英語を学び、東京英語学校の夜間部に入った。小川町の佐佐木家の筋向かいにある岡田家とはよく行き来し、借りた「徳富氏の将来之日本等は最も感銘を与えられた書」だった。第一歌集『思草』代表歌「幼きは幼きどちのものがたり葡萄のかげに月かたぶきぬ」は岡田家の庭の葡萄棚だったと明かしてもいる。

当時の日本の動きを象徴する一つが明治十六年に完成した国際的社交場鹿鳴館だった。欧化日本をアピールして条約改正を促進させようとしたこの欧化主義が信綱の英語学校通学に影響していた可能性はあるが、同時に徳富蘇峰の欧化主義への独自の批判に共鳴した点も興味深い。

こうした新しい文化への摂取欲旺盛な信綱少年は、新聞が競って報じる「ノルマントン号事件」も読んでいただろう。明治十九年の各紙には次のような見出しが躍っている。

日本人だけ全員溺死（十月三十日・内外新報）。船長の措置は、許すべからざる無責任（十一月四日・時事）。神戸での裁判——船長以下すべて無罪（十一月八日・時事）。兵庫県知事、ドレーク船長を殺人罪で告訴（十一月十四日・改進）。船長に禁錮三ケ月の申し渡し（十二月九日・時事）。

目に入っただけで頭に血がのぼりそうな内容である。信綱がこの事件に言及した資料は見当たらない。しかし後に時代を振り返った次の二つの記述には関連性があるから注目しておきたい。

明治二十七八年の頃、わが国が国家的大戦役に携はつた当時は、国民が自覚の第一歩に入つた時であつた。その頃は、自分等歌人の胸にも、歌に就いて、旧来の歌に対する不満足の念と共に、歌といふものに対する新たな覚醒が生じた。所謂新派の運動と称せられるものは、我人ともに、この覚醒に基づいたのであつた。

（現代短歌全集第三巻『落合直文集佐佐木信綱集』（改造社）所収佐佐木信綱「後記」）

遼東還付　中村健一郎君は橘いとへさんの従兄で、（略）「遼東還付の詔勅を新聞でよんだ夜、中村君を訪うて、自分は悲しみのあまりに泣き伏した。君は諄々とやむを得ぬといふ事を説いてくれた。帰さ、家の外に送つて来られた。停車場前の広場は、月の光で明るかつたとおもふ。その明るい月の光を仰いで、又泣き出しさうな自分の肩をたゝいて、中村君は慰めてくれた——中村君は、後に彦根の高専の校長などになられた。

戦争という非常事態に国民意識が一気に噴出した。信綱のそんな姿がここにはある。その国民としての自覚が、雪子夫人の大切なダイヤモンドも「献納せずにはゐられなかつたのです。献納せねば、国に済まぬと思ひました。その心に偽りはなかつたと、今も固く信じています」と述べる昭和の信綱に繋がるのである。対外国という意識から生まれたその自覚は、それを束ねる天皇の国という自覚にも繋がった。

（『ある老歌人の思ひ出』）

昭和の大戦開戦時と敗戦時の信綱の歌が思い出される。

元寇の後六百六十年大いなる国難来《きた》る国難は来《きた》る

わが心くもらひ暗《くら》し海は山は昨日のままの海山なるを

心身をひしひしと締め付けるような緊張感、危機感。そしてなぜ山は裂け、海は涸れないのかという嘆き。

注・大隈が外相に就任したのは明治二十一年、領事裁判権の廃止は明治二十七年、関税自主権の回復は四十四年である。

## （四）六地蔵

「心の花」昭和三十八年十二月号は巻頭に黒枠で囲った信綱の顔写真を掲げている。「本会主宰佐佐木信綱先生には、今十二月二日、満九十一歳の寿をもつて長逝せられました。左に御病状の経過を掲げ、謹んで哀悼のまことをささげます。竹柏会」と添えて。

主治医の山川一郎「佐佐木先生御病気の御経過について」が逝去に至る信綱の日々を教えている。

　発病は十一月二十六、七日頃と思はれます。熱が七度五分になられたので二十八日に初めて拝見すると、気管支肺炎の徴候が出て居ります。いろ〱治療申上げて安静を願つてをりました。熱は二十九日には最高七度六分、三十日には七度七分、十二月一日には八度二分、二日には七度、六度九分になられ、お見舞のお子様方もお喜びでした。所が三時過ぎ、国立病院副院長荒井博士も来診され、一緒に診察を終り玄関でお話をしてゐました。先生はお子様方に梅園に行つて来るやうに指図などしてをられましたが、急に眠るやうにおこときれになりました。午後四時三十分であります。

「梅園に行つて来るやう」。死の直前まで周囲への気遣いを怠らぬ信綱らしい、やすらかな逝去だった。十二月三日の各紙に、信綱みずから書いた死亡通知が載った。「佐佐木信綱十二月三日熱海にて世を去り申候」。「日付の部分だけ空白にし、自身が用意しておいたものであった。七日、青山斎場で神式による葬儀が行われた。葬儀委員長は川田順が務めた」（佐佐木幸綱『佐佐木信綱』）。

信綱最後の寄稿は死後に刊行された「文藝春秋」昭和三十九年一月号「金粉酒」八首だった。

①ほがら〱雪の富士の嶺《ね》あけそめて十国五島《とくにいつしま》春みなぎれり

②ふるさとは鈴鹿《すずか》山脈《やまなみ》山ひだに新《にひ》初雪のつもりてあらむ
③金粉酒《きんぷんしゆ》二つき三つき友もわれも酔ひにたり楽しこよひの月夜
④よき人の幾人《いくたり》か来て何ごとなう今日の一日《ひとひ》の夕べにむかふ
⑤なさまほしき事二つ三つ老い人のこの念願をはたさせたまへ
⑥柿落葉はつかにのこる紅ゐの色うつくしみ文机におく

外孫帰朝す

⑦久にして逢ひて語るを聞くが嬉し聞けどわかざる素粒子物語

夢

⑧道の辺の石仏《いしぼとけ》どのよびとめて茅萱の中の道をしへ給ふ

①と②は新年号という場に応えた作歌、③も新年を意識した歌ではないか。④と⑤も新年の感慨と読めるが、日々の暮らしに戻っての喜びと願いだろう。⑥は紅葉の熱海西山を愛でる歌。かすかに残る紅を文机に置く行為にいつくしみがこもる。⑦は理解できない領域にたのもしさを感じている。私が特に注目するのは⑧である。夢の中で茅萱に埋もれた道に戸惑うように佇む〈私〉がいて、石仏が指し示して導く。どこへつながる道か示されていないが、風景にはどこか人生への寂寥がただよう。

『老松』の三十七年には「ある夜夢をみて」「夢は楽し」と夢の歌が目に付く。眠りがちの暮らしが思われるが、その「夢は楽し」に次の歌がある。

道のべの石仏尊《いしぼとけたふ》と走《は》せおりきたふれし我をおこし給ひぬ

ここでも石仏は道の辺に居て、倒れた自分を起こしてくれる。どちらの石仏も手を差し伸べてくれる親しい存在である。

この石仏について村田邦夫「『金粉酒』私註抄」(「短歌」昭和三十九年二月号・佐佐木信綱追悼特集)が興味深い指摘をしている。

「文芸春秋新年号の「金粉酒」八首は、おそらく、佐佐木信綱先生が、生前に総合雑誌に寄せられた最後の原稿であろう」と押さえて、「道の辺の石仏《いしぼとけ》どのよびとめて茅萱の中の道をしへ給ふ」について語る。

不思議なことであった——先生は明治人らしい執筆者としての律儀さがあって、正月号に載る原稿の依頼に、「仏」などという字は決して用いぬような心使いを、お忘れにならない方であったはずである。先生がお亡くなりになった直後にこの雑誌が出、旧い門弟はだれもがそれを話題にした。(略)先生が、ほんとうに、こうした夢を見られたとすれば、先生の印象にのこる「道の辺の石仏」は、神田小川町にも本郷西片町にも、晩年の熱海西山にも無かったはずである。(略)とすれば、その名の通り、故郷石薬師にこそこの「道」は通うものと勝手に想像していた。

そう考えていた村田は石薬師で遭遇する。十二月十七日、信綱の分骨のために鈴鹿の佐佐木家の墓所を数名の門弟と訪ねたときである。

蕭条たる萱原の冬枯れのなかを、一すじの村道が続く——その村道が墓所のある西《にし》の三昧《ざんまい》へ岐れてゆくところに、磨滅した一群の石仏が寒々と肩を寄せて並んでいたのである。私は、ほとんど声をたてんばかりに佇立した。死の予感と故郷への回帰と、九十歳を越えて次第に清浄になっていった先生の思念が、全く無意識のうちに、それを夢みてしまわれたのではないか――村田のこの記述を踏まえると、最晩年の信綱は夢の中でしばしば鈴鹿山脈に抱かれた石仏の故郷へ還っていたことになる。

## （五）信綱逝去――われ春風に身をなして

信綱逝去を受けて新聞各紙はその来歴を伝えた。中ではより詳細な毎日新聞のそれを引用しておこう。

○毎日新聞昭和38年（1963）12月3日（火曜日）

佐佐木信綱氏《右に罫線、顔写真》（歌人、文化勲章受章者）二日午後四時三十分、急性気管支肺炎のため静岡県熱海市西山の自宅で死去、九十一才。四日午後三時からダビに付し、七日午後一時から葬儀、同二時半から三時半まで告別式を東京青山葬儀所で行なう。なお熱海での告別式は五日午後一時から同市凌寒荘で行なう。

明治五年三重県に生まれた。父は国学者、歌人の弘綱氏。明治二十一年東大文学部古典科卒、同四十四年文学博士、昭和九年学士院会員、同十二年第一回の文化勲章を受章、同年芸術院会員、同二十六年文化功労者。歌壇、国文学界の最長老だった。東大卒業後、新短歌運動をおこして竹柏会を主宰、歌誌「心の花」を創刊、与謝野鉄幹、正岡子規らとともに歌壇の革新に力を尽くした。自伝「作歌八十二年」に「ただひとすじに、歌の道を歩んできた」とあるとおり六才で「障子からのぞいて見ればちらちらと雪の降《（ママ）》る日にうぐい《（ママ）》すがなく」と詠んで以来、歌ひとすじの生涯であった。国文学者としても第一人者で、二十六年間東大講師をつとめ「歌学史」を講じた。とくに万葉集研究は名高く「校本万葉集」（二十五巻）「万葉集辞典」「評釈万葉集」などのすぐれた業績を残している。多くの歌人、国文学者を育て、歌人の川田順、木下利玄、九条武子、慶大教授久松潜一氏らはみな門弟である。最近は熱海で歌つくりの余生を送っていたが、昨年十一月、本紙に連載した「和歌十話」は氏の晩年を飾る滋味あふれた随筆として好評を博した。代表作に「ゆく秋の大和の国の薬師寺の塔の上なる一ひらの雲」がある。

同じ紙面には窪田空穂の談話「短歌を庶民の文学に」と川田順「竹柏園大人をしのぶ」がある。順は「願はくはわれ春風に身をなして憂ある人の門をとはばや」を引用、「これは歌をもって、人心をなごやかにしよう、という先生の悲願である。そのとおり、先生の歌によって何千人、何万人の人がすくわれたかわからない」と感謝をこめている。

川田順が挙げた「われ春風に身をなして……」は第一回「心の花」大会の題「春風」に応じた作品、〈人の心に秘められた憂悶を晴らすことは、歌道の徳の一つ〉という信綱の信念が託された一首である。それは近代の短歌を切り開いた〈自我の詩〉や〈写生〉が視野に収めることのできない歌の力だった。
佐佐木信綱は、和歌短歌の千三百年を視野に収めながら、短歌百年の革新を貫いた歌人である。そのことが改めて尊い。


参考文献

佐佐木治綱『続秋を聴く』（昭和三十五年十月・オカモトヤ）
佐佐木幸綱『群黎』（昭和四十五年十月・青土社）
「短歌」昭和三十年十月号
「佐佐木信綱研究」第8號（平成二十九年六月）
「心の花」創刊120年記念号（平成三十年七月）
早稲田大学歴史館
現代短歌全集第三巻『落合直文集佐佐木信綱集』（昭和五年二月・改造社）
「文藝春秋」昭和三十九年一月号
「短歌」昭和三十九年二月号「佐佐木信綱追悼特集」
毎日新聞昭和三十八（一九六三）年十二月三日

基本参考文献

「心の花」復刻版（明治三十一年二月号～昭和二十六年十二月号・冬至書房）
「心の花」８００号記念号（昭和四十年六月）、９９９号（昭和五十七年一月）、１０００号記念号（昭和五十七年二月）、創刊１２０年記念号（平成三十年七月）、１１１１号（平成三年五月）、「心の花創刊１００年記念号（平成十年六月）、創刊１１０年記念号（平成二十年七月）、１４００号記念号（平成二十七年六月）
『佐佐木信綱歌集』『佐佐木信綱文集』（昭和三十一年一月・竹柏会）
『佐佐木信綱全歌集』（平成十六年十二月・ながらみ書房）
佐佐木信綱『作歌八十二年』（昭和三十四年五月・毎日新聞社）
佐佐木信綱『ある老歌人の思ひ出』（昭和二十八年十月・朝日新聞社）
佐佐木信綱『明治大正昭和の人々』（昭和三十六年二月・新樹社）
佐佐木幸綱『佐佐木信綱』（昭和五十七年六月・桜楓社「短歌シリーズ人と作品２」）
佐佐木頼綱『佐佐木信綱』（令和元年五月・笠間書院「コレクション日本歌人選69」）
「佐佐木信綱研究」創刊０號（平成二十五年六月・佐佐木信綱研究会）～第13號（令和四年十二月）
『新訂佐佐木信綱先生とふるさと鈴鹿』（平成六年八月・鈴鹿市教育委員会）

# 佐佐木信綱略年譜

**○明治五年（一八七二）一歳**

六月三日午前十時、伊勢国鈴鹿郡石薬師村（今の三重県鈴鹿市石薬師町）に佐々木弘綱・光子の長男として生まれる。弘綱は十代で歌集と和歌入門書を出し、三十二歳のときに石薬師竹柏園歌会を始めた歌人で研究者。信綱誕生当時は四十五歳、「言の葉の道伝へむとはかなくもわが命さへ祈らるるかな」と詠み、歌の道の後継者となるべき男子の誕生を喜んだ。

この年は十二月三日を明治六年元日として太陽暦を採用、徴兵制施行、品川横浜間に鉄道開通など、新時代へ大きく動いた年でもあった。

**○明治九年（一八七六）五歳**

父弘綱から万葉集や山家集の暗誦を指導された。「はにかみやで友達がないので」家のうしろの茶畑に行き、遠景の鈴鹿山脈を眺めながら「ひむかしの野にかきろひのたつ見えて」と「うたったりしていた」と『作歌八十二年』（以下『八十二年』）にある。

**○明治十年（一八七七）六歳**

九月、弟昌綱誕生。十二月の粉雪の降った朝「障子からのぞいて見ればちらちらと雪のふる日に鶯がなく」と詠み、「信の初めての歌だ」と弘綱にほめられる（『八十二年』）。弘綱が鈴屋の招請を受け、この月に一家は石薬師から松阪に移る。

**○明治十一年（一八七八）七歳**

一月、松阪の湊町小学校に入学。松阪の町はずれに見世物小屋があり「気味のわるいはらみ女の人形が十ならんでい」（『八十二年』）た。この体験が『思草』の「見世物の小屋のうしろの話声ものかげくらきおぼろ夜の月」や『新月』の「蛇遣ふ若き女は小屋いでて河原におつる赤き日を見る」などを生んだ可能性がある。弘綱が指導する鈴屋歌会に信綱も参加した。

**○明治十三年（一八八〇）九歳**

自ら強く望んで三月から六月まで父の加賀越前の旅へ同行、見聞を広げた。七月、弘綱編『明治開化和歌集』に作品五首掲載。

**○明治十五年（一八八二）十一歳**

三月、父に同行、新都東京に遊び、歌人や学者に会う機会を与えられる。福羽美静らから信綱の教育のため東京に移ることを勧められ親子で決意、神田小川町に移住、松阪の光子と昌綱を呼び寄せる。

**○明治十七年（一八八四）十三歳**

九月、最年少で東京大学文学部古典科国書課に入学、木村正辞や小中村清矩らの講義を受けた。二年先輩に落合直文がいた。

**○明治二十三年（一八九〇）十九歳**

一月、初の著書『日本文範』上巻刊行（下巻は六月）。十月、弘綱との共著『日本歌学全書』

全十二冊の第一冊発行。信綱はこの年を次のように振り返っている。「この十二冊の編著に、自分は父を援けて若い心血を注いだのであった。いまだ類書もなく、それだけに世に弘く用いられもしたが、顧みて、自分の長い学究生活への出発は、この叢書のための研究によって踏み出されたように思われるのである。しかるに、第八篇の校正中に父は世を去ったので、九篇以下は自分が標註もし校訂もした」（『八十二年』）。

○**明治二十四年（一八九一）二十歳**

六月、父弘綱没六十四歳。十二月、父亡きあと独力で続けていた『日本歌学全書』全十二冊完結。

○**明治二十五年（一八九二）二十一歳**

四月、東大の卒業論文をもとに『歌之栞』刊行。小泉苳三『明治大正短歌資料大成／第二巻』は「作歌の参考書としては最も広く読まれたもの」「かういふ種類の書としては今後も恐らくこれ以上大部のものは出ないであらう」と評価。この年『校註竹取物語』など校注書を多く出版した。

○**明治二十六年（一八九三）二十二歳**

三月、『絵入幼年唱歌』刊、「歌学」に「歌道管見」を寄稿。七月、「父が第一編第二編を出した『千代田歌集』の第三編を刊行」（『八十二年』）。八月、「この頃から従来の歌に慊《あきた》らず」、長歌や新体詩、新しい短歌をつくるよう「つとめるようになった」（『八十二年』）。

○**明治二十七年（一八九四）二十三歳**

八月、日清戦争勃発、「歌人は歌を以て御国に尽すべし、という心から、自分も多くの歌を詠んだ」（『ある老歌人の思ひ出』）。九月、母光子没四十五歳。この年『支那征伐の歌』、『征清歌集』など刊、翌二十八年の『大捷軍歌』に「勇敢なる水兵」発表。

この年の樋口一葉日記「水の上」に「十一月九日。はぎのやの納会也。出席者は三十人にあまりぬ。はじめて佐々木の信つなとものいふ」と一節がある。二人は同じ明治五年生まれ、一葉は十二歳のとき父則義の知人松永政愛の夫人に裁縫を習い始め、神田の松永家に通っていた。その政愛は「わが父の門人であつたので、自分が松永さんへ遊びに行つた折に逢つたことがあり、旧知の間柄だった。信綱は「歌の修行のため」と弘綱から言われて萩の舎歌会にも出席、そこで「久々で一葉に逢つた」（『明治大正昭和の人々』）。

**○明治二十九年（一八九六）二十五歳**

二月、竹柏会会員で藤島正健の娘雪子二十三歳と結婚。十月、歌誌「いさゝ川」創刊。「当時住んでおった小川町の名に因んだ」（『八十二年』）。

**○明治三十年（一八九七）二十六歳**

二月、長男逸人生まれ、藤島家を嗣ぐ。三月、新詩会の合同詩集『この花』に新体詩を発表。この年川田順十六歳、新井洸十五歳が入門。

**○明治三十一年（一八九八）二十七歳**

一月、時事新報の歌壇選者となる。これ以後多くの新聞雑誌の選者を務める。「いさゝ川」七号をもって終刊。『続日本歌学全書』第一冊発行。二月、「心の花」を創刊。八月、次男文綱誕生。九月、神田の古書店で大隈言道『草径集』を発見、言道の顕彰に努める。この年十三歳の木下利玄が入門。

○**明治三十二年**（一**八九九**）二**十八歳**

一月、根岸派系の「詞林」が「心の花」と合同、岡麓らとの交流が始まる。四月、竹柏会第一回大会を開催、兼題「春風」を受けて、〈短歌には人々の憂悶をやわらげる力がある〉という自身の短歌観の一端を託して「願はくはわれ春風に身をなして憂ある人の門をとはばや」と詠った。

○**明治三十三年**（一**九**〇〇）二**十九歳**

五月、『続日本歌学全書』全十二冊の出版完了。七月、長女綱子誕生。

○**明治三十四年**（一**九**〇一）三**十歳**

二月、竹柏会の合同歌集『竹柏園集』第一編刊行、大塚楠緒子、川田順、片山廣子をはじめ三百六名、竹柏会の充実ぶりを印象づけた。十月、『新編教育唱歌集』に「夏は来ぬ」を発表。

○**明治三十五年**（一**九**〇二）三**十一歳**

一月、次女弘子誕生。八月、箱根の富士屋ホテルで王堂チェンバレンを知り、九月には「文学研究の方法につき、種々の教を受けた」（『八十二年』）。

この年、正岡子規死去三十六歳。

○**明治三十六年**（一**九**〇三）三**十二歳**

六月、野村望東尼の『向陵集』を大阪の鶴原家で発見、その顕彰に努める。七月、三女三枝子誕生。十月、懸案となっていた第一歌集『思草』（博文館）出版。この月から翌年一月までの南清旅行で中国の文人たちに贈るため。この旅がのちの『遊清吟藻』を生んだ。この年十二月落合直文死去四十三歳。

○**明治三十七年（一九〇四）三十三歳**

二月、佐々木を佐佐木と改める。この月に日露開戦の詔勅が下り『露西亜征討の歌』など戦時色の濃い文筆活動となり、翌年へ続いた。

○**明治三十八年（一九〇五）三十四歳**

六月、四女富士子誕生。七月、東京帝国大学文科大学講師となり、九月から上代歌謡、万葉集を毎週担当、二十六年間に及んだ。

○**明治三十九年（一九〇六）三十五歳**

六月、文部省から唱歌「水師営の会見」の作詞を委嘱され、森鷗外の紹介を得て乃木希典に取材、作詞に生かした。八月、三男清綱が誕生するが十二月に死去。十一月、「心の花」百号記念号刊。

○**明治四十年（一九〇七）三十六歳**

三月、森鷗外主催の観潮楼歌会が始まり、四十三年四月までの活動に中心メンバーの一人として参加、石川啄木、北原白秋、伊藤左千夫、斎藤茂吉等と交流。十一月、五女道子誕生。十二月、「心の花」の精鋭たちの「あけぼのの会」発会。

○**明治四十一年（一九〇八）三十七歳**

九月、明治期における主要歌学論文を集めた『歌学論叢』刊行。

○**明治四十二年（一九〇九）三十八歳**

二月、四男治綱誕生。九月、宮内省図書寮で『万葉集抄』を発見。

○**明治四十三年（一九一〇）三十九歳**

五月、水野家で『元暦校本万葉集十四冊本』を発見、後に「わが生涯の喜び」と「心の花」七百号に記した。十月、『日本歌学史』刊行。

○**明治四十四年（一九一一）四十歳**

二月、文学博士の学位を受ける。

○**明治四十五年／大正元年（一九一二）四十一歳**

七月、神田小川町から本郷西片町に移る。三十日明治天皇崩御、明治時代が終わる。この月文部省文芸委員会から万葉集定本の作成を委嘱され、『校本万葉集』への一歩となる。十一月、第二歌集『新月』（博文館）刊。同月、樋口一葉十七回忌にあたり遺族の委嘱により『一葉歌集』を編集。この年四月石川啄木没二十七歳。

○**大正二年（一九一三）四十二歳**

一月、京都の書肆に万葉集二十巻の古写本が出たことを知り、協力者高田相川が入手。西本願寺本万葉集である。

○**大正四年（一九一五）四十四歳**

十二月、主著和歌史三部作の一つ『和歌史の研究』刊。

**○大正五年（一九一六）四十五歳**

十二月、『万葉集選釈』刊行。この年東京帝大から万葉集校本作成を委嘱される。

**○大正六年（一九一七）四十六歳**

六月、帝国学士院から『日本歌学史』と『和歌史の研究』に対し恩賜賞。その賞金で高田相川から西本願寺本万葉集を購入。

**○大正八年（一九一九）四十八歳**

六月、『思草』改訂版『おもひ草』（博文館）刊、新たに自序を加える。

**○大正九年（一九二〇）四十九歳**

八月、鎌倉に別荘を得る。森鷗外が潮川草堂と名付ける。

**○大正十一年（一九二二）五十一歳**

一月、第三歌集『常盤木』（竹柏会）刊。潮川草堂における日記と称する自序がある。四月、前年入会の前川佐美雄が奈良から上京、翌月から「あけぼの会」に参加。七月、森鷗外死去、「心の花」八月号森鷗外博士記念号。佐美雄、九月の二科展で古賀春江の作品に感銘、モダニズムを意識し始める。十二月、樋口一葉二十七回忌を記念し「一葉女史記念号」。

**○大正十二年（一九二三）五十二歳**

四月、「心の花」三百号記念号刊、創刊から二十五年間の蓄積を示す百八十頁の大冊。六月、明治四十五年に着手した『校本万葉集』本文二十冊完成。記念展覧会を控えた九月一日、関東大震災で『校本万葉集』五百部及び原稿、索引、年譜その他を焼失。十一月、佐佐木家と武田祐吉家に残っていた校正刷から再度刊行に動く。

○**大正十四年（一九二五）五十四歳**

二月、木下利玄没、「心の花」四月号は利玄追悼特集号。三月、『校本万葉集』二十五冊刊。十月、新井洸没、「心の花」十二月号は新井洸追悼号。創刊時からの二人に加え九条武子も昭和三年に亡くなったが、前川佐美雄や石榑茂（後の五島茂）の活躍も目立ち、「心の花」の世代交代の時代でもあった。

○**大正十五年／昭和元年（一九二六）五十五歳**

十二月二十五日、大正天皇崩御、昭和天皇即位。『仙覚全集』、合著『契沖全集』など多くの成果を挙げた年だった。

○**昭和二年（一九二七）五十六歳**

一月、『校註金槐和歌集』刊行。二月、『和歌に志す婦人の為に』刊行、『増訂賀茂真淵全集』監修。八月、改造社の札幌夏季大学講師として渡道、各地を回り大作「北海吟藻」を詠む。九月、岩波文庫『新訓万葉集』上巻刊、十月下巻刊。

○**昭和四年（一九二九）五十八歳**

一月、第四歌集『豊旗雲』（実業之日本社）刊。五月、金沢の松岡家で『定家所伝本金塊和歌集』発見。

○**昭和五年（一九三〇）五十九歳**

二月、現代短歌全集第三巻『落合直文集佐佐木信綱集』（改造社）に『遊清吟藻』を収録。七

月、前川佐美雄第一歌集『植物祭』刊行、信綱は「いにしへの万葉人の国より出でて、あらたしき道を歩めり」と序を寄せる。

昭和に入って新しい短歌運動が広がり、五島茂・美代子夫妻がプロレタリア短歌運動に傾斜やがて独立、児山敬一は口語歌の「短歌表現」を創刊、竹柏会を離れた。

○**昭和六年（一九三一）六十歳**

一月、『万葉秘林』十一種の印行を完成し、その功績により朝日賞受賞。三月、二十六年勤めた東京帝大講師を辞し、「文藝春秋」四月号に「大学講師として廿六年」を掲載。六月、『増補校本万葉集』十冊本を岩波書店から刊行。八月、「心の花」に「和歌に対する予の信念」掲載、「ひろく、深く、おのがじしに」を解説。九月、第五歌集『鶯』（新撰書院）刊行。

○**昭和七年（一九三二）六十一歳**

六月、満六十歳の還暦祝賀会が華族会館で行われた。

○**昭和九年（一九三四）六十三歳**

七月、帝国学士院会員となる。九月、『明治文学の片影』刊。

○**昭和十一年（一九三六）六十五歳**

五月、第六歌集『椎の木』（新陽社）刊。十二月、自選歌集『天地人』（改造社）刊。

○**昭和十二年（一九三七）六十六歳**

四月、第一回文化勲章を受章。六月、帝国芸術院が設置され会員となる。八月、改造社の『新万葉集』選歌のため軽井沢万平ホテルに籠もる。十一月、愛国行進曲歌詞審査委員となる。十二月、『新万葉集』刊行開始（十四年六月まで）、軍歌「恩賜の煙草」作詞。
この年七月、盧溝橋において日中両軍が衝突、日中戦争始まる。
○**昭和十三年（一九三八）六十七歳**
九月、臨時東京第一陸軍病院で傷痍軍人の作歌指導を隔週行う。伊藤嘉夫が協力。この活動から昭和十四年『傷痍軍人聖戦歌集』が生まれた。十二月、斎藤茂吉との共編『支那事変歌集』（三省堂）刊。大日本歌人協会編『支那事変歌集・戦地篇』（改造社）刊。
○**昭和十四年（一九三九）六十八歳**
一月、明治二十五年の「凱旋」から「近時の詠にいたる軍歌四十余篇を選び」『軍歌選抄』（中央公論社）刊行。四月、『英訳万葉集』（岩波書店）刊行。
○**昭和十五年（一九四〇）六十九歳**
一月、紀元二千六百年のこの年、「心の花」五百号記念号の巻頭に「吾等何の幸ぞ、何の慶ぞ、此の年当りて心の花五百号記念号を迎ふ」と記す。「美美津の御船出」作詞。他にもこの年は紀元二千六百年関連の仕事が続いた。八月、第七歌集『瀬の音』（人文書院）刊。

この年、大戦前夜の緊張が反映し斎藤茂吉『寒雲』、川田順『鷲』、坪野哲久『桜』、合同歌集『新風十人』、前川佐美雄『大和』、斎藤史『魚歌』、佐藤佐太郎『歩道』など短歌史に残る歌集の刊行が続いた。
○**昭和十六年（一九四一）七十歳**
八月、『万葉辞典』（中央公論社）刊。十二月、「水道のとまることがあってはと、厨に近く井を掘った」（『八十二年』）。六日、読売新聞記者が訪問、「近く重大なる発表あるべく」その日のための短歌を要請、「辞したが聴かれぬまま」、「元寇の後六百六十年大いなる国難来《きた》る国難は来《きた》る」などを作歌、九日の紙面に大きな白ぬきの文字で「国難来る国難は来る」と掲げられた（『八十二年』）。二十四日の文学者愛国大会で歌壇を代表して挨拶。

十二月八日、日本軍がハワイ真珠湾を奇襲、昭和の大戦が始まる。

○**昭和十七年（一九四二）七十一歳**

二月、『仙覚及仙覚以前の万葉研究』（岩波書店）刊行。七月、日本文学報国会の短歌部長となる。八月、長年「心の花」を支えた石榑千亦死去、七十四歳。十一月、日本文学報国会の愛国百人一首の選定委員の一人となる。

○**昭和十八年（一九四三）七十二歳**

一月、創設された日本文献学会の理事長に就任。四月、肺炎に罹り数日生死の間をさまよい、療養は数週間に及ぶ。六月、放送局の嘱により五月に全滅した守備隊を悼む軍歌「アッツ島二千の忠烈」を作詞。

○**昭和十九年（一九四四）七十三歳**

二月、弟の印東昌綱逝去。十二月、十八日熱海西山の凌寒荘に移る。十一月の東京初空襲による戦況悪化を受けた下村海南と主治医の山川一郎の勧めによる決断。こうした中でも『正訓万葉集』（湯川弘文社）、『万葉集古写本の研究』（岩波書店）など研究書の出版が続いた。

○**昭和二十年（一九四五）七十四歳**

二月、完成間近の『国学先賢書簡』『橘曙覧全集』を東京空襲で、『野村望東尼全集』を大阪空襲で焼失。三月、東京大空襲で「心の花」の発行事務を担当していた石榑正一家四人が死去、定期発行が困難となり、二・三・四月合併号、五・六・七月合併号を刊行後、休刊に入る。七月、情報局総裁でもある下村海南が来訪、困難な戦局を語り合う。八月、中部日本新聞記者が十四日夜に訪れ「明日は大変なラジオの放送がありますから歌を詠んでほしい」（『ある老歌人の思ひ出』）と依頼、断り切れずに「胸を永遠に」七首を渡す。十五日正午の玉音放送を聴き、翌日「わが心くもらひ暗《くら》し海は山は昨日のままの海山なるを」と詠う。十一月、第八歌集『黎明』（八雲書店）刊。九月に記した序文には「此の小歌集を、新日本建設の為にいそしまむとする若人に貽《おく》る」とある。

○**昭和二十一年（一九四六）七十五歳**

一月、「心の花」復刊。十月、来春開催の歌会始選者となる。窪田空穂、斎藤茂吉とともに民間から初めて。十二月、新村出・津田左右吉らと朝日新聞社版日本古典全書を監修。

○**昭和二十二年（一九四七）七十六歳**

一月、二十三日の歌会始の儀に参列。信綱は御題「あけぼの」を「海は山は人はあらたしきいのちうく今あけぼのの光の前に」と詠った。四月、十三日に後楽園涵徳亭で竹柏会大会を八年ぶりに開催。五月、『万葉年表大成』（養徳社）刊。この年は『改訂万葉読本』（日本評論社）、『短歌初学』（京都印書館）、『作歌辞典』（人文書院）など解説書入門書の出版も多かった。

○**昭和二十三年（一九四八）七十七歳**

十月、「心の花」六百号記念自選歌集号。信綱の自選歌「春ここに生るる朝の日をうけて山河《さんか》草木《さうもく》みな光あり」。十九日、信綱夫人雪子死去七十五歳。「心の花」十二月号の挽歌「秋風の家」に「呼べど呼べど遠山彦のかそかなる声はこたへて人かへりこず」がある。十一月、『佐佐木信綱全集』第一巻配本開始。一〜七巻『評釈万葉集』（六興出版社）、八巻『佐佐木信綱文集』（竹柏会）、九巻『佐佐木信綱歌集』（竹柏会）、十巻『日本歌学史』（六興出版社）。昭和三十一年完成。

○**昭和二十四年（一九四九）七十八歳**

四月、石につまずいて左膝関節を強打、熱海病院に入院、治療するが完治せず、後のベッド生活の発端となる。七月、『佐佐木信綱全集』第十巻『日本歌学史』（刪補本）を刊行した。

○**昭和二十五年（一九五〇）七十九歳**

十月、鈴鹿市の招きにより父弘綱の六十年祭のため石薬師に赴く。故郷の各地をまわり、翌二十六年の「心の花」二月号から五月号に「鈴鹿行」を発表。これが最後の故郷行となった。

○**昭和二十六年（一九五一）八十歳**

一月、第九歌集『山と水と』（長谷川書房）刊。歌集中の「鈴鹿行」には石薬師小学校での〈日本語《やまとことば》いく千万《ちよろづ》の中にしてなつかしきかも「ふるさと」といふは〉がある。『山と水と』は自身がまとめた最後の歌集となった。

○**昭和二十七年（一九五二）八十一歳**

二月、河出書房『現代短歌大系』に『おもひ草』全、『新月』、『常盤木』、『豊旗雲』、『鶯』各歌集抄録。川田順など「心の花」の歌人多数の歌集も抄録された。五月、上代文学会創立、初代会長に推される。

**○昭和二十八年（一九五三）八十二歳**

一月、「心の花」で川田順「おもひ草評釈」連載開始、翌年まで十三回。のちに『羽族の国——思草評釈』となる。九月、熱海市主催の「源実朝を偲ぶ名月歌会」が十国峠で開催され献歌、翌年から伊豆山神社での恒例行事となる。十月、『ある老歌人の思ひ出』（朝日新聞社）刊行。

**○昭和二十九年（一九五四）八十三歳**

九月、『評釈万葉集』（六興出版社）第七巻刊、全七冊完了となる。この月、「新訓万葉集の決定版というべき」（『八十二年』）『新訂新訓万葉集』（岩波書店）上下巻刊。

**○昭和三十年（一九五五）八十四歳**

十一月、和歌文学会結成にあたり会長に推され、國學院大學の発会式で講演「落合、与謝野、正岡君のおもかげ」。

**○昭和三十一年（一九五六）八十五歳**

一月、『佐佐木信綱全集』の第八巻『佐佐木信綱文集』と第九巻『佐佐木信綱歌集』（竹柏会）刊。第九巻に『山と水と』以後の昭和二十九年までの作品を歌集『秋の声』として収録した。

六月、『万葉集事典』（平凡社）刊。

**○昭和三十二年（一九五七）八十六歳**

二月、「心の花」七百号記念号に「踏みこし道をかへりみて」を執筆。

**○昭和三十三年（一九五八）八十七歳**

四月、懸案だった『野村望東尼全集』（野村望東尼全集刊行会）刊。五月、佐佐木幸綱、石川一成など「心の花」新鋭の合同歌集『二点鐘』（短歌新聞社）刊。夏ごろから膝関節炎が再発、不治の病となる。

○**昭和三十四年（一九五九）八十八歳**

二月、岩波文庫『新訂新古今集』刊。五月、日本文芸家協会の名誉会員となる。明治五年の誕生から昭和三十四年五月までの足跡を振り返った『作歌八十二年』（毎日新聞社）刊。六月、「心の花」は米寿記念号を特集。十月、歌学の継承者佐佐木治綱急逝、五十一歳。

○**昭和三十五年（一九六〇）八十九歳**

二月、「心の花」は佐佐木治綱追悼号。十月、治綱一年祭を期して由幾夫人により『続秋を聴く』刊。この年前半は日米安保条約改定反対闘争が広がり、日本が揺れた。

○**昭和三十六年（一九六一）九十歳**

一月、『明治大正昭和の人々』（新樹社）刊。『ある老歌人の思ひ出』『作歌八十二年』と並べて自伝三部作と言われる。六月、「心の花」は「竹柏園先生九十賀記念号」を編む。

○**昭和三十七年（一九六二）九十一歳**

四月、森鷗外生誕百年を記念して「心の花」が特集号を組む。信綱は「思い出の記」を執筆。十一月、監修した和歌文学会編『和歌文学大辞典』（明治書院）刊。

○**昭和三十八年（一九六三）九十二歳**

三月、「短歌研究」が信綱系歌人特集号を組み、信綱は巻頭に「西山抄」十首、自選百首、

「佐々木弘綱小伝」を寄稿。四月、川田順の芸術院会員就任を祝う会が学士会館で行われ、信綱のメッセージを佐佐木幸綱が代読。七月、「心の花」は七七七号記念号を出し、信綱は自選「竹柏百首」。十二月、二日午後四時三十分、数日来の急性肺炎のため熱海凌寒荘で逝去。各新聞が写真入りで訃報記事を掲載。七日、青山斎場で神式による葬儀、葬儀委員長は川田順。この日正三位の銀杯を受ける。十一日、谷中墓地に納骨。十七日、故郷の石薬師の菩提寺浄福寺で慰霊祭。

○**昭和三十九年**（**一九六四**）

一月、「文藝春秋」に遺詠「金粉酒」八首、「短歌研究」に川田順の追悼文。二月、「短歌」「短歌研究」「短歌新聞」「国語と国文学」「上代文学」が信綱追悼特集を組む。五月、石薬師の浄福寺に分骨。六月、朝日講堂で佐佐木信綱追悼講演会、久松潜一、森本治吉らが講演。十月、「心の花」四月号として三百八十頁の佐佐木信綱追悼号刊。十二月、信綱一年祭を期して熱海西山の凌寒荘に歌碑が建立された。作品は「願はくはわれ春風に身をなして憂ある人の門をとはばや」。

○**昭和四十五年**（**一九七〇**）

十二月、故郷石薬師に佐佐木信綱記念館開館。

＊この年譜は佐佐木幸綱『佐佐木信綱』と『新訂佐佐木信綱先生とふるさと鈴鹿』の略年譜を参考に、適宜加除を行って作成した。

# あとがき

『前川佐美雄』と『昭和短歌の精神史』、今回の仕事はこの二冊が命じた宿題だった。発端は「短歌研究」昭和二十九年一月号の前川佐美雄「鬼百首」である。この百首は多くの批判を浴びた。集中砲火といってもいい。坪野哲久の酷評「この鬼は鬼でもキバがないし、角がない」に代表させておこうか。そうした中で信綱はどう反応したか。〈文法も仮名づかいも守っている正当な歌、現代の歌壇とはだいぶ違う歌、これを歴史的に評価する批評家がいなければいけません〉。そう語ったと佐美雄が伝えている。後の時代の私には徒手空拳の敗戦歌と見えたが、愛弟子擁護という点を割り引いても、歌壇の袋だたきとはあまりにも違うこの悠然たる反応に、私は捉えどころのない大きさを感じた。

『昭和短歌の精神史』を書き継いでいる中で強く印象づけられたのは、戦争という非常時における信綱の不屈とも見える渾身ぶりである。それは関東大震災に際しての不屈、ドラマさえ感じさせる校本万葉集作成への渾身でもある。窪田空穂と土屋文明の万葉集研究はすぐれた仕事で、私は特に空穂から多くを学んでいるが、信綱のそれは万葉集本文確定のために校本作業まで遡るという基礎からの研究であり、土台が違う。なぜこれほど短歌にこだわるのか、その大きさはどこからくるのか、いつかは向き合わねばならない。そんな課題を信綱は私に残した。

同じことを別の角度からいえば、近代以降の短歌百年を〈自我の詩〉や〈写生〉という自己表現の尺度で括っていいのか、それだけでは落ち着かないのではないか。そんな思いが私の中で徐々に大きくなったことが信綱へ向かわせた。例えば、与謝野晶子の代表歌でもある「その子二十櫛にながるる黒髪のおごりの春のうつくしきかな」である。明治三十四年の『みだれ髪』のこの歌は、大正期の新潮社版『晶子短歌全集』では初句を「わが二十」と改め、昭和期の改造社版『與謝野晶子全集』で「その子二十」に戻している。今野寿美『24のキーワードで読む与謝野晶子』はその変化について、「その子二十」は「ヒロインを映し出すかたち」が新鮮だったのに、自分に引きつけた「わが二十」では魅力半減と説いている。「ヒロインを映し出すかたち」というその捉え方が大切であり、それを私なりの言い方にすれば、「その子二十」は〈私〉を超えた二十歳という一回性への賛歌だが、その大きさが「わが二十」では晶子自身に回収されてしまってもったいない、となる。言いたいのは「その子二十櫛にながるる黒髪のおごりの春のうつくしきかな」は「ヒロインを映し出」して、〈私〉を一歩超えた世界だということである。

もう一例挙げれば、鎌倉の名刹長谷寺の新しい梵鐘に彫り込まれた佐佐木幸綱の「かぜのとのとおきみらいをかがやきてうちわたるなりかねのひびきは」である。このとき長谷寺はなぜ経文などではなく短歌を選んだのか、そして佐佐木幸綱はなぜ祝歌を献じたのか。そう問うとき、いかにも古いと感じさせる「歌道の徳」を大切にする信綱、「歌のもとゐは、めづる心である」と説く信綱が浮かんでくるのである。〈自我の詩〉や〈写生〉では間に合わないそうした世界にもっとも意識的だったのが佐佐木信綱だった。「褻の歌」の近代百年に「晴の歌」の百年を重ねる必要がある。

信綱という歌人を通せば、一歩奥深い短歌百年が見えてくる。そんな手探りがこの一冊となった。

しかしながら、佐佐木信綱は研究者のなかの研究者でもあり、本当は一歌人の手に余る存在である。それでも「心の花」創刊一〇〇年記念号（平成十年六月）への手探り交じりの寄稿が一歩踏み出す機会となった。その「遠望する歌人——佐佐木信綱への一視点」が多くのアドバイスをいただく発端となったのである。思い出すままに記しておこう。

私が跡見学園女子大学の短歌創作講座の講師を務めたのは中世和歌の川平ひとし教授からの依頼だったが、氏は近代以降の短歌にも関心が強く、近世和歌と近代短歌を繋げることに意欲を見せていた。ある日の授業のあと、私は大学新座キャンパス図書館で調べ物をしていた。跡見は信綱の弟子の伊藤嘉夫が学長をしていた時代があり、図書館には伊藤氏寄贈資料をはじめ近代短歌の資料が豊富なのである。私を探し出して川平氏が渡してくれたのが鈴鹿市教育委員会発行の「佐佐木信綱先生とふるさと鈴鹿」。貴重な資料だからと遠慮すると「もう一冊もっていますから」と微笑んだ。その笑顔が忘れられない。

追いかけるように「心の花」の村田邦夫氏からはその新訂版が届いた。信綱「略年譜」の中で氏が特に強調したい多くの個所にびっしりと赤の傍線を付して。「ぜひ石薬師の佐佐木信綱記念館へ」と手紙が添えてあった。促されるように訪ねた記念館では村田氏から連絡を受けていた辻正氏が多くの資料のコピーなど細やかに支えてくださった。そうした幸運な発端があるのに、脱稿したのは二十五年後、川平氏も村田氏も辻氏も疾うに亡き人となっている。

遅々たるこの書き下ろしはその後も多くの方々に支えられた。

まず佐佐木幸綱氏である。『佐佐木信綱』をはじめとする氏の信綱及び近現代短歌の論考は今回もっとも学んだ文献である。また、「心の花」記念号への執筆、二〇一二年夏の「心の花」全国大会における『新月』をめぐる幸綱氏・伊藤一彦氏との鼎談など、さりげない後押しもいただいた。佐佐木信綱研究会が始まるときに誘ってくださったのも幸綱氏である。心からお礼申し上げる。

論考に助言をいただいた方々を改めて紹介しておきたい。

研究者佐佐木信綱に触れるためには避けることのできない『校本万葉集』は東京大学の品田悦一教授。東大時代の信綱に関するデータは東大教授で図書館長でもある歌人の坂井修一氏と東大文書館の秋山淳子助教。信綱独特の古格表現と文献の読み解きは聖心女子大学の小柳智一教授。信綱の雪子夫人挽歌に関してはフランス文学者の高山鉄男慶應義塾大学名誉教授。そして詳細な調査を続けている佐佐木信綱研究会の会員諸氏、特に高山邦男氏。日本近代文学館の土井礼一郎氏。

みなさんに心からお礼申し上げる。

改めて思うのは、図書館と文学館のありがたさである。今回の仕事はコロナ禍の三年間でペースが上がったが、それを支えたのはエクステンション講師をしている早稲田大学の中央図書館、そして館長として関わっている山梨県立文学館である。早稲田にない資料を県立文学館が所蔵しているケースも少なくなく、要望に応えて書庫に走った資料情報課の司書のみなさんには改めて感謝である。

角川「短歌」の矢野敦志編集長の気仙沼取材に同行したのは二〇二一年十一月だった。翌年三月の落合直文特集のためである。道中、直文から信綱に話題が広がり、書き下ろしに目途がつき始めた信綱論を引き受けていただくことになった。『昭和短歌の精神史』が角川財団学芸賞を受賞し、角川ソフィア文庫となった繋がりも本書出版を後押ししている。その後、出版事業部長の石川一郎氏が受け継ぎ、吉田光宏氏が担当となった。装幀は『前川佐美雄』と同じ高麗隆彦氏。氏には『水の覇権』以来の歌集や歌書、歌誌「りとむ」の装幀など、さまざまに支えていただいている。チームを組んでくださった皆さんに感謝しつつ、どんな一冊になるか楽しみだ。

私の背後の書棚に一九八〇年に配本が始まった「心の花」復刻版が並んでいる。活用できるのかと危惧を覚えるほどのボリュームだが、連れ合いの使用頻度も高く、やはり短歌百年が揃えることを命じたのだと思う。

庭の禅寺丸柿の木が小さく芽吹き始めた。やがてまぶしい若葉となるだろう。

令和五年三月二十五日

三枝昻之

追記・著者校をあきらめたくなるほど引用文献は多いが、角川の校閲からは細やかな確認と指摘をいただいた。書物には校閲の力が大きく、心からお礼申し上げる。

**著者略歴**

三枝昻之（さいぐさ　たかゆき）

1944年、山梨県甲府市生れ。早稲田大学在学中に「早稲田短歌会」で活動。1992年、歌誌「りとむ」を創刊、現在発行人。
歌集に『甲州百目』『農鳥』『天目』『遅速あり』など、評論集に『前川佐美雄』『啄木―ふるさとの空遠みかも』『昭和短歌の精神史』などがある。

現代歌人協会賞、若山牧水賞、芸術選奨文部科学大臣賞、齋藤茂吉短歌文学賞、角川財団学芸賞、現代短歌大賞、迢空賞、日本歌人クラブ大賞、紫綬褒章、旭日小綬章他を受賞及び受章。

日本歌人クラブ顧問、山梨県立文学館館長、
日本経済新聞歌壇選者、山梨日日新聞新春文芸短歌選者、
宮中歌会始選者。

# 佐佐木信綱《ささきのぶつな》と短歌《たんか》の百年《ひやくねん》

りとむコレクション130篇

初版発行　2023年9月1日

著　者　三枝昂之
発行者　石川一郎
発　行　公益財団法人 角川文化振興財団
〒359-0023 埼玉県所沢市東所沢和田3-31-3
ところざわサクラタウン 角川武蔵野ミュージアム
電話 050-1742-0634
https://www.kadokawa-zaidan.or.jp/
発　売　株式会社 KADOKAWA
〒102-8177 東京都千代田区富士見2-13-3
電話 0570-002-301（ナビダイヤル）
https://www.kadokawa.co.jp/
印刷製本　中央精版印刷株式会社
 ISBN978-4-04-884541-0 C0095